U0925532

【名家讲坛书系】

发现你的心灵

文化名人演讲录

于丹 阎崇年等/著

重庆出版集团 重庆出版社

图书在版编目(CIP)数据

发现你的心灵/于丹,阎崇年等著. —重庆:重庆出版社,2007.9
(名家讲坛)
ISBN 978-7-5366-8980-0

Ⅰ.发… Ⅱ.①于… ②阎… Ⅲ.名人—演说—中国—当代
Ⅳ.I267

中国版本图书馆CIP数据核字(2007)第116003号

发现你的心灵
FAXIANNIDEXINLING

于丹 阎崇年等 著

出 版 人: 罗小卫
策　　划: 华章同人
责任编辑: 陈建军
特约编辑: 董保军　张乃刚
封面设计: 亿点印象

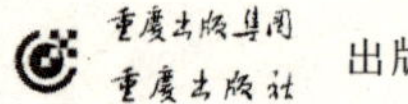
出版
(重庆长江二路205号)
三河市祥达印装厂
重庆出版集团图书发行公司　发行
邮购电话:010-85869375/76/77转810
E-MALL:sales@alpha-books.com
全国新华书店经销

开本:787mm×1092mm　1/16　印张:15　字数:180千字
2007年9月第1版　2012年9月第2次印刷
定价:24.00元

如有印装质量问题,请致电023-68809955转8005或010-85869377转810

编者絮语

随着社会主义和谐社会的建立，一个真正的市民社会和公民社会正在逐步形成，这就要求我们每个人既要有普通公民的基本素养，同时还要有深刻的人文素养，“名家讲坛书系”正是在这样的基础上产生的。在中央电视台“百家讲坛”等栏目经常出现的于丹、阎崇年、纪连海、孔庆东等多位文化名人，以及在社会上卓有影响的孙云晓、陶宏开、于康等专家，成为我们这部融知识性、实用性和趣味性的精神大餐的首批参与者。感谢他们！

按照中国古汉语的解释，“和”者乃“禾苗入口”，“谐”者乃“言皆”，即“每个人都能发言”，意思就是说“只有每个人吃饱肚子，并能说出自己想说的心里话，社会才谓之和谐”。前者为物质文明，后者为精神文明；也就是说，处理好每个人的物质问题与精神问题是和谐社会的主要内容。因此，在这部演讲集里发言的诸位名家，他们以各自不同的视角，为我们讲述了我们每一个人都无法回避的上述若干重要问题，无论是“和谐家庭与和谐成长”，还是“素质教育与青少年网络问题”，以及“学习健康，体验快乐”、“营养饮食与健康”……这些问题既是当下时代的热点，也是难点，同时也是最基本的常识。

这套书系有两大特色：一是全部为名家讲演，二是内容通俗易懂。

当我们通过学习与合理运动拥有了健康，当我们懂得了通过应用法律知识来保护自己的合法权益，当我们通过对袁崇焕和传统武侠精神的重新审读来坚守并发扬自己的传统文化……我们的生活也就真的步向了期盼中的和谐。这也是我们编辑这套“名家讲坛书系”的真正目的。

在此，我们衷心希望本书的出版能为广大读者带来一点丰富和趣味，我们便颇感欣慰与满足，不足之处恳请同仁与读者指正。

2007年　酷暑于北京

目 录

于丹

北京师范大学艺术与传媒学院副教授，中国古代文学硕士，影视学博士，硕士生导师，古典文化研究者和传播者。

出版《形象 品牌 竞争力》等专著多部，在重要学术刊物发表专业论文十余万字。知名影视策划人和撰稿人。为中央电视台《东方时空》、《今日说法》、《艺术人生》等50个电视栏目进行策划。2006年在央视《百家讲坛》栏目解读《论语》，2007年春节期间在《百家讲坛》栏目解读《庄子》，均受到观众的热烈欢迎。

发现你的心灵

早晨好！谢谢大家在这样一个阳光灿烂的周末聚在这里！看到这样一个盛况我感到很震撼，谢谢大家给我机会与诸位沟通。

从古典走向现代，我们亘古不变的是一种什么样的愿望呢？我们每一个人是不是真正地发现了自己？是不是真正地发现了世界？我们每一个人在这个世界上是否有能力获得属于自己的幸福？

有很多朋友看过我讲的《〈论语〉心得》。现在还有很多人在看这本书。今天我在这里想跟大家沟通的并不是一种儒家的学术系统，我们不去考究它的学理和原理，也不去探讨这样一种伦理思想在中国制度中的作用，我想跟大家沟通的并不是“半部《论语》治天下”的话题，而是“半部《论语》”怎么样修自身。为什么说“半部《论语》”呢？起码以我的年龄、我的知识、我的学识，我在这里只敢说半部《论语》。那么以后的人生历程，我想我还有后半辈子的时间慢慢地去参悟《论语》。每一个人，可能我们心灵的成长也是一样的。

所谓圣贤，就是一路相伴的那些朴素的真理。真正的真理永远不是从外在灌输给我们的，它只能从我们的内心唤醒，也就是我们每个人“心中有，口中无”的那点道理。可能有些古圣先贤替我们说清了，而且就是那么简简单单的几句话，它让我们感觉到怦然入心、心有所感。

今天我想跟大家沟通的题目是《发现你的心灵》。我想我们从小都受过一种朴素的教育，说我们这个大千世界气象万千，我们有着很多很多的知识系统，古往今来的都需要我们去了解，需要我们有一双眼睛去发现无比辽阔的世界，但是我们真的知道自己的内心世界是什么吗？我曾经说过这样一个小故事，有一个人在极度沉重的工作压力下感觉到自己精神快崩溃了，所以他去看心理医生，他对心理医生讲："你看我的症状就是每天上班时人就很踏实，我觉得我能够完成我的工作，而且我能够很成功，所以我就很享受这个过程，但是一旦走出工作我就惶惶不可终日，我不知道自己是谁，我不了解自己心里的愿望，我不知所终，我感到迷惑、彷徨，夜不能寐、食不甘味。你说我长期这样下去会不会得抑郁症呀？"医生跟他说："你这个情况是挺严重的，那这样吧，你先不要来看病，告诉你一个办法：我们这个城市有一个大剧院，有一个著名的喜剧演员，他每天都在那儿表演，而且演的都是能让人开怀大笑的喜剧，非常经典，你先去看他的表演，连着看一个星期，看到你整个人开朗起来，不再这么忧思忧虑了，你再来找我，我们再来探讨你的心理问题。"医生说完这段话，看到那个病人低着头，很久很久没说话，等到他抬头的时候已经泪流满面，他对医生说了一句话："我就是那个演员。"其实这样一个故事很像我们每一个人的生活境遇。也许你是成功的，起码你是称职的，在社会角色上你对得起你的职称、对得起你的薪水，甚至你还可以废寝忘食地工作，你还可以在这个地方做出很多业绩，但是我们真正叩问自己内心的时候，我们对自己的生活状况真的满意吗？我们内心的那些梦想、愿望，我们真的看得见吗？其实在今天，我们已经不缺少一双去发现世界的眼睛。今天是传媒的时代，电视上、报纸上，各式各样的信息和资讯对我们的头脑和眼睛进行的是一场扫荡、一场风暴，我们现在惟独缺少的是在这样一种信息狂潮中对自己内心的清晰把握。如果少了这样一种把握的话，我们自然会迷失，所以我一直希望每一个人能够建立一种生命的觉悟。"觉悟"这个词大家并不陌生，我们从小学的时候经常看到、听到要“培养人的觉悟”，但是什么是真正的觉悟？觉悟其实是一个佛家用语。我们来看看：汉字很简单，觉字头下面一个看见的“见”，悟是一个竖心一个“吾”，觉悟二字是什么呢？字面上看来它就是看见我的心，拆解起来无非就是这样一个意思。那么我们真正问问自己，有几个人看见了自己的心？有几个人敢于面对自己的心呢？有的时候面对自己的心，你会觉得心是苍白的，你会觉得你是在靠外在的一切撑着自己。而你内心有一个空空的伤口。内心的伤口是什么都填不平的。有时候你看自己的心，你会觉得自己是遗憾的，有一些遗憾发生之后，似乎用一生都弥补不上；有时候看自己的心，你会觉得自己是欲壑难平的，你在世界上的一些索取，也许终你一生都不能让你满足。其实我们敢不敢看自己的心是第一步。《论语》是什么？《庄子》又是什么？我想，所有古圣先贤，都以他们一种简单而朴素的生活态度告诉我们：面对自己，先把自己建立起来，那样我们才能共同构建一个和谐社会。所以说我不太相信一个公民，当他不是一个有幸福感的、有责任心的、能够让自己快乐的人，他能让他的亲人幸福。如果一个人不能上孝父母、下对儿女负责任的话，他也不太可能对整个社会有巨大的担承。所以每一个人的起点，我们生命的起点，永远是做一个最好的自己，没有人能成为他心中的偶像、他人名字的复制品，每个人只能成为自己，但是成全自己的前提是认知自己。

我们心中究竟有哪些美丽的愿望？我们是不是敢于去面对？在这里要说到孔子的一句话，他说：“在这个世界上怎么样做一个真君子？”他的学生问他：“老师，做君子很难吗？”他说：“不难。君子道者三，我无能焉。”他说做君子满足三条就够了，但是很遗憾他做不到。这是孔子的谦词。他说“道者三”是什么呢？所谓仁者不忧、智者不惑、勇者不惧，就是这三点。那么这样的一些话在今天过时了吗？

我们来想一想，忧，所有的忧思、忧虑、烦忧，在今天其实更多。为什么多了呢？是因为我们在这个物质世界里可选择的太多。 大家想想，就在不到半个世纪以前，在中国的20世纪70年代，人还没有那么多的选择，所以有的时候贫瘠也是一种安定，荒芜也是一种幸福，因为那时我们无所选择。大家从一个学徒进一个厂子到退休，用的大茶缸子上面茶渍斑斑，瓷都掉了，印的还都是同一个厂名，你没有离开过这个单位。这个单位给你分了个福利小房，自己住一辈子，到儿子结婚时拉一个帘隔半间还住这个地方。两口子从别人介绍结婚，有点小磕小碰，一辈子吵吵闹闹，但不会有人想到离婚这件事情。所有的这一切都是我们的惯性，这是我们当时所习惯的一种生活的轨迹。但是到今天，走到这个世纪，你的生活中没有什么东西是不能换的，从工作到房子到伴侣，没有什么是不能换的。所以我们面临的所有的忧惶、忧虑只会更多不会更少。

再来说“智者不惑”。漫天漫地我们存在多少迷惑、多少困惑，客观中又有多少诱惑？这个“惑”的元素也比过去更多。再来说“勇者无惧”。我们内心能不惧怕吗？我们面对这样一个庞杂的、价值观出现断层的社会急剧转型的阶段，我们每一个人可以安身立命吗？所以我们说认知自己并不是凭空的静态的认知，而是把自己放大到一个生活的坐标系中，在这个坐标系在这个时代之中看自己，越发觉得人很渺小，人被所有的忧、惑、惧压得喘不过气来。我们顶多做一个喜剧演员，脸上挂着职业的笑容，但是很难面对自己的内心。那么我们能做什么？孔子告诉我们简单的三个字：做一个仁者、智者、勇者。仁、智、勇三个字在这里到底是什么地位？仁、智、勇是人的主观，忧、惑、惧是世界的客观。当我们没有能力选择去改变世界的时候，我们起码有能力选择改变自己，也就是说怎么样让你的内心更加强一点。那么什么是仁呢？学生

曾经问过孔子："老师，什么叫仁？"按说"仁"是孔子儒家思想的核心，今天的学者解释起来长篇累牍、洋洋万言，但孔子的话太简单了，两个字："爱人"。即善待他人、真心对他人好。学生问孔子什么叫智慧，孔子又说了两个字："知人"。就是了解他人了解自己。这种了解实际上是最大的智慧。学生问如何去做，孔子说："己欲立而立人，己欲达而达人，能近取譬，可谓仁之方也。"也就是说每一个人自己都想在世界上安身立命，用树立自己的心去真心真意树立别人；"己欲达而达人"，每个人都想在生活中有所发达，用自己有所发达的心去让别人发达；"能近取譬"，就是从你身边最近的地方伸手去帮人。可谓"仁之方也"，这是实践仁义的方法。这句话听起来难懂吗？很简单吧，但是在今天我们真能做得到吗？我在大学里，我的学生每年都在换，越来越多的孩子都是独生子女，这些孩子从小在金字塔的宝塔尖上：下面是爷爷、奶奶、姥姥、姥爷，中间是爸爸、妈妈，上面是一个小皇帝。这些孩子从智力上说是出众的，学业上是优秀的，因为他们可以考上全国的重点大学，但从人格成长上来讲有些就是缺失的，因为他已经不懂得去帮助他人、享受分享的快乐。因为从小的生活轨迹就是独享，他不知道什么是分享，所以有时候帮助别人究竟是什么样的快乐他没有体会。

还记得二十年前我读到的一篇英文散文，是一个警察的工作日志。他说忙碌了一整天之后锁上屋门拔下钥匙向外走，刚要走的时候听到值班室内铃声大作，他毫不犹豫地开门冲进去，拿起电话来，里面有个女人非常着急地哭诉："你快来我家，我的孩子出事了，不行了！"警察问清地址，二话没说开车就冲过去了。到她家之后看见一岁多的小男孩，喉咙里不知道吞了什么异物，脸色已经发青了。警察说他都没来得及带上孩子的妈妈，自己一手夹着孩子、一手握着方向盘直奔最近的医院。当时的天色已经是薄暮了，他抄最近的路，到了一条大路需要穿越的时候，发现这个地方正在修路，路基已经挖下去一人深的大坑，再绕路已经来不及了，只能从这条路过去。这时他看见一个敦实的工段长，那个人看着他沉默了一会儿，什么都没说，然后对所有的工人说："来，我们都跳下去！用我们的手托起一块木板，让这辆车从我们的头上开过去！"工人们纷纷跳到大坑里，大家举着木板，警察的车，硬生生地从这些汉子的头顶上开过去了。他冲到医院后，医生赶紧抢救。孩子得救了，医生说再晚几分钟孩子可能真就要出大事了。警察已经身心疲惫，把孩子送给那位母亲就回家了。第二天早晨，他一直在想他都没有感谢的那些人，是些什么样的人？当时一句话都没说就跳下去让他把车从他们头顶上开过去。第二天黄昏他又到了这里，看见那批人还在那里修路，他打听工段长说要谢谢他，他们说工段长在那边，他迎着工段长走过去，看见一个高大的男人站在夕阳中，他转过身向警察走过来的时候满面是泪，他握着警察的手，警察没有说话的时候他说了一句话，他说："谢谢你救了我的儿子。"

这是我当时看过的一个很美的故事，也许大家会说有这样的巧合吗？人生的轮转真的会这样机缘巧合吗？你今天帮助了别人，明天好运就会垂临到你的头上吗？大家可能会说这样的故事只是一个小说而已，那么我给大家讲一个发生在英国、流传很广的真实故事。19世纪，英格兰的一位议员在大雨滂沱中赶到苏格兰去演讲，他的车子在穿越苏格兰乡村时陷到泥里出不来，所有人都非常着急，议员也下去推车。一个小伙子看见很着急，跪着帮忙弄车，把自己家的牲口牵出来，在车轮下面垫木头，连拖带拽把车弄出来。弄出来之后小伙子已经浑身上下成了泥人，议员非常过意不去，要给小伙子一笔报酬，但小伙子坚决不要。议员让小伙子说一个人生的愿望，许诺一定帮他实现。小伙子说："我最大的愿望就是想当一个医生。"议员说："好吧，如果你考上大学，学费我来包。"小伙子学习非常刻

苦，成绩优秀，真的考上了最好的医学院，议员兑现诺言供他上学直到从医学院毕业。从此以后大家天各一方彼此没有什么消息。事情过去了半个世纪，20世纪50年代，丘吉尔在摩洛哥得了严重的肺炎，生命垂危，大家到处去找能医治的药，最后发现两年前有一个名叫亚历山大·弗莱明的医生发明了一种新药。丘吉尔用了这种新药后奇迹般地好了。亚历山大·弗莱明就是当年苏格兰乡村的那个小伙子，而议员恰恰是丘吉尔的父亲。不是每个人帮助了他人，现世报马上就转到他的父亲、儿子、亲人身上，但每个人应享受帮助他人的快乐，享受我们的生命力量。一个人就像太阳一样把温暖辐射出去照耀他人，举手之劳帮助他人，他内心的快乐是巨大的，也许不需要回报，但是久而久之地帮助他人，社会就形成一种习惯。我在欧洲发现每个不认识的异国人都在冲彼此微笑，过来脸色冷漠的人可能是我的同胞，我们不习惯在异地他乡看到中国人后很高兴地问他是从哪里来的，而恰恰是异乡人在打招呼。大家可能有这种经历，在酒店坐电梯，有可能每个人都是冷冷的，但只要有一个人问“您到几层?”就会有人说到几层，然后说“到了”、“谢谢”。有的时候，从一个国家、一个社区整个的风俗到一次电梯中的相遇，其实只需要一个人作为引子首先打破僵局。

每个人心中都有一个愿望，希望我们获得爱，希望我们表达爱，但谁都不开这个金口，谁都不做第一个。什么是仁者？“仁”绝不仅仅停留在我们的思维中，它应当转化成一种行动，也就是说让你自己对他人的帮助无私地放射出去；用你自己的微笑、你自己的阳光去影响周围的人，这就是“仁者”。仁者会有很多的忧伤吗？其实所谓忧伤对一个人来说是相对的。破了一寸长的口子叫大伤还是小伤？在一个娇滴滴的小姑娘那里可能疼一个星期，哭一个星期，一个粗粗拉拉的小伙子，打场篮球划个口子可能还不知道受了伤。其实这个世界上所有的忧患——我们可能会面对失业，面对离异，面对朋友的背叛，面对和孩子的代沟，面对所有的问题——权且把它看成是一寸长的口子，这些事情人人可能遇得到，但每个生命个体的反应是不一样的。我们的心理机制上是一个娇滴滴的小姑娘，还是一个粗粗拉拉的小伙子？这通过我们拓展自己完成人的修炼是可以达到的，也就是孔子简单的两个字：爱人。爱人容易吗？我们真的能把这种爱传递出去吗？其实大家可以试试看。“智”无非就是知人，真正用心地去了解他人、懂得他人。张爱玲在写给胡兰成的信中有这样一句话“因为懂得，所以慈悲。”懂得是什么？真正的懂得并不容易，大家可能觉得有很多人大家在一起可以做朋友，甚至有很多人可以做夫妻，大家相处一生，但是相互之间并不懂得。而真正的慈悲，我们需要有智慧的悲悯，能够宽容、体谅，能够以一种平心静气的态度真正和善地去善待他人，这个前提就是要懂得。这个世界真正的大智慧不在于学知识，而在于了解人。

老子曾经说：“胜人者有力，自胜者强。知人者智，自知者明。”如果你能打败别人，说明你很有力量。但如果你能打败自己，才能说明你是强者，也就是超越。如果你能够了解他人，只能说你有智慧，但是如果洞悉自己的内心，有一种生命觉悟的建立，才能说你是真正有自知之明的人。我们了解也是从了解自己了解他人开始，这样的话，智者就可以少了很多的“惑”。“惑”是什么呀？上面是个或者的“或”，下面一个“心”字。我们世界的迷惑缘何而来？或者这样或者那样是当今世界的多元选择，下面的“心”字是说心底足够大就托住了选择，知道何去何从。如果你的心是苍白的、渺小的，你会被庞大的物质选择压垮，甚至不知所终。可以说在丰富物质选择的时代，内心有定力、有准则的人会面临幸福的生活，而内心没有定力和准则的人面临的就是一场纷乱的灾难。就像你看了那么多的牙膏广告，你知道买哪支牙膏好呀？迷惑不见得只是人生的选择，你确定买哪个牌子的牙膏，面对广告没有

自己的分析都会陷入迷惑。什么叫知人？什么叫在任何时间、任何地点下了解自己的内心，真正知道我想要的是什么？我们来说“智者不惑”，如何摆正自己的位置，认知表象下的真实。

大家都知道中国古代有个名医叫扁鹊，他和华佗并称是中国最好的神医。有一天魏文帝问扁鹊说：“听说你们家兄弟三个都是学医的，那么你说说你家兄弟医术的高低。”扁鹊毫不犹豫地说我们家大哥医术最高，二哥其次，我自己的医术是最糟糕的。魏文帝很吃惊，说：“谁知道你大哥、二哥是谁呀？你可是名扬天下的神医呀？”扁鹊从容不迫地应道：“我大哥医术之高，是在一个人没得病的时候看出这个人的征兆，他的能力是防患于未然，大家都认为他不会治病，因为病没有发起来，所以他没有任何名气。我二哥能治小病，一个人病在初期用药把病压下去，能治小病的人就名传乡里。我医术差到只能治大病，这个人的病全发起来，等到我去的时候就要动刀，就要用猛药，把这个人从死亡线上拉回来，其实这样的医生医术是最低的。”这是扁鹊自谦，我们想一想，我们每一个人能做到宠辱不惊吗？我们能做到一个人在名扬天下的时候能看到自己的弱项吗？能看到别人比自己强在哪里吗？也就是说做一个真智者，不迷惑，才能真正明确自己的未来，你才能知道自己的选择究竟在哪儿。

什么叫勇者无惧呢？其实这种勇敢更多取决于心灵的勇敢，这种能力有时不表现为剑拔弩张、盛气凌人，它表现为一种云淡风清、从容不迫。从容在今天其实特别奢侈，大家会说时间多紧呀，我们会说我们只争朝夕，来得及从容吗？从容是内心的一种状态，个人的状态表现为一种气度，即在生活中不要急功近利地直追结论，而去享受通向结论长长的过程。

我在丽江古城的时候，有一天傍晚我走在街道上，我走路的脚步匆忙惯了，还保持在北京的样子，当地电视台的何台长陪着我，我们想着赶快把事情办完。我看见前面有三个纳西族的大妈，走路特别慢，一条路被三个老太太堵死了，我和何台长过不去。何台长用纳西语和大妈说："借个路过去。"有一个老太太从夕阳中转过头说了一句话，已经习惯我们生活节奏的何台长"啊"了一声就停下了。老太太悠闲地说："我们每个人从生下来都在往一个地方去，快走也是走，慢走也是走，干吗不慢慢走呢？"什么是人的一生？人的一生是让我们的机遇充满问号，当我们充满问号并且用心面对的时候是需要勇敢的。希望平衡的人说让我少一点问号少一点未知数，但一个自信和勇敢的人会说多给我一些挑战吧，我能应对。我们不能决定生命的长度，但我们能够决定生命的宽度。人的一生少则七八十年多则八九十年，也就这样而已吧。生命究竟是条小溪还是条大河，由宽度决定。我们能做的事情是缔结河床的两岸，让自己尽量宽广，这种宽广也是一种勇气。

我曾经在《〈论语〉心得》里讲过一个来自于日本禅宗的故事，网上很多人都在传这个茶师的故事。这是一个手无缚鸡之力的人，他原本是懦弱的、不勇敢的、不懂得任何武功的，但他是一个非常有才华的茶艺师。主人离不开他，主人去京师办事非要带着他，他说如果遇到浪人向我挑战怎么办，主人让他打扮成武士，他战战兢兢跟着主人到了京城。主人出去办事，茶师出去就碰到一个浪人，浪人要比剑，茶师说不懂武艺，浪人说不是武士却穿着这身衣服就是侮辱了武士，我还是要杀死你。茶师说自己有很多事还没有办完，办完事下午再去找他。然后茶师直奔京城的大武馆，见到武馆的主人求主人教他一样死得最体面的方法，他说自己是一个茶师，遇到了挑衅。主人请他泡杯便茶，他想可能是人生最后一次泡茶，做得极其沉静从容，一套做得完完整整，做好奉给武馆主人。武馆主人说："这是我人生中喝到的最好的茶。我可以告

诉你不必死了，你去吧，你就用现在泡茶的心去面对浪人。我只告诉你这一句话。”茶师去了，到的时候发现浪人已经等着了。浪人气焰嚣张地说：“我们开始比武。”他笑笑看看对方，说不用着急，端下帽子整整齐齐放在旁边，把外衣脱下来整整齐齐叠好压在帽子下面，把袖口、裤腿、腰带系好，始终面带微笑、气定神闲。浪人的表情越来越害怕，心里越来越没底，不知道对手有多强。气焰微妙地此消彼长，到最后一刻，茶师把身上仅有的佩剑抽出来暴喝一声停在那儿，对面的浪人给他跪下了，说：“你是我一生遇到的最强大的对手。”这是个禅宗的故事，这个故事告诉我们在今天这样一个时代，真正的勇敢有时候并不表现在外在的力量，而表现在内心表现出的信念和整个人带出的气息。我们为什么和很多朋友交往中会说气场特别强，我们用全身心和大家沟通、交流。我自己是搞传播学的，传播学中有一个统计，用语言能表达、交流的信息只占整个信息的38%，剩下的62%是我们称为负语言系统的东西。负语言系统是一个人的表情、姿态、眉语之间流露的神情、体态、身边无形的气场。什么样的人具有心灵上的勇敢？这种勇敢是坦荡的、无私的，所以才无畏，应当是自内而外散发出的信心。

孟夫子说：“吾善养吾浩然之气。”什么叫浩然之气？就是将天地之气含蕴于心。庄子说天地精神能够进入自己的内心，当你能够做到这一步时，孟夫子说的那种浩然之气就充乎其中、溢乎其貌、洞乎其颜，一个人举手投足、言辞之间都有胸中的气息流荡出来，那个气息不是个人的，而是天地精华，是古往今来凝聚起来的。我相信一个人修炼内心是可以做到仁者不忧、智者不惑、勇者无惧的。孔夫子说完这三句话之后，学生一笑说：“夫子自当。”即“老师你说的这三句话说的就是你自己呀”。孔子为什么是万世师表？他并不喜欢长篇大论地和学生讨论，行动胜于言辞，用他的话说是“先行其言而后行之”，先把你说的话做了，然后再淡淡地说就行了，不要先夸下海口说下大话。孔子说：“刚毅木讷近乎仁。”一个真正仁义的人内心是刚毅的，表面上言辞是谨慎的，一个总在喋喋不休放出豪言的人往往是少有仁义的。也就是说内心的仁、智、勇应当是行为的延伸而不是口头的姿态，这种延伸能够让我们了解一生走过什么样的路，去加强自己心中最缺少的东西。如果这是衡定人生的准则，那我们再来看一看儒家思想对整个人生的纵向坐标又是怎么设定的呢？孔子说：“我年十五治于学，三十而立，四十而不惑，五十而知天命，六十而耳顺，七十而从心所欲，不逾矩。”这是他人生历程的简单描述，我们每个人都要穿越这样的阶段。在不同的人生阶段上我们真的能做到迈过每一个门槛时都能够印证自己心中的坐标吗？我们对自己的评价令自己满意吗？我们先放下这样一个人生坐标系，给大家讲一个故事。有兄弟两个人，深更半夜远足归家，背着重重的行囊，他们家住在80层的楼上。到了楼下，他们看到一张贴了很长时间的告示，说电梯维修，这天12点以后电梯停运，两个人背着行囊到家时已经过了电梯运行的时间。怎么办呀？那也得回家呀，年轻呀，向上走吧。两个人背着大包向上走，走到20层时感觉太累了，想把背包存到20层，电梯运行时再回去取。卸下行囊后人轻松了，意气风发、身轻如燕向上走。走到40层时不拿东西也累了，两个人互相抱怨，争吵起来。吵吵闹闹间又爬了20层，到了60层，两个人连吵架的力气都没有了。但感觉不远了，两个人放慢脚步慢慢爬，又爬了最后20层。终于站到80层的门口，两个人面面相觑，觉得忘了点什么，想来想去想起钥匙放在20层的背包里。这是人的一生的寓言，我们每一个人初上路时，我们的行囊中有对世界的渴望、憧憬、梦想，有很多不着边际的异想天开，有一番鸿图大志，我们希望自己的人生是一个传奇。我们背着行囊意气风发走到20层——人生20岁面对社会，要安身立命，要作为独立的社会的人

走出去，这个时候人开始觉得疲惫，当社会用规则给你重压和挑战时，你开始想将背包中的浪漫、梦想先存下来，等有朝一日发达了再回来取，梦想终有一天会实现，我先轻身上路，如此而已。然后我们开始步入人生的中年阶段，走到30岁——而立之年，家和职位都有了，人就更累了。往40岁走时人又想着如何提升自己，40岁时上有老下有小，人心开始不平衡，人到中年时经常会有生活对不起自己的感觉，这是种无名火，不知道该向谁发泄，反正身边有谁就向谁发泄，可能两个人互相抱怨。我曾经看到这样一个漫画，一个老板有无名火，随便叫来一个职员骂了一顿；职员很委屈，但不敢和老板发火。职员气呼呼地回家，看见老婆把老婆骂了一顿；老婆很委屈，看见孩子又把孩子骂了一顿；孩子不敢说什么，一生气出去了，出去看见一只小狗，把狗揍了顿；狗气呼呼的看见一只猫，就追咬猫；猫很委屈，就去追耗子……我们的生活就在这种无名火的轮转中，这就是40岁到60岁的抱怨，这个时候觉得年华已老，人生苦短，人快要退休了。为什么社会上会出现"59岁现象"？就是觉得时不我待，如果再不捞一点，晚境更凄凉。这个阶段人是不堪重负的，人内心是有积怨的，无名火不断宣泄出来。60岁退休后感觉人生的路不太长了，慢慢走了，没有什么抱怨了，但也没有激情了，又沉默地走完20级台阶。80岁面对人生的这扇门，回顾自己一生的时候，总会有一些人怅然若失，想着这一生丢失了什么，想着20岁的钥匙已经留在了20岁，已经没有机会再下去取它了。人的一生走过来是为了什么呢？你背着行囊一直想把梦想像风筝一样放出来，一直期望激情能像江河湖海一样奔涌成诗，你希望自己做一个人生传奇。但是我们做了吗？我们这一生，就在匆忙中完成了所有人应当完成的事情，惟独不可能成为自己，因为你丢了你自己的钥匙。这是一个寓言，也像我们自己的一辈子，我们到最后会想一切终究是为什么呀。与其到人生终点叹息、后悔，不如早一点在人生的每一个关卡上给自己一个明确的目标。

为什么在人生的每一段上有一个目标？“年十五治于学”，人开始学习了，什么样的学习是好的学习呢？当今这个学习型的社会，有一个概念，我自己很喜欢，叫做“好的学习导致行为的改变”。现在有很多读书的孩子，包括选专业的时候，选什么样的职业可以让自己终其一生为其奋斗？怎样用你自己的行为、知识作为生产力去改变社会呢？你学习什么东西才能让它不沉迷在信息阵中而是转化为有效价值呢？今天的信息用孔子的话来讲叫做“过犹不及”，我们今天不是信息贫乏而是信息过剩，选择一个最有效的方式，这种方式在人生的坐标上选对一条路就会幸福一生。我愿意和大家探讨一下我自己的心得，我现在专门做影视研究，来讲《论语》、《庄子》，网上很多朋友质疑说：“她有什么资格讲这个呀？”我原来是学古典文学的硕士，后来媒体问我最多的问题是为何读硕士时要学古典文学而读博士时学影视传播，这两个专业风马牛不相及。我想跟大家讲讲，我为何会这样做？我选硕士专业时才20岁，人在年轻时需要让自己有文化的根基，需要了解自己的血脉源头在哪里，需要有一种内心的定力和修养去面对这个世界，所以那时我选这样一种专业去深入研读。人在年轻时学的东西其实不会作为外在的职业方式存在，而是作为一种思维判断存在，因为那些言辞已经刻在血液里，你是不用去背的，你也不会再忘。为何我读博士时选择影视传媒呢？我想人真正的职业是可以为社会做事，不应止于心而应鉴于行，知识分子是有行动传统的，孔子为何一生奔走列国？他一生奔走列国并不像我们想的那么顺利，他希望用行动为社会做点事。一个人要想真正自信必须要看到自己的业绩，尤其是在年轻的时候。“年十五治于学”要找到有效的学习途径，置身前沿选择一个行业，它可以成全你，而由于你的优秀最后能够成全这个行当，选对一个行当会找到一种奢侈的幸

福。你去工作的时候享受工作，现在有几个人在享受工作？选择工作在年轻时是非常重要的。

“三十而立”，“立”是什么？也许我们没有获得一个外在的建功立业的机会，30岁在今天还嫌太小，但在内心必须要有一个明确的坐标，这是我所理解的“立”，就是内心知道我怎么活了。我个人的体验是30岁以前我用加法生活，30岁以后我用减法生活，这是我在30岁上最明显的变化。所谓加法，一个年轻的孩子到这个世界，每天都在积累名誉、知识、财富、情感，不断地往自己的生命里累积，但是人生的空间是有限的，人的心灵空间也需要腾空，就如同电脑硬盘需要删除一些不需要的文件。什么是我说的减法生活呢？就是人到了而立之年，有理由活得更勇敢，你可以拒绝一些你不想交往的朋友、不想去应付的应酬，你可以拒绝一些你不愿违心获得的名誉和财富，你对世界可以说“不”，这又回到我们刚才所说的两个字“从容”上来了。你成天奔波于各种不想做的事之间，浪费的不止是时间，而是生命的品质。违心是难受的，强颜欢笑和很屈辱地喝下一杯酒，或者一定要阿谀奉承夸一个你内心很鄙夷的人，或者你牵挂亲人不断看表还要应酬一个长话连篇的朋友，我们能从容吗？我们失去的不是时间，而是生命里的一份自信和坦然。“而立”是人早点明确心中想要的是什么，对不喜欢的东西淡淡地说不。

“四十不惑”更难了，这并不简单地只需要年龄阅历的增长。知识不等于智慧，知识是一种外在学业的累积，是一种信息储备，智慧是内心的悟性、反省。“觉”是一个瞬间，在整个成长过程中，一句话怦然动心是“觉”。“悟”是一个过程，是人慢慢感受、阐发，用自己的经验点化那些经典。为什么一开始我说我只敢说半部《论语》，我还有后半辈子再去看，到后半辈子我会觉得现在我说的话是年少轻狂，我连半部都没有读透。所以一个有悟性的人生首先具备的素质，就是要反省。不惑的人一定是经常反省的，不惑还在于你面对这个世界，当你成长得更强大的时候，你有理由对世界做出一些逆向思维的选择，不要完全按照世界给你制定的规则行事。人从二三十岁往上走的时候，都想抓住社会中的很多机遇。很多人问我如何理解命运，我说我理解的命运是先天的性格、后天的价值取向加上客观的机遇。先天的性格会决定这个人是内向还是外向、他行动的方式；后天的价值观决定这个人的取与舍，小舍小得，不舍而不得，一定是先舍而后得，所以价值观决定取舍；客观的机遇是成全这两点的外在条件。问题是客观条件来的时候，有些循规蹈矩的人会陷入迷惑，因为你不知道它是谁。韩国人有一个形象的比喻，说世界上有这样一种怪物，前脸长满头发，后脑勺是秃的，所以它迎着你走过来的时候，你永远不知道它是谁，它走过你身边时你突然知道它是谁了，伸手一抓，它过去了。这个怪物的名字就叫机遇，机遇永远是前脸长头发后面秃的。我们能抓住机遇吗？这就需要我们有一种挑战惯性的创造性思维。公民素质很重要的一点就是我们的创新能力，创新能力取决于逆向思维，一开始就不要循规蹈矩。

我看过这样一个故事，某电信公司招聘一个工作很简单的发报员，这个岗位的要求是懂得一种密码发电的方式。有很多蓝领工人可以胜任，所以去应聘，但应聘的工作环境很嘈杂，在电信公司巨大的办公室里，闹闹哄哄的，有多种电波，很多人在打电话，好几十人穿梭着办公。有两排椅子，里面有一个小门，面试的人要坐着等着进入小门。面试的人接到指令坐在那儿等，等了两三个小时，没有人出来叫他们，他们忍受着嘈杂坐着。这时来了一位迟到的小伙子，小伙子去的时候已经没有位置了，他就在旁边静静地站着，突然他直奔小门推门而入。十分钟后人力资源的主管带着小伙子出来对所有人说，这个位置已经由这个

小伙子获得了。这些人非常不平衡，人力资源主管说出一个秘密："其实从你们坐在这里的那一刻开始，在整个嘈杂的电波中一直有一个密码在发送一句话'如果你听到这句话，请直接进入小门'。"所有的人都把它当成一种噪音没有用心倾听，只有小伙子听懂了，他推门说："我就是来应聘发报员的。"这个故事告诉我们，学到一种知识，掌握一种技能，并不意味着你在这个世界上足够安身立命。在世界上最大的营销是营销自己，我们可能不是项目经理，我们可以用做项目经理的心态去完成一个项目，即人生的目标。项目经理的身份是需要我们不惑的。人其实需要多方面的能力，仅有知识是我们所说的书呆子，如何学而不呆，需要你在这个世界上"破万卷书，行万里路"去打开的，我很欣赏的一句广告语是："你的眼界决定你的世界。"我们有多宽的眼界，我们就有多大的世界，只有走到这样的阶段之后，我们才能知道什么叫"五十而知天命"，"知天命"在我的理解是人生智慧选择后的笑对，是人不去较劲了，就是不去明知不可为而为之。知天命的观点消极吗？知天命是让人什么都不争吗？关于不争不斗，还有另外一个表述，所谓君子有三戒，孔子说：人的一生无非划为三个大段，年少时戒之在色，即感情问题不要出大事；中年时戒之在斗，即不要为小小的房子、职称和别人斗，这种斗有时不完全表现在阴谋、伎俩和外在的手段，这种斗更多的是心里和自己较劲，知天命是心里已经不较劲了，一个人的心态决定他的状态，如果你看到一个人状态是局促的、紧张的、抱憾的，他的心中肯定打了个结；年老时，"血气既衰，戒之在得"。知天命比"不惑"更高一个层次，"不惑"是从一种动态中逐渐地稳定下来趋于静态，"知天命"是从静态的死结上发散开来重新获得心灵的自由。"知天命"应当是一种从容、旷达，无论遇到什么样的事情，你都能坦然地接受下来。中国有很多这样的古人，你不能说他的生活中一切都是如意的，但这个人可以把日子过得很潇洒，这就是孔子所说的“君子居之，何陋之有”。他的生活境遇可能极其简陋，但是能看得开。如果知天命之年让你过简陋的日子，你内心会平衡吗？苏东坡是中国知识分子的代表，特点是多大的福都能享，多大的罪都能受，且受罪时非常从容。苏东坡在杭州当官，过着神仙般的日子。苏东坡不断被贬官，最后被贬到天涯海角，还很高兴，说我有再大的坎坷都不遗憾，因为此番游历是我平生没有的。苏东坡看月亮好，今天就叫中秋吧；今天菊花开了，今天就叫重阳吧，这就是他所说的“良天佳月即中秋，菊花开日乃重阳”。也就是说如果自己的心是快乐的，天天都是节日。对于李白来说，很好的中秋月色下，“举杯邀明月，对影成三人”——一个人唱歌、跳舞的时候，月亮都跟着他。突然之间天地聚气、一堂春色。这就是孔子所说的“何陋之有”，任何时候有一种获得快乐和幸福的能力在你的身上，你的周遭可以是落寞的，但你的心里是快乐的。张绍祥被贬官时，一个人在重阳节坐船，写诗说水面像玉做的盘，他的心是淡定的、坦然的，虽然没有亲朋好友，但他看到素月，皎洁的月光都给他了。即使没有这些光，他一个人也是孤光自照、肝胆成冰雪——一个人还有生命的光芒，可以自内而外放射出来照出自己的肝胆。他多享受呀，多悠然自得的心情。最后他说了一个愿望，船上没有酒，但我想过节想大宴亲朋，可以用天上的北斗七星舀尽西江水遍宴天下，天地山川、一花一草都是座上宾客。我们的悲悯之心投射出去，世间的万物都是和我们的心有所接的。在这样的时候，人能不辽阔吗？

我们问问自己，真活到四五十岁时，我们能做到这种大欢乐吗？人在倒霉的时候最容易较劲，一定要问问倒霉事为何轮上我？心胸的豁达是自己获得幸福提升的能力。苏东坡不会像一些文人戚戚怨怨总在追问“我的乡关何在”，苏东坡的观点是“此身安处是我家”，只要到的地

方让他的心有归属，他的这颗心在这里是快乐的，这就是他的家乡。这些人心里的家是在地球之外，是在天际，我不说这是儒家的境界。其实这更接近道家的境界，中国文人生命里儒道两种成分从来是相并的，庄子说世间万物是他的车马，人心是可以无极的，我们不需要什么样的载体。这个载体可能是简陋的，可能只是象征符号，比如陶渊明给没有琴弦的琴起名为“素琴”，喝醉了抱着琴让朋友走。这样的举动，如果以今天的我们来看，这叫不懂事。但陶渊明过的是什么样的日子呢？陶渊明的家四处漏风，家里什么都没有，但陶渊明自己过得很高兴，好读书不求甚解，自己读书读得高兴了连饭都忘了吃，这是内心的自得其乐。陶渊明的朋友听他弹奏素琴听到什么音乐了吗？一段木头是无声的，多年以后李白懂得了他，写了一首小诗，说自从陶渊明辞官重归田园之后，不计功利得失，天地之间大音无声大象无形，真正的音乐是天籁之音，是存在于心灵中的感动。音乐家是将音符作载体把心中的感动写出来，画家是找到一种色彩和构图把心中的感动写出来，诗人是找到文字把感动写出来，对我们每个普通人来说，心中的感动总会宣泄出来，哪怕只是一段无弦琴。有一种天籁和鸣在你的心中是响彻的，陶渊明喝醉让朋友离去，李白写道：“我醉欲言卿且去，明朝有意抱琴来。”其实大家想一想，中国古人的生活，我们是羡慕的，但他们那种日子的贫瘠我们是想不到的，为什么在那样的贫瘠中有一种大欢乐呢？其实这就是一种知天命以后的洒脱和旷达，只有超越了知天命再往高处走，你听到别人说什么话都能学会设身处地为他人着想，也就说你不像年轻时那么激愤，跳出来反驳，你会想谁都不容易，他说这样的话有他的道理，别人有想法、难处。一个人到这个境界就是耳顺，听到什么样不同的声音可以替别人想，这是孔夫子说的六十岁的境界。

其实如果我们心里足够包容、悲悯，我们能够“因为懂得所以慈悲”的话，也许你不必等到六十岁就耳顺了。急不可待跳出来反驳说明我们的心不够宽容，我们见识别人的苦难还太少，只有一个人穿越了很多苦难之后，他再看他人，能够从心底体会出一种理解。当你对世界充满和善时，从心所欲就不远了，人的心灵可以作为主宰，做的一切并不超越世界的规矩，不去碰触世界的边际。

从心所欲的人是什么样呢？漫天漫地活在自我之中也是一种快乐，李白悲也千古乐也千古，他的悲喜都是万古长情，天地之间他应该是最高的境界，不受很多的制约。什么叫从心所欲？并不是不受道德的规范，从心所欲还能够做到不欲的境界，在心中获得一种宽广的自信，心中要有一些古人相伴，要有他一些言辞让你知道。

在泰山南天门会看到一句：“海到尽头天作岸，山登绝顶我为峰。”大海也有涯，有天接着作海岸；山顶上最高的峰峦就是你自己。中国人的哲学观念，登山后不是征服而是融和——大山不是被我踩在脚下，而是我站在大山的肩膀上能够成为天地之间大写的人，这种自我实现是以领天地精华灵气，痛彻世间万千道理，看破古今生死，最后获得心灵的欢畅和自由。我讲过一句话是“以直报怨，以德报德”，怨这种情感什么时候拿出来用呢？我们每个人都会问自己，我的埋怨和仇恨什么时候拿出来？我的回答是人的一生即使有抱怨和仇恨的时候，你最好把它浇灭在心里永远都不要拿出来，拿出来是使用、宣泄吗？不要忘了所有的仇恨和抱怨都是一把双刃剑，当你能够有效杀伤他人的时候，你自己的心受伤更深，其实一个豁达的人是要学会粗略机智的，略去生活的不如意，让有限的空间里充满一些灿烂的事情。都说“不如意事常有八九”是客观存在的，起码还有一二是如意的，那么常想一二。其实我们的生活不会那么惨，不会八九都不如意，起码有六七成是如意的，我们要多想如意，不要将不如意作为有毒空气散发腐败的气息。有的人抱

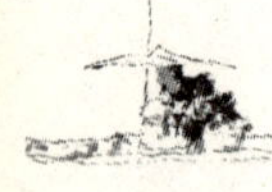

怨成为一种习惯，永远看不见所得，永远看见自己没有得到的东西，这样使自己得到的东西都黯然失色。泰戈尔说："如果你因为失去月亮而哭泣，那么你也将失去星星。"你拥有的永远把它放大到最大，用乐观旷达的心去看当下，你可以较劲，但较劲之后，恍然一梦，鬓发斑白，较劲是在浪费生命。

我可以换个角度，从某种意义上来讲，整个世界无非是主观的世界，我们心中有什么我们眼中会见到什么。苏东坡和佛印参禅之后，回家很得意地和苏小妹说他问佛印他像什么，佛印说看他像尊佛，他说看佛印像堆牛粪。苏小妹说："佛家讲的是见心而见性，一个人心中有什么，眼中看到的是什么，佛印说你像尊佛说明他心中有佛，你说佛印像牛粪，那么你想想你心中有什么。"你看这个世界上有什么？固然客观世界外在于我们，但是做同样的事情，我们可以以不同的态度进行阐释，一个人的态度决定了人生的效率。我曾经看过一个15世纪的宗教学家在他的一本书的序言中讲了一个指引他人生历程的故事，他说他顶着炎炎烈日走过一个巨大的古料厂时，看到一群人在搬砖，他好奇地问一个人在做什么，那个人特别没好气地说："你看不见呀？我们在干苦役，搬砖。"他又去问第二个人，第二个人平和一些，说："砌墙。"他又去问第三个人，第三个人脸上有种特别祥和的光彩，他擦擦汗说："你是在问我吗？我在盖一座教堂呢。"三个人做着同样的事，都头顶烈日，汗流浃背，都在搬砖，但他们给了三个不同的答案，这就是人生的三种态度。第一种人是悲观主义者，在我们的寻常日子里，你做的任何一个职业，哪怕你求学，你有理由把它认为就是一场苦役——没有任何一件事是不需要付出辛苦的，你不享受这个过程。第二种人是职业主义者的态度，在这个世界上知道为了职务必须去完成当下的一件事，这件事可以做完，但没有上限去提升，你的快乐也没有创造的激情。第三种人是理想主义者，手中的每件琐事、一砖一瓦、一滴汗，你都能想到一座教堂。那座教堂不是别人给你的蓝图，而是你心中的梦想，那座教堂真正的主人不是上帝而是你自己，是最好的自己。当有一座教堂摆在前方的时候，当它在我们的眼前不断完结的时候，每一块砖都是通往那里的一种力量。

人终究是靠自己成全的，一个有觉悟的人，能够和古圣先贤沟通的人，并不是说要背下多少诗词，而是从古圣先贤超越千年的尘埃中获得一种生命的觉悟，真正看见自己的心，从建立自己开始去构筑这个社会的和谐，每个人的前方有一个最好的自己，每个人的心中有一座最好的教堂。

阎崇年

北京社会科学院满学研究所研究员、北京满学会会长。论文集有《满学论集》、《燕史集》、《袁崇焕研究论集》、《燕步集》共四部；专著有《努尔哈赤传》、《古都北京》、《天命汗》等十六部。主编学术丛刊《满学研究》第一至六辑和《袁崇焕学术论文集》等十一部。先后发表满学、清史论文二百五十余篇。

袁崇焕的业绩与精神

大家好！我们在座的每一个人，都想对社会有所作为，都想做一番轰轰烈烈的事业，也都想实现自己的人生价值。靠什么？我想，首先要有过人之处，这个地方你做不了我能做，我超过你就是有过人之处。为什么有的人有过人之处，有的人没有？我想其中一个重要原因就是，有过人之处必有过人之思想，所以他的行为，他做的事情过人。为什么有的人有过人的思想有的人没有过人的思想？我想一个重要的原因就是，凡有过人之处必有过人的思想，凡有过人的思想必有过人的学习。因为有过人的学习，掌握比别人更多的知识，激发比别人更多的智慧来指导他的行动，才可能做出过人的事情。学习，对一个人的思想和行为，对于想做出一番事业实现人生价值的人来说是非常重要的事情。

我想讲一个例子，和大家做一个交流。大家知道世界上有一些人叫犹太人，他们人数很少，可是为什么犹太人这么突出？我多次去美国，美国的朋友和我说，犹太人如何如何，华尔街证券交易所很多人是犹太人，很多金融专家是犹太人。我举一个数字，大家听一听。犹太人约占世界总人口的0.25%，约占美国总人口的3%，但是犹太人占美国获得诺贝尔奖人数的27%，近1/3。美国有一个计算机协会，有计算机电脑发展基金，是一个最高的奖项，犹太人得这个奖的占美国人的25%，每四个得奖的人中有一个是犹太人。国际象棋比赛，得冠军的人中犹太人占

50%。在19世纪，德国人里犹太人占1%，但做医生的占50%；在维也纳，犹太人的医生占到60%。今天美国的医生、律师、高级的电脑专家、华尔街金融精英，很大一批是犹太人。于是有人研究，说犹太人聪明，所以那么多人做医生、律师、金融家、电脑工程师、得诺贝尔奖或拿世界象棋冠军。很多医学家对犹太人的基因做了研究，证明犹太人的基因和德国人、美国人、法国人一样，没有什么特别。那么犹太人为什么这样突出？反复研究以后得出一个结论，就是犹太人从小就重视教育。重视到什么程度呢？他们举了一个例子，中国的小孩刚会在床上、地上爬时，大人为了测验孩子将来的志向，用一种方法叫抓阄让小孩抓糖或钱等物。犹太人民俗里面也有抓阄，放一本书，书上抹一点蜂蜜，让小孩在上面爬。他闻到蜂蜜的香味，就会用舌头舔——孩子在不懂事的时候就培养他对书、对科学、对文化的兴趣和爱好。稍微懂一点事之后就特别注意对孩子的培养和教育。犹太人有一种传统，上学的孩子之间不攀比谁家的钱多、汽车好、父母官大，而是比孩子是否有健康的身体和丰富的学识，这是犹太人全民族的风气。现在我国的学校还有一种流传下来的风俗，尤其是在寄宿制学校，学生之间攀比谁的父母官大、谁家的汽车好、谁家的钱多。犹太人这种社会风气、风俗有利于激励青年人学习、前进、奋发有为、积极进取。我们可以想一想，中国13亿人，如果全社会、全民推崇学习，把中国建设成为13亿人的学习型社会，从小孩到老人，孜孜以求地学习，那么我们青年一代将会在人类事业当中做出突出的贡献。比家长的官大小、汽车好坏、财富有多少，对个人来说是没有出息的，对一个民族来说也是没有出息的。

我们看看中国的历史，中国的历史人物很多很多，芸芸者众，杰出者寡。明清时代杰出的、有传记的人物数以十万记，但是历史已经化为灰尘，在人们的心里还留下深刻记忆并且还震动人们心灵的人为数不

多，我想袁崇焕是其中之一。袁崇焕为何能震动我们的心灵？我想袁崇焕有四个字值得我们重视——“仁、智、勇、廉”，即“仁爱、智慧、勇敢、清廉”。

第一，“仁”

袁崇焕不是名门贵族或豪门权贵出身。袁崇焕家原来在广东，他祖父一辈经营一点木材、药材，小本生意。在广东和广西交界的地方有一个藤县，县里有个小山村叫白马村，袁崇焕在那儿上学，非常用功。袁崇焕先考秀才，又考举人，最后考进士。那个时候三年考一次进士，全国考中的人数约二三百名。整个广西藤县在276年间考上进士的只有两人，可见那时考进士比我们考大学、考重点大学都难。没有家庭背景没有特殊关系走后门。袁崇焕考取进士那年是万历四十七年（公元1619年），北京考场就是现在北京的贡院。

袁崇焕考取进士之后第二年分配工作，到福建邵武县做知县。我几次去过福建邵武县，是一个山区，自然条件比较差。

袁崇焕考进士时，东北努尔哈赤已经兴起，万历四十四年建立了政权，也有了八旗军队。这一年努尔哈赤和明朝打了一仗，明军的指挥叫杨浩，也是进士出身，统率军队号称四十七万，兵分四路围剿努尔哈赤的根据地，努尔哈赤根据地所在的这个村只有一口井。（我小时候所在的村庄，几百户人家全村三口井，但努尔哈赤根据地的村子只有一口井。）杨浩统率四路军围剿努尔哈赤的根据地，要将其夷为平地。不料四路军队都战败了，消息传到北京，举朝上下极为震惊，这时袁崇焕在北京。他到福建邵武县后老惦记着到当时国家最需要人的山海关去。

天启二年（公元1622年），袁崇焕到北京。明朝规定，全国一千三百多个县，每年知县都要到北京进行考核，腊月二十五进北京，不许进城，住在城外的寺庙里，各省管人事的副省长先对他们初步考核，考核完之后再进到城里由吏部、都察院进行复试。考的结果是成绩好的升官，成绩一般的平调或再任一届，成绩差的退休或免职。考查后，袁崇焕的结果是有人推荐他升到兵部职方司主事——相当于现在的处级干部。他一个人骑马从北京到山海关，考察军事形势，回来说了一句“予我军马钱谷，我一人足守矣”，意思是给我兵、马、钱、粮，我就能守住山海关。这在当时来说是非常不容易的，因为明朝皇帝派官员到山海关以外去，官员说身体不好不去，从陕西、山西到河北一带派去的兵都跑了，怕打仗，因为打仗可能丧命。

袁崇焕这时想的是“仁”。这时山河破碎、黎民流亡，他要去拯救难民于水火。于是皇帝派他去了，他去之后非常勤苦、敬业，政绩卓著，从六品升为五品，后又升至四品，三品，二品，官做到兵部尚书兼蓟辽督师——相当于现在的国防部长（当时是六个部）兼沈阳军区司令。袁崇焕不带家眷，直到后来打仗最危急的时候，他才把妻子和八十岁的老母亲带到城里——与城共存亡。国难当头，袁崇焕挺身而出，哪里困难就到哪里去。当时在北京做官的尚书、侍郎、翰林，有些人把家眷打发回家，金银财宝运回南方，怕北京失守后家破人亡。在这种情况下袁崇焕到了山海关，袁崇焕的“仁”不是一般的“仁”，而是“大仁”。

第二，“智”

我们培养孩子，从小到大，特别要注意培养、启发他的智慧，不要死读书。

袁崇焕的智慧体现在什么地方？努尔哈赤很了不起，不过我发现袁

崇焕比努尔哈赤更高明，因为努尔哈赤就败在袁崇焕的手下。

努尔哈赤起兵后攻打辽宁抚顺，明军败；接着打清河，明军又败；然后打开平，明军再败；再打铁岭、沈阳、辽阳（当时辽宁的省府不在沈阳而在辽阳）、广宁……明军还是败。明军退到山海关和宁远，兴城离山海关二百里，明朝在东北兵部尚书、督师、总兵都是大官，怎么回事呀？屡战屡败。明朝的官员很多也是进士出身，官做到三品二品甚至到一品。努尔哈赤攻打抚顺，明朝守军把城门一关，将护城河的吊桥吊起来不就可以吗？因为当时努尔哈赤的部队没有后勤，马、弓箭、刀枪、粮食自己预备，他们一般带七天到十天的粮食，把部队集中起来开到抚顺再回去，来回两天的路程，所以打仗的时间只有五天，如果明军把城门一关把吊桥一吊守城，耗上七天，没有粮食了努尔哈赤自然就回去了。努尔哈赤弄了一些人牵着马、驴扮装成商人混到抚顺城里，攻城的时候里应外合，里面的人把城门打开，就打赢了。后来也是这样。明朝丢了四个城，应该想一想为何会丢。沈阳是卫城，孙子兵法讲：守城守住就是胜，攻城攻下才是胜。而明朝的沈阳城的将领看努尔哈赤来了，城外是空河，他和士兵先喝酒，喝到半醉半昏打开城门就带着骑兵出去了。明朝的骑兵打不过八旗的骑兵，为什么打不过？明朝的马是在马圈里喂的，天凉了还给盖上棉被一样的东西御寒。而八旗的骑兵训练的时候，让兵骑着马跨沟，从火里或者水里冲过去，使战马像武器一样。明朝的兵戴毡帽、穿长衫，冬天冻得直哆嗦，没有武器，骑兵把马卖了喝酒，租个瘦马、骡子混事，这样的骑兵怎么可以打仗呢？努尔哈赤的骑兵身着盔甲，结果守城的明朝将领被努尔哈赤的士兵射中十四箭，落马而死，全军覆没。到辽阳时明朝的守城将领是进士出身，他不吸取丢沈阳的教训，亲自下令把城门打开，吊桥放下，在城外安营扎寨，和努尔哈赤的大营对着。辽阳城外是平地，两军大战，打不过努尔哈赤的军队，守城将领退到城内看形势不好就自杀了。明朝六个城丢了，还不吸取教训，明朝的将领还不关闭城门。在辽河边大约一百步一个兵，辽河长约一百里，以河为界，每人手里拿个棍子站着，能守住城吗？还是不派兵守城，而是带了三万兵在平原上和努尔哈赤交战，最后投降。明朝换了一个王在进，后来又换了高缔，高缔下令撤兵，从锦州一直撤到山海关。城毁了，兵撤了，从锦州走到山海关大约三百里，老百姓扶老携幼，路宿荒郊，哭声震天，在这种情况下袁崇焕受命。

袁崇焕吸取了前几次城门失守的教训，把城门关上守城，城外的老百姓也不让入城。努尔哈赤、皇太极叫阵，袁崇焕就是不出城，依靠坚固的城池，军民联防（他派人到巷口调查看是否有奸细，往城墙上送饭、弹药、水），死守固守拼命守。守城时袁崇焕让士兵们在城上向下滚木头、石头，放箭。努尔哈赤挖城，袁崇焕用被子、绳子包着炸药放到下面去炸。袁崇焕还使用“红夷大炮”守城，“红夷大炮”是当时最先进的武器，努尔哈赤的军队被炸得人仰马翻、死伤无数，努尔哈赤也受了伤。袁崇焕就靠六个字“凭坚城，用大炮”把仗打赢了。只有宁远没有努尔哈赤内应的奸细，没有夺门之叛徒。努尔哈赤从起兵到宁远之战，战无不胜、攻无不克，却败在袁崇焕的手下，那年努尔哈赤六十八岁，袁崇焕四十三岁。努尔哈赤受伤、生气，当年8月11日就死了。袁崇焕用西洋大炮守城，取得宁远大捷。明朝这个时候朝廷欢欣雀跃，论功请赏，魏忠贤头等功，赏袁崇焕三千两银子。

皇太极继位，又率大军进攻，结果宁、锦大捷，袁崇焕又胜了。

第三，“勇”

一个人很难做到勇，从政、经商、治学、统兵，都需要勇敢的

"勇"字，袁崇焕突出的一点就是"勇"。

袁崇焕去离山海关四十里的地方办事，一个人走夜路，大概走了五个小时。当时荒无人烟、野兽出没、遍地荆棘，守城的将士无不惊讶、称赞——他胆子太大了。

王在进说锦州、宁远都守不住了，就守山海关吧，想在山海关城外八里的地方再修一座城，用那座城来保卫山海关这座城。袁崇焕不同意，说不行，敌人打到那座城山海关这座城也完了。袁崇焕是个小官，王在进是个二品官，王在进不听袁崇焕的意见。一般的人就算了，但袁崇焕有责任心，正式写了封信给当朝宰相，讲自己的意见，见没有回信又写了第二封信。宰相不能判断是袁崇焕的意见正确还是王在进的意见正确，他给孙承宗写信，孙承宗是当时的大学士、天启皇帝的老师兼兵部尚书。孙承宗说："我亲自去调查一下，看谁的意见正确。"他去到山海关看了形势，觉得袁崇焕的意见对，应当在宁远修城。宁远北面是两座山，骑兵从沈阳过来必须通过山口，山口宽约一百米，过了山口修一座城把山口挡住。孙承宗大学士是一品，皇帝的老师，孙承宗诚心诚意和王在进谈了七天七夜，王在进还是不接受。孙承宗就回朝和宰相说了，给天启皇帝上课时和皇帝说了，王在进不可重用，皇帝把王在进调到南京。谁也不愿意去宁远，皇帝派孙承宗去了。越级上告是官场的大忌，袁崇焕勇敢地提出自己的意见。孙承宗后来给免官，那时朝廷很黑暗，正直的官员待不住。天启皇帝过生日，孙承宗想在给皇帝祝寿时向皇帝汇报前方的情况，求皇帝的支持。魏忠贤以为孙承宗要清除皇帝旁边的奸臣，先向天启皇帝汇报不许孙承宗进城，紫禁城的城门都关了，又打开城门加急到朝阳门外把孙承宗截住，说"你再前进一步就杀头"，孙承宗没有办法就回了山海关。后来孙承宗被免职，清军打过去的时候，孙承宗全家48口殉难。

高缔要撤兵，袁崇焕不同意。高缔说：“如果袁崇焕不撤，就让其他人撤。”袁崇焕说一个人要躺在宁远的孤城里，独挡努尔哈赤的侵入。袁崇焕一万人阻挡努尔哈赤号称十三万人的进攻，袁崇焕说死也要死在宁远。

明朝派养马、打梆子、传膳的太监做山海关总监，做辽东军区驻宁远、锦州等地的钦差。

太监在宫里没有文化，没打过仗，更不会用火枪火炮，袁崇焕不同意，要求撤掉。当时魏忠贤当权，魏忠贤派太监去看着他。崇祯皇帝又派了一个太监在北京监军，李自成打北京之前太监先投降了。袁崇焕提出要撤这些太监，这需要勇气，敢对皇帝说“不”是很难得的。

第四，“廉”

袁崇焕做福建邵武知县，穿着官服登墙上屋爬到房上给老百姓做主。袁崇焕做了一任知县，县志对他的评价是“分文不取”。袁崇焕在辽东时老家来信说父亲死了，让他回家处理丧事，袁崇焕没有路费，没有钱给父亲安葬，靠同事、朋友赞助。这么大的官回家的盘缠都没有！袁崇焕统率军队多的时候大约有十五万军马，过手的银两数以百万计，历史对他的评价是“分文不取”。袁崇焕死了以后抄家的结果是“家无余资”——当时抄家的报告显示家里没有钱。有一次我做一个报告，在场的大约有四十多个人，有一个人，我看着级别至少是处级干部，我刚一讲他就站起来，说：“你说袁崇焕仁、智、勇、廉，难道比我们共产党员还高明吗？”我说：“袁崇焕做知县分文不贪，死后抄家是家无余资，你是否敢说你分文不贪？”我们看了袁崇焕的事迹都非常受感动。袁崇焕大仁、大智、大勇、大廉，经手上百万的银子，修一个太和殿才

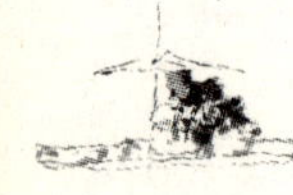

几十万两银子，他能做到分文不贪；和皇太极打仗，袁崇焕是文进士出身，身上中箭仍与皇太极交战。

袁崇焕也有弱点，过于耿直，得罪了一些人，最后被崇祯皇帝所杀。明朝的杀人刑罚有两种，一种是“绞”，一种是“斩”，“斩”比“绞”的刑罚重。因为“绞”后尸首是全的，“斩”后头身分离不能留全尸。袁崇焕是“磔”刑，即千刀万剐。我看过一个照片，是清末民初一个澳大利亚人拍的。北京一个国际协会请外国大使、参赞等，邀请我给外交官讲清史，讲之前吃饭时，一位大使夫人说送我一套书，里面有莫理士的照片，有几幅是斩首，有两幅是“磔”刑，虽然是清末不是明末的，但刑罚是一样的，这对袁崇焕是多么残酷。

崇祯皇帝把袁崇焕杀了，当时有个兵部尚书叫陈西甲，皇太极要和明朝谈判，崇祯就派陈西甲负责此事。有一天夜里陈西甲看完信后睡着了，把信放在书桌上，早晨家人以为要发出去就抄了发出去了。满朝知道后哗然，说怎么还要谈判，明朝特别忌讳谈判，崇祯皇帝就把陈西甲杀了。康熙皇帝敢于自己承担责任，但崇祯皇帝文过饰非，把袁崇焕给杀了，逼着皇后、贵妃自杀，自己杀了十五岁的女儿，四面楚歌，孤家寡人，天亡崇祯也。

有人写信给我提意见说：“您说明朝不好，万历皇帝二十几年不上朝，机构不是照样运转吗？”万历皇帝吃全国最好的，穿江宁、杭州最好的丝织品，住在北京的紫禁城，中国有9000万人，9000万人用血汗养着他，他却二十多年不上朝，这是非常不对、不好的。

封建君主的罪恶要揭露、要批判，为国家做过贡献的民族英雄要学习。要有一个是非，特别是要提倡民族精神，我觉得我们中华民族的精神要特别提倡，袁崇焕的爱国精神要特别提倡。我到韩国，韩国人处处体现他们的大韩民族精神；我去美国，韩国、美国人不买日本的汽车。

我们要弘扬中华民族正义的传统精神，全国人民团结一致，奋发图强，把我们的国家建设好，让我们的人民生活更美好。

谢谢大家！

听众：中国历史上有很多杰出的人物，都家喻户晓，袁崇焕对大家来说比较陌生，这是为什么？

阎崇年： 袁崇焕反清反满，袁崇焕在崇祯三年（公元1630年）被杀，过了14年明朝就灭亡了。因为袁崇焕反清，清朝不可能宣扬袁崇焕的精神；民国本来要提倡袁崇焕的精神，结果时间很短。新中国成立后应当宣传袁崇焕的精神，但那时 “帝王将相”都在批判横扫之列，袁崇焕是将，所以没有很好地宣传。“四人帮”倒台、改革开放以后，连续开了四次袁崇焕的学术研讨会，其中有两次是国际性的，关于袁崇焕的小说、文章、电影逐渐发表，袁崇焕的精神才被更多的人所了解。

听众：袁崇焕死了之后尸体被部将及后代守了300年，您如何看待这个问题？

阎崇年： 袁崇焕死后资料散失了，袁崇焕的遗体如何处理的，有传说，但正史没有记载。袁崇焕没有儿子，且袁崇焕死后不久明朝就灭亡了，袁崇焕的遗体到底哪儿去了，并不清楚。北京有一个袁崇焕的墓，“文革”期间把墓给挖了，其中没有遗骸和其他东西，也没有衣服的残渣，墓可能是象征性的，也没有相关的资料记载他的事迹。

听众：历史上说袁崇焕死了之后百姓对他极其憎恨，皇太极使的是什么计策？为什么百姓会这样对待袁崇焕呢？

阎崇年： 历史对皇太极的反间计是有记载的，反间计的结果是崇祯皇帝把袁崇焕抓起来，把袁崇焕千刀万剐。这件事情主要是崇祯的责任，他有一个梦，要使明朝中兴。皇太极打到北京之后，崇祯皇帝的中兴之梦破灭了。北京城的老百姓，可能有的人受蒙蔽，以为袁崇焕是奸

细，所以恨他，但花钱买肉生食之不合常理，这些材料可能有夸张。京城百姓受蒙蔽的道理，我们可以理解。“文革”时，老百姓也在喊口号，是受“四人帮”的蒙蔽。袁崇焕死的时候，有很多谣言，说袁崇焕引皇太极攻打北京，变成奸细，很多老百姓不理解，咬牙切齿，后来知道是皇太极的计策，袁崇焕被处死的九条罪状都是莫须有的。一方面是群众不明真相，受到舆论的误导，另一方面史料有夸大，不能完全相信，要分析、判断性地接受。

听众：如果袁崇焕不死，他有没有可能改写历史？

阎崇年：历史不能假设，历史是自然发展的。但明朝灭亡是个必然的过程，只是可能要延缓一些时间。袁崇焕不死并被加以任用的话，可能会延缓明朝的灭亡。如果奸臣当道，袁崇焕即使不死也无法发挥作用。

谢谢大家！

纪连海

北京师范大学第二附属中学高级教师。1986年7月毕业于北京师范学院历史系。1998年首都师范大学历史系首届历史教育学硕士研究生班结业。2005年成为中央电视台《百家讲坛》栏目主讲人，已经播出的节目有《正说和珅》、《正说刘墉》、《正说纪晓岚》、《正说多尔衮》等。2006年成为上海电视台纪实频道《文化中国》栏目的特邀嘉宾。著有《历史上的和珅》、《历史上的多尔衮》、《历史上的刘墉》、《历史上的纪晓岚》、《说康熙》等。

正说清朝重臣之和珅

谢谢各位。大家可能都认识我，其实我挺不好意思站在这儿的，因为我就是一个普通老师，教书的，站在这儿瞎糊弄人。北京一个叫潮东的主持人，他在电视中自嘲："潮东呀，你长得难看不怨你，爹妈给的，可你跑到电视上来吓人就不对了。"台下有很多朋友，我知道大家为什么来，大家一看我，"就他这么难看还去中央电视台，我们长得比他好看多了"，所以你们就都看我来了。好了，前面是一个开场白。我只是一个普通老师，站在这儿心里有点发虚。

我今天要给大家讲的是《正说清朝重臣之和珅》。

讲到"正说"的时候，我们知道很多朋友分不清历史和电视剧有什么区别。有的人还在说二月河写的"康"、"雍"、"乾"特别好。我讲和珅之前想讲一下对康熙王朝、雍正王朝的见解。电视剧《康熙王朝》、《雍正王朝》是二月河先生编剧的，他写得特别好，我也觉得特别好。其中一个非常有意思的角色是《康熙王朝》中的武次友。武次友和康熙皇帝是半朋半友半情敌，康熙爱上了一个叫苏麻喇姑的女人，康熙皇帝的奶奶给康熙皇帝找了一个叫武次友的老师，武次友也爱上了苏麻喇姑，苏麻喇姑也喜欢武次友，但被孝庄皇太后给断开了。我是学历史的，经过我查证，苏麻喇姑和康熙皇帝的奶奶是同一年出生的。我们都看过一个希腊悲剧，说有个人杀父娶母。这个人的父亲找人算命，算命的人说这个孩子会把你杀掉，把你的妻子即他的妈妈娶去当老婆，这个人一听赶紧把孩子扔到河里想淹死他，但这个孩子没有死，十八年后他把他爸爸给杀了，把他妈妈娶做妻子，这叫“恋母情结”。我们都听过“恋母情结”，但您听过“恋祖母情结”吗？如果康熙皇帝爱上了和他奶奶一辈的苏麻喇姑的话就是“恋祖母情节”。二月河先生给我们编了这样一个故事，说康熙皇帝爱上了和他祖母一样大的女人。我和二月河先生是好朋友，二月河先生现在身体不太好，如果他身体好的话我们已经约好在嵩山论剑，由上海电视台做全程直播。故事还没有完，还有后半截故事，后半截故事是武次友是什么人？我这个人孤陋寡闻，我查了半天的资料，竟没有找到武次友是个什么人。换句话说，武次友这个人纯属虚构，这是从来不存在的情节。“戏说”可以用来编故事，我们刚才讲的故事有真有假，有苏麻喇姑这个人，但没有武次友这个人，这就是“戏说”。可以凭空捏造，可以根据故事情节、故事发展的需要人为地塑造一些人物。这是“戏说”和“正说”的区别。

同样是“正说”，你们可能会觉得纪老师和别的老师讲的不一样，讲的和历史上好像不太一样，我也承认不太一样。那么我讲的到底是不是“正史”呢？我今天给大家讲一个故事。两个人喜欢喝酒，旁边一个医生说：“你们别喝了，喝酒是会死人的。”两个酒鬼不听医生的话，这个医生拿过一个透明的杯子，里面是白开水，从外面捉一条虫子放到凉开水中给两个酒鬼看，虫子没死，还活着；然后把虫子放到盛酒的杯子里，虫子死了。医生问酒鬼看见没有，两个酒鬼说看见了，医生问他们得出什么结论，他们得出什么结论呢？他们说：“喝酒的人肚子里不长蛔虫。”医生想证实喝酒是会死人的，但喝酒的人得出另外一个结论。（人与人的不一样）有的时候就在于针对一件事，我讲的是一种观点，他讲的是另外一种观点。到底谁讲的对呢？谁讲的都对。那到底是

怎么回事？过去好几百年了，你问我，我问谁去呀？我讲的我认为是对的，他讲的他也认为是对的，这就属于再正常不过的一件事，即“仁者见仁，智者见智”。所以大家不要太较真，同样一件事情，可能你看的情况和我看的情况不一样。有的时候大家都学过的东西、人所共知的东西并不见得是真的，写在书上的东西、都被我们确认为历史的东西不见得是真的。

前面这一段是说：一、“正说”和“戏说”的区别。二、各人对“正说”有不同的见解。

现在我们进入正题——《正说清朝重臣之和珅》。

有的朋友听过我讲的和珅，有的朋友没听过。在我而言，和珅是什么样的人呢？电视剧中王刚演的和珅已经家喻户晓、深入人心，尤其是王刚主演的《铁齿铜牙纪晓岚》，编剧编得挺好的。但中国有那么当皇帝的吗？如果那样当皇帝，得有多少江山让皇帝给葬送呀？为什么把皇帝写成这样？是因为编剧没有那种体验，没有当过皇帝。

今天讲和珅，我主要讲五个方面。

第一，和珅是一个苦孩子

这是我很有感触而发的，它不仅仅在于和珅是一个苦孩子。我有一个想法和大家交流，我们大家都是平民百姓，可能在这个社会上会遇到许多不如意的事，遇到不如意的事情的时候很多人会灰心丧气，觉得这日子什么时候是个头呀！我什么时候才能熬出来呀！你看人家和珅，没有爹妈的一个孤儿，能让大家家喻户晓——不管是好人坏人，活了不到五十岁，其中二十多年当国家二号领导人，我们能做得到吗？苦孩子和珅有很多智慧值得我们借鉴。

和珅三岁丧母，和珅的母亲生他弟弟和琳时难产，孩子和琳活了但和珅的妈妈死了。和珅九岁丧父，和珅的父亲没有死在北京而是死在福建，和珅家当时在北京西直门新街口。

和珅姓什么？和珅姓钮祜禄氏，即“狼”的意思，现在有改姓敏的。前两天我讲了鳌拜，涉及到“回回”。有人给我打电话问现在讲“回回”行吗？他说阎老师讲“回回”的时候有告状的，说他们是回族不是“回回”，“回回”是对回族的诬蔑。我有些无可奈何，回族人在历史上自称是“回回”，回族是汉族人对“回回”的称呼。正经回回人打招呼时互相会问“是回回吗？”而不会问“是回族吗？”

满洲人的姓氏有三个来源。

第一种来源于他的部落、河流、山川名字等。比如 “叶赫那拉氏”，“那拉”是太阳的意思。

第二种是从其他少数民族借过来的。康熙的奶奶孝庄皇太后姓博尔济吉特氏，博尔济吉特氏是蒙古族姓氏，博尔济吉特氏的前身是孛儿只斤氏，成吉思汗姓孛儿只斤，孝庄皇太后是成吉思汗的嫡系子孙。成吉思汗的姓的意思是“蓝眼睛的人”，意思是：我不是汉族，我们这个民族不是中国人，我们是有高加索血统的。我的这一说法可把一个蒙古人给得罪了，写信把我给告了，说这是对蒙古族人莫大的诬蔑，让我给他道歉。我给他解释，我说蒙古族人真的不是炎黄子孙，没有必要每个人都说是炎帝、黄帝的子孙。我考证过，中国人都是从黑非洲来的，不但中国人是黑非洲的后裔，整个世界都是从那儿搬出去的。这是科学，是不能由我们决定的。历史上讲北京人，你不知道北京人后来绝种了吧？中国讲的所有这些原始人都没有后代，都绝种了，中国人真的是非洲人的后代。前两天我看一张报纸，经过科学考证，中国没有纯种汉人！这是中科院考证的结果。您想想水稻都杂交了，纯种人能生存下去吗?四大文明古国

之一的古巴比伦人为什么灭亡?就是为了保存种族的纯洁性,不和外人通婚。英国人为什么那么多得血友病的?就因为近亲结婚。

我们要交代一下和珅的年龄。很多人看戏看到和珅、纪晓岚、乾隆皇帝差不多大，事实不是那样的。和珅出生在1750年，他比乾隆皇帝小39岁，比刘墉小31岁，比纪晓岚小26岁。和珅当官的时候，乾隆、刘墉都是60多岁的人了，纪晓岚是50多岁的人了。

除了和珅，我想和大家分享一下，中国历史上打天下的（不包括坐天下的）谁不是苦孩子出身？司马迁写了，秦始皇是个什么样的人呢？吕不韦的小妾怀孕后，吕不韦把小妾送给另外一个人，生下的孩子就是秦始皇。秦始皇就是一个私生子，吕不韦是秦始皇的亲生父亲。刘邦是个什么人？开始只是当个最小的官，后来当皇帝了。曹操姓什么？曹操应当姓“夏侯”，曹操的爷爷是太监，曹操的爷爷从夏侯家抱养了一个孩子。曹操和大将中的夏侯最亲，是因为夏侯是他的亲弟弟。历史上谁是根红苗正做皇帝的？这样的人可以坐天下，但没有打天下的。朱元璋开始做和尚，他做和尚是因为和尚庙管饭，和尚庙也没有饭之后他去化缘，化来了一个天下。我们不要自暴自弃，不要长他人威风灭自己志气。我今天讲和珅主要是励志教育。如果是富裕家的孩子，我爱给他算，我说你知道中国有句俗话是“富不过三代”，过了三代之后还是苦孩子，诸位算算现在中国有几家三代之后依然富裕的？很少。我不是盼着别人破产，但是有了钱还得有相应的素质。不能光有钱就可以了，不能穷得只剩下钱了。有钱人家的孩子不要自骄自大。

第二，和珅是个懂事的学生

和珅是个苦孩子，苦孩子念书很不容易。和珅三岁没有了母亲九岁没有了父亲，和其他的苦孩子一样，也经常受坏孩子欺负。和珅上学的时候，坏孩子写骂老师的打油诗，注明是和珅写的，然后放在老师桌子上。老师明知道不是和珅写的但也得打他一顿，因为老师也惹不起那个真正写打油诗的孩子的家长，但是和珅没有父亲没有母亲没有亲人，在学校经常挨老师打。和珅非常下工夫学习，我们过去讲“穷人的孩子早当家”就是这个道理，因为他穷，无法依靠别人。

和珅懂本民族的语言、文化知识，和珅是满洲人。1912年以后才有“满族人”这个说法，1912年以前叫“满洲人”。和珅懂自己民族的语言、文化知识有什么特别吗？是的，从努尔哈赤到乾隆皇帝时，已经有60%的满洲人不会说自己民族的语言了——满洲人会说两种语言，一种是汉语，一种是满语，但和珅精通满语也精通汉学，懂四书五经、十七史、唐诗宋词元曲等等。和珅除了懂汉语、满语之外还懂两种少数民族语言，一个是蒙语，一个是藏语。和珅懂四种语言。和珅的藏语水平有多高？有一年乾隆皇帝在承德避暑山庄避暑，要做七十大寿，六世班禅来了封亲笔书信，乾隆皇帝看不懂，纪晓岚、刘墉都看不懂，和珅给翻译出来了。我在电视上讲的时候，有个人找我说：“老师，不对，我上次听阎老师讲课，阎老师说乾隆皇帝懂五种语言，有满语、汉语、藏语、蒙语，还有维吾尔语。您讲的不对，您说六世班禅写信但乾隆皇帝看不懂。”我说“我没有讲错，阎老师讲的也是对的”，那个人问我是什么意思，到底乾隆皇帝懂不懂藏语呀？我会说一句法语、一句日语、一句朝鲜语，我就能说会这三种语言了？我还会说一句藏语呢，关于藏语，乾隆皇帝只是懂几句基本的话，我所讲的和珅的“懂”是很熟练，这两个“懂”是两个概念。阎老师说乾隆皇帝懂藏语，但没说懂几句，我说的意思是乾隆皇帝就懂几句藏语，我们两个人都没有讲错。和珅可以模仿乾隆皇帝的笔迹，和珅仿冒乾隆皇帝写字没有人看得出来。乾隆

皇帝老让和珅题字，和珅的字写得什么样呀？和珅的字写得非常好！和珅研究乾隆皇帝的诗，和珅写出的诗能让人以为是乾隆皇帝写的。乾隆皇帝是中国古代作品最多的诗人，一生写了4万多首诗，唐诗流传到今天的一共有2万多首。曾经说写诗最多的是陆游，这是不对的。陆游写了9000多首诗，乾隆皇帝一生写了4万多首诗！但很难判断乾隆皇帝写的4万多首诗中哪首是和珅写的，这就是和珅的本事。

和珅是个懂事的人，一个是知识丰富，一个是适时地运用知识。

第三，和珅是一个非常重感情的人

和珅所谓的重感情有四个方面：一是兄弟情，二是夫妻情，三是父子情，四是朋友情。

第一种感情是兄弟情。

过去人和现代人不一样，现代人大多是独生子女，没有兄弟姐妹，过去是“打仗亲兄弟，上阵父子兵”。和珅的弟弟和琳出生时他们的妈妈就死了，和珅和弟弟和琳相依为命。上学时和珅与和琳做了分工，和珅注重学文，和琳注重学武，两个人一文一武，将来的前景是出将入相——和珅在朝内和琳在朝外，就是为了这样的目的。和琳与和珅在上学时得到了老师的好评，当时一个特别有名的诗人袁枚写诗称赞：“擎天兼捧日，兄弟各平分。”“擎天”的是和琳，“捧日”的是和珅，一个出将一个入相。和珅先做官，为和琳铺好一条路。和珅清楚“强将手下无弱兵”、“宰相门前七品官”，提拔要看背景，和珅给和琳出了一个主意，必须跟着一个特别牛的人，于是找到了阿桂。铁将军阿桂是大学士，懂得学问特别多，还主持过考试。阿桂的爸爸在1748年主持了一次考试，选拔出很多人才，其中就有纪晓岚。“铁将军”阿桂特别能打仗，和珅想，让和琳去哪儿当个小官呢？就派到“铁将军”阿桂门下。老天爷给每个人的机遇是平等的，就看你是否错过。老天爷给每个人的机会是一样多的，有时候你没觉得是机会就给错过了。和琳没有错过机会，在“铁将军”阿桂手下和琳就做了一件事：有一个朝廷的左都御史弹劾杭州胜柱贪污，胜柱的一个妹妹嫁给了皇帝，皇帝正和胜柱的妹妹如胶似漆之际，胜柱从杭州赶到北京去看皇帝，给皇帝、妹妹和自己带了很多东西，结果给自己带的东西被左都御史看到了，就弹劾他贪污。皇帝派阿桂、和琳查案子，查完之后证实胜柱确实贪污了。阿桂说该怎么判就怎么判，和琳说“念在初犯，应当从轻处理”，最终这件事的结果是因为阿桂说从重从快处理，而停阿桂一年奉禄，和琳官升三级，胜柱暂时休息一年后重新起用。和琳升官了，他因为处理一个案子被皇帝看重。和琳升官后处理了很多案子，都对皇帝有很大好处，都是顺着皇帝的意思，所以皇帝觉得和琳不错。

1792年廓尔喀（现在的尼泊尔）欺负中国，想吞并中国西藏。现在尼泊尔的教材中还说西藏是尼泊尔的领土，也证据确凿。文成公主是松赞干布的第五个老婆，松赞干布的大老婆是尼泊尔人，文成公主没有给松赞干布生孩子，给松赞干布生孩子的都是大老婆，所以统治西藏的子子孙孙都有尼泊尔血统。乾隆皇帝派大将军福康安打尼泊尔，派和琳给福康安做助手，福康安负责前线的指挥、作战，和琳负责粮草运输，两个人配合特别好。

廓尔喀平定后，贵州苗族人造反，乾隆皇帝命令福康安赶紧率军队到贵州镇压苗民叛乱，没有派和琳去。福康安带着大部队去了，和琳从四川听说后没用人派就直接奔了贵州，还自称“将在外，君命有所不受”。结果和琳去得正是时候，福康安在前线病死了。当时贵州和现在不一样，那个时代贵州是深山老林，都是原始森林，一米以下是一千年

前的树叶，这一米以上的树叶是这一千年落的。这些树叶会产生什么反应？会产生化学物质——甲烷，甲烷是沼气，是有毒的。福康安死了，前线群龙无首，和琳给乾隆皇帝一封密信，给和珅一封密信，和琳对乾隆皇帝说他临时指挥，前线急需重臣，问乾隆皇帝怎么办，给和珅的信说赶紧周旋让他当上总司令。经过和珅周旋，和琳真的就当上了总司令。和珅在朝廷里身兼40个州的职务，是一人之下万万人之上，是天下二号人物，他上面就是皇帝，全国的军队都掌握在他弟弟和琳手中，要发动对清朝的叛乱是很容易的。但老天爷不作美，和琳刚当了总司令就死在那儿了。和珅有没有背叛皇帝的心呢？确实没有。以上讲的是和珅兄弟情深，互相帮助。

第二种感情是夫妻情。

下面讲讲和珅的妻子。和珅是一个无名小卒，他为何能崛起？朝廷里有一个叫英廉的大学士，学富五车，才高八斗，特别有学问。这个人的儿子和儿媳妇早亡，就留下一个孙女，他想找一个孙女婿，就去找一个学习好又没爹没妈的孩子，结果就找到了和珅。和珅和英廉的孙女结婚生子，和珅没有父爱，所以他特别疼他的孩子。他觉得有了妻子才有了家，结婚以后感觉有家了，自己有伴了，而且妻子很贤惠很精明。和珅的妻子生了一个孩子（即丰绅殷德），过去讲究多子多福。刘墉没有孩子，现在街面上说的刘墉的后代都是过继给他的儿子的后代。刘墉与纪晓岚两个人，刘墉与和珅斗智斗勇，纪晓岗就不与和珅斗，因为纪晓岚老婆孩子一大堆，和珅与刘墉对立是确实的。1797年和珅的妻子又给和珅生了一个孩子，那时和珅的妻子已经四十七八岁了，和珅非常高兴。但孩子一周岁时死了，妻子伤心得病了，从此身体不好，总是咳嗽，和珅非常伤心。1798年和珅安排了一个盛大的祈祷活动，给牛郎织女磕头。中国有七月十五、十月初一、清明三个鬼节，到七月十五鬼节时，和珅采用了各种办法“贿赂”阎王爷，结果还真有效果了，到八月十五的时候和珅的妻子不咳嗽了，身体和情绪明显好转。和珅非常高兴，全家喝得一醉方休，就在这天晚上和珅的妻子病死了。和珅的妻子死了之后，和珅一夜之间从大喜到大悲，他写了六首悼念亡妻的诗。和珅是个著名的诗人，诗写得特别好。比如说悼念妻子的诗：

一

修短各有期，生死同别离。
扬此一坯土，泉址会相随。
今日我笑伊，他年谁送我？
凄凉寿椿楼，证得涅槃果。

二

夫妻辅车倚，唇亡则齿寒。
春来一齿落，便知非吉端。
哀哉亡子逝，可怜形影单。
记得去春时，携手凭栏杆。

三

玉蕊花正好，海棠秀可餐。
今春花依旧，寂寞无人看。
折取三两枝，供作灵前观。
如何风雨妒，也紫同摧残。

每首诗写得都非常动情。和珅和妻子两个人感情特别好，和珅的妻

子死在寿椿楼，规定家里的人都不许去寿椿楼，只允许和珅和丰绅殷德去，别人都不许去。

和珅对妻子和对小妾的感情是不一样的。和珅与妻子的感情是一种亲情，是一种家的感情。

和珅有很多小妾，主要来源有三种：

第一个来源是皇帝赏的。

乾隆皇帝经常赏赐女人给大臣，纪晓岚、和珅身边都有这样的女人，乾隆皇帝赏给和珅一个“黑玫瑰”，长得比较黑，但很漂亮，这叫“赐妻”。在那时有“长妻”，有“赐妻”，然后有“妾”。妻和妾不同，妾是可以随便被妻打的，妾生的孩子不能让妾哄而让妻哄，管妻叫“娘”，管妾叫“小娘”、“二娘”或“姨”。后来“娶出宫女子为赐妻”是和珅的一个罪状。

第二个来源是和珅的妻子给找的姑娘。

第三种来源是朋友的老婆。

有句俗话是“朋友妻不可欺”，这与和珅娶朋友妻子的情况不同。和珅的朋友被杀了，全家问斩，一个小老婆怀孕了，如果娶过来就能给朋友家留个后代。很多少数民族都不讲究“朋友妻不可欺”，哈姆雷特的爸爸被叔叔杀了，他叔叔娶了他的妈妈。每个民族有这样一个过程，因为生产力低下，需要给这个部落、家族添丁进口。

小妾与和珅的感情怎么样呢？他们的感情没的说。现在很多官员出事后，身边的女人都跑了。和珅死了，皇帝并没有抄和珅的家，因为和珅的儿子是乾隆皇帝的女婿，所以只罪罚和珅一人。但是在这种情况下，和珅的小妾都自杀了，且自杀前都写了诗，写明自杀的想法。豆蔻写了七律两章，其中一首是：

谁道今皇恩遇殊，法宽难为罪臣舒。
坠楼空有偕亡志，望阙南尘替死书。
白练一条君自了，愁肠万缕妾何如。
可怜最是黄昏后，梦里相逢醒也无。

诗很简单，说的是你们都说现在的嘉庆皇帝好，他不好，他杀了我的夫君，我不能救我夫君我要自杀。她说和珅拿一根绳你就上吊死了，为了我你也得想方设法活呀，夜晚我一个人没伴，做梦就梦到你，醒后却看不到你。写完这首诗后她跳楼身亡。青莲是前面所说的和珅朋友的妻子，青莲刚到和珅家和珅就让她管账，特别信任她，青莲本来是罪臣之妻，到和珅家之后特别受重视。和珅和豆蔻死后，青莲把他们的尸体收了、埋了，然后写了十首诗，其一：

一朝能悔郎君才，强项雄心愧夜台。
落花流水春去也，伊周事业空徘徊。

说和珅死在本事大，遭人嫉妒。青莲说和珅太有本事，不顾及别人的想法，遭人嫉妒。随着和珅的生命完了，她相信大清朝随着和珅的死也离灭亡不远了。青莲写完诗后上吊自尽了。

第三种感情是和珅的父子情。

和珅的长子是丰绅殷德。在丰绅殷德小时候和珅就给他找好了对象。乾隆皇帝六十多岁得了一个小女儿，非常宠爱她。和珅让这个小女孩见面就管他叫公公，乾隆发现后就给丰绅殷德和公主订了亲。和珅的小儿子一周岁的时候死了，和珅写了十首诗悼念小儿子，在此分享一首：

襁褓即知爱文章，痴心望儿继书香。

归家不忍看墙壁，短幅长条一律藏。

第四种是和珅的“朋友情”。

和珅选择朋友有四项基本原则：

一、一定是与自己的经历、背景基本相似的人；

二、官员中的无能之辈；

三、曾经因为有过各种罪错而被自己抓过的人；

四、重要官员的家人。

和珅知道福康安如果告自己贪污，他没有办法，而且福康安也不屑于和自己交好，所以和珅与福康安的弟弟好，每贪污四元钱就给福康安弟弟一元钱，如果福康安要检举他，他就检举福康安的弟弟，他死福康安的弟弟也得死，福康安家也得问斩。福长安和易章科最后都是跟着和珅死的——乾隆皇帝刚死，易章科马上给和珅写信说“节哀顺变”，给嘉庆皇帝的信没有写“节哀顺便”这句话，被嘉庆皇帝给杀了。嘉庆皇帝特别想杀和珅，对福康安的弟弟福长安说只要他检举和珅贪污就立刻把他给放了，福长安说：“谁说和珅贪污了？和珅是有名的清官呀。”福长安无论怎么都说和珅没有贪污。

第四，和珅是贪官

和珅是贪了，但贪多贪少不好说。有一个故事，很多证实和珅是贪官的书都讲这个故事，说乾隆皇帝的七儿子怡亲王颙琮不小心把乾隆皇帝的一个玉盘给摔碎了，他特别害怕，十一阿哥成亲王颙瑆说：“别怕，你找和珅，到和珅那儿准有办法，你管他叫叔叔他就给你一个。”

两个孩子去找和珅，成亲王让和珅想办法，和珅说“没事”，拿了一个比孩子摔的还大的盘子——让他们玩，两个孩子高高兴兴地走了。我考证了一下，七阿哥怡亲王颙琮出生于1747年，和珅出生于1750年，十一阿哥颙瑆出生于1752年。摔盘子的颙琮，和珅没有见过，颙瑆也没有见过，这个故事就只能落个“纯属虚构”的结果。

和珅的钱是哪儿来的呢？和珅到底是贪官吗？是。和珅的钱的来源是，皇帝的赏赐大致占三分之一，利用官位发一些职务财大致占三分之一。(我们没有找到和珅利用职权贪污受贿的有关材料，但肯定有。)和珅的钱的来源还有商业经营收入。清朝规定，上三旗的人不能经营商业，不能从事商业，但和珅破了这个例，和珅在北京周围开了七十多家当铺，开了灰瓦店、三箭店、鞍铺，经营门头沟的煤窑，还有大马车搞长途贩运，等等。

第五，和珅的死

讲到和珅的死，必须要回答和珅是否是贪官的问题。那么和珅是贪官吗？是。和珅的死和贪污有多大关系？没有多大关系。和珅是清朝最大的贪官吗？记录和珅贪污的记载并不可信。和珅到底为何而死？不清楚。但是可以清楚知道的是，大清王朝也好，前王朝也好，新皇帝继位后为了增加自己的势力，会杀前皇帝的第一、二号大臣以增加自己的威信。和珅死的时候自己不服输（和珅是虚岁五十岁死的），临死之前口占一绝：“五十年来梦幻真，今朝撒手谢红尘。他日水泛含龙日，认取香烟是后身。”意思是我今天就要死了，活了五十岁像做梦一样，我真想再活一遍，但不行，我现在要撒手人世间。但诸位我告诉你们，我还会转世回来的，我转世的时候有个标志，我有个本事，这个标记是水

泛，这个本事是含龙——我出生时黄河泛滥，我成事以后玩弄清朝皇帝于股掌之上，想立就立，想废就废，各位认清以后我就是这样的人。我找啊，谁出生那天发大水呀？有一个人，后来这个人进了宫，这人便是慈禧太后。

谢谢诸位！

孙云晓

1955年生于山东青岛，现为中国青少年研究中心副主任、研究员，中国青少年研究会副会长，中国社会科学院兼职研究员，北京师范大学兼职教授。1999年被国务院表彰为有突出贡献的教育科学研究专家。

孙云晓的一系列教育观点受到广泛关注。如："教育的核心是培养健康人格"、"儿童教育的全部使命是发现儿童、解放儿童"、"应试教育必然导致教育荒废"、"无批评教育是伪教育"、"良好习惯是健康人格之基"等。

和谐家庭与和谐成长

非常高兴和朋友们进行交流，我今天同大家见面想谈的是儿童教育和家庭教育的问题，对大家一定会有有益的启发。我做了35年的儿童教育工作，做专职的研究做了20年，另外我的孩子现在长大成人，从复旦大学毕业后已经参加工作，作为独生子女的父亲，我有很多亲身体会和研究心得。今天我来和大家探讨家庭教育最前沿最尖锐最复杂的问题，我们试图给出答案。

我今天的演讲叫《和谐家庭与和谐成长》。为什么讲这样一个问题？我想我们现在面对孩子的时候，一定会有很多的困惑，很多的难题，其中一个最大的问题就是我们碰到最新的挑战——过去的时代父母教育我们的经验在今天很多不灵了，我们需要探索出新的方法。下面就这些问题和大家做一下交流。

在讲课开始之前我先做个调查，让我知道今天到场的听众朋友们的孩子多大年龄，我今天将更有效地为您服务。请您的孩子在上幼儿园和小学的朋友举手示意。请您的孩子在上中学的朋友举手示意。好的，差不多各半。没有孩子的朋友请举手示意。我一直有个建议，没有孩子的青年听听我的课，为你将来的婚姻、爱情甚至教育孩子提前准备，非常有好处。我们今天来的听众中在上幼儿园、小学、中学的孩子的家长是主体，还有一些没有孩子的年轻人。

我们有的人看着孩子着急，孩子怎么就心理不健康或者有些毛病很难改，我们很着急。有一个孩子的母亲问我，他的孩子什么事情都控制不住自己，讲话声音特别大。我说你和你先生是否有一个人性格特别急，特别难控制自己？她说她的先生脾气特别急。性格的因素一半是遗传的，你找一个什么样的爱人，就预示着将来你会有一个什么样的孩子。教育受到三大因素的影响：第一个因素是遗传，第二个因素是环境，第三个因素是教育。

第一个问题是，今天的孩子为什么难教育。很多父母和有经验的老年人觉得今天的孩子非常难教育，为什么呢？大家是否发现一个现象，过去的时代是孩子不了解大人，觉得大人很神秘，很有权威性。今天倒过来了，今天是大人不了解孩子，孩子很神秘，孩子知道的事很多。《人民日报》总编辑范敬宜先生在《人民日报》上发表文章《再回家问问孙子》说，现在很多院士、科学家碰到问题都会回家问问孩子、孙子。我们进入一个信息时代、网络时代，青少年知道的很多事情比大人多。我到新疆去讲课，新疆的父母怕孩子学坏，不给孩子钱，孩子没有钱，在网上注册QQ号在班里拍卖，很多教师和家长都不知道QQ号是什么。我在北京参加一个“网络之星”的评选活动，一个获奖的中学生对我说：“现在的父母都是菜鸟，我们是老鸟。”今天的时代是菜鸟教育老鸟的时代。我女儿向我要钱：“老爸，再给我点钱。”我说：“不行，你的零用钱都是有数的，不能无故再给你钱。”于是我女儿把用过的东西如旧手表、旧随身听用数码相机拍成照片上网去卖，我疑惑这样能卖出去吗？但我女儿收到三张汇款单，卖了690元。有的父母说现在的孩子已经滑头了，不和父母顶撞了，孩子说：“好，你对，你对，你们大人多对呀，大人是蛋白质。”“蛋白质”是青少年的网络用语，“蛋”是笨蛋的蛋，“白”是白痴的白，“质”是神经质的质，骂大人，大人都听不出来。1997年我到法国巴黎参加“明日青少年国际论坛”，几百个专家形成一个共识：在计算机时代，成年人心怀恐惧、疑

虑重重，而青少年无所畏惧、满怀新奇地往前走。信息化的时代动摇了父母和老师的权力和地位，今天的孩子有很多优势，很多父母发现说服不了孩子，知道的也没有孩子多，这时候教育变得非常困难。

孙云晓：现场来的有几个小朋友，大概是小学生，我们可以做个实验。我问小朋友们一个问题，你们喜欢看动画片吗?

答：喜欢。

孙云晓：你们的爸爸妈妈喜欢看动画片吗?

答：不喜欢。

研究生毕业的父母也看不懂动画片，但上幼儿园的孩子就喜欢看动画片。很多父母问我孩子爱看动画片怎么办，我说看动画片很好，最好的方法是父母和孩子一起看动画片，它带给我们很多挑战。

这个问题的确是很现实的，我们今天在讲和谐的家庭与和谐的成长，出版社的一位同志概括的一句话很好记："好的关系胜过许多教育。"这是我特别送给大家的一句话。在压力很大的今天，与孩子是否有好的关系决定着教育的成败。和孩子的关系是好的，教育可能是成功的；你和孩子的关系是糟糕的，教育就没有办法是成功的。父母说："我苦口婆心和孩子说，孩子就是不听，孩子真混哪。"很多父母对孩子讲的话道理都是对的，不见效是关系有问题。

大家是否发现这样一个现象：回忆自己的成长，我们会发现如果你喜欢某个老师，你就会喜欢他的课，喜欢他的一切，甚至模仿他走路的姿势、拿包的样子；如果孩子不喜欢某个老师，则会不喜欢他的课，不喜欢他的一切。给大家讲一件很耐人寻味的事情，我们家是独生子女的家庭，我和女儿都喜欢养猫和兔，我爱人嫌脏嫌乱非常反对，但是因为二比一，所以我们家还是养了猫和兔。我和女儿一回家，猫和兔都跑过来了，我们抚摸猫和兔子，它们非常享受非常舒服，其乐融融。但我爱人一回家，猫也不见了兔子也不见了，因为我爱人很爱干净，看到猫把沙发抓破、兔子到处大小便就非常生气，见了兔子踢一脚见了猫踢一脚。猫和兔子那么小的动物就知道谁对它好谁对它不好，一开门它就知道是谁回来了，就会采取不同的态度。动物如此，何况一个孩子！孩子是研究大人的专家，家长对孩子好不好，孩子心里像明镜一样。

今天的时代是“菜鸟教育老鸟”的时代，没有好的关系就没法进行教育。第一个特点是“菜鸟教育老鸟”，第二个特点是家庭教育中只有医生没有护士。今天中国有9000万独生子女，有的专家认为父母就像医生，兄弟姐妹像护士，病人的很多问题靠护士料理、陪伴。今天的孩子经常抱着爸爸的腿说：“爸爸和我玩吧！”爸爸很不耐烦，说：“去找你妈妈。”而孩子抱着妈妈的腿让妈妈陪他玩时，妈妈会说：“妈妈正忙着做饭，你不想吃饭了？”没有人理孩子，所以孩子经常一个人自言自语，现在的孩子是自言自语的一代。要么孩子就是看电视，孩子的复杂就复杂在看了太多成年人的东西，美国的学者说电视时代是童年消逝的时代。看了太多的言情剧、武打片，孩子的头脑变得很复杂，所以今天的家庭教育变得非常复杂。我写了本书《今天的父母有多难》，今天的父母对孩子的教育有十大困惑：

1.为什么今天的孩子这么难教育？

2.为什么今天的孩子总顶牛？

3.为什么孩子会疯狂追星？

4.为什么孩子会早恋、早孕？

5.为什么孩子会离家出走？

6.为什么孩子特别能花钱？

7.为什么孩子不会交朋友？

8.为什么孩子爱煲电话粥？

9.为什么孩子上网成瘾？

10.为什么孩子痴迷电视？

孩子对父母也有不满意也有很疑惑的地方：

1.父母为什么不给我自由？

2.父母为什么总逼我考前十名？

3.父母为什么非要让我上特长班？

4.父母为什么说话不算数？

5.父母为什么不陪陪我？

6.父母离婚了我怎么办？

7.父母为什么把我推给爷爷奶奶？

8.父母为什么对我的朋友说三道四？

9.父母为什么总训我？

10.父母凭什么自己老玩却不让我玩？

这是今天最集中的问题。在这样一个时代，你特别想和孩子说说心里话，你发现孩子上了中学之后不和你说话了。父母都有满腹心里话想对孩子说，孩子为什么不听呢？现在孩子不和你说话，他有他的想法。我写的书第一篇就介绍了两个女孩子给父母写的让父母无法接受的信，都写了十几条。一封是2006年3月24日“自由天使”给父母写的信：

张某某，我感谢你生育了我，但我不是你的奴隶，我是个自由的人，从今天开始如果你还想要我这个女儿，必须要做到如下十条：

第一条，不许动我的书包、抽屉；

第二条，不许看我的聊天记录、日记；

第三条，不许强迫我穿你买的超级难看的衣服；

第四条，不许拦截我的电话；

第五条，不许当着亲戚朋友的面说我比别的孩子差；

第六条，允许我每天晚上有一小时自由支配的时间；

第七条，允许我每周日9点起床；

第八条，允许我的朋友到家里做客；

第九条，允许我听孙燕姿、周杰伦的歌；

第十条，允许我反驳你的意见。

这是今年一个中学生在报纸上登出来的写给妈妈的信。这不是偶然的，2000年《中国青年报》也登了一封“给妈妈的十四条建议”的信：

一、我需要帮助，同时也需要独立；

二、为了成长，请允许我犯些错误，让我在生活中学会如何生活；

三、请不要强迫我按照您的模式生活；

四、请自觉保护我的自尊心和隐私权；

五、如果想成为我的朋友，那就放下家长的架子；

六、请不要拿我当您的出气筒；

七、宠了我，就别说把我宠坏；

八、不要把简单的事情复杂化，不要把过去的错误扩大化；

九、多一些建议，少一些命令；

十、请不要第101次告诉我某些事该怎么做；

十一、我不仅学习您告诉我的东西，还学习您身上表现的东西，包括坏的习惯；

十二、我不仅需要爱，还需要学会爱别人；

十三、即使您能替我做所有的事情，也请把它们留给我自己做；

十四、因为我是菊花，所以请别让我在夏天开花，因为我是白杨，所以请不要指望从我身上摘下松子。

父母看到这些会高兴吗？单位都在竞争上岗，父母压力很大，买房子，花钱让孩子受教育，都是非常辛苦的。但是大家是否发现，现在出现了一个变化，也就是书中特别要讲到的概念，现在中国出现了代沟下移的现象。过去代沟是青年人和父母之间的矛盾，今天代沟下移了，小学高年级特别是初中学生和父母的矛盾就很大，这是因为压力下移了，孩子早熟了。

通过对全国孩子的调查发现，女孩子平均例假初潮是12.54岁，男孩子遗精是13.85岁，这是1999年的数字。信息化的时代也容易使人早熟，现在的孩子知道太多的事包括性方面的事情。现在的压力下移了，91.7%的父母要求孩子上学考大学，54.7%的父母希望孩子将来读博士，83.4%的父母要求孩子考试考前十五名，这可能吗？再过100年都不可能。这些导致孩子的生活很沉闷、很郁闷，和父母的矛盾就加剧了。北京的小学生是特别辛苦的，我的亲戚朋友找我说孩子上学怎么办。谁家的父母都想让孩子上重点中学，现在钱不是问题了，是一定要交钱的，光有钱还不行，得有一个水平的提高，要求你的孩子外语水平达到公共外语考试的三级甚至四级。公共外语考试，一级是初中毕业的水平，二级是高中毕业的水平，三级是大学生毕业的水平，但是现在如果孩子外语四级就很容易上重点中学。现在压力甚至到了幼儿园，为了上好大学要上好中学，为了上好中学要上好小学，为了上好小学就得上好的幼儿园。现在幼儿园的功课很多，幼儿园开了四门课留四门作业。天津一个小女孩怕考试而大量掉头发，经检查诊断是精神紧张所致。“舞”、“藕”、“凳”，现在幼儿园的小朋友学这么复杂的字，孩子能受得了这种情况吗？矛盾下移了，烦恼太多了，我们的家庭教育就面临着很多复杂的问题，是每一个父母都没有能力去应付的。这个现象是社会的现象，这是难以把握的信息化时代，这时父母一定要调整自己，最重要的一招就是我说的“好的关系胜过许多教育”。

好的关系为何如此重要？我们现在很担心孩子早恋，《藏在书包里的玫瑰》采访了13个有过性经历的中学生，发现这些学生半数以上都是学校公认的好学生，1/3来自于全国的名校。我举两三个这样的例子来说明好的关系具有决定性的作用。

今年年初，北京电视台的记者来找我，说北京某重点中学的两个学生把孩子给生出来了。这是个重点中学，班主任老师发现男生行迹不太正常，就翻了他的书包，发现书包里有一封写给女孩子的信，信中写了发生性行为的细节。老师对该男生进行严肃批评，要他停课反思检查。这件事情没有注意保密，很多同学都知道了，议论纷纷，导致两个学生在学校无法待下去，就回家了，父母也不接受，两个孩子就在外面租房住。同居时间久了女孩子怀孕了，男孩子说：“我们就是要把孩子生出来，我们就是要证明我们两个是认真的，我们长大了，成熟了，我们不是闹着玩的。”两个人就把孩子生出来了，生出之后才知道养孩子不容易，吃喝都需要钱，男孩子上街抢劫，抢了几部手机之后被抓获。高一的学生，十六七岁，就把孩子生出来了。这两个学生怎么上课？怎么做

父母？他们自己还是未成年人！这件事情教训很深，如果学校采取保密措施以人为本地引导、帮助，就不会出现这种事情；如果父母明智一点，接纳孩子、引导孩子，这件事情也不会发生。由于不能沟通、不能接受，青春期产生了对立。谁家有个中学生，就等于谁家有个定时炸弹。关系好坏决定教育成败。

有一个家庭到大连去发展，上高二的女儿放学回家，“扑通”一下跪在妈妈面前嚎啕大哭，孩子一边哭一边说：“妈妈，我错了。”妈妈问她怎么了，女儿说她怀孕了，妈妈说她一听头发都快竖起来了。妈妈很快冷静下来，让孩子起来，陪孩子去医院，以妈妈的名义挂号做了检查，女儿确实是怀孕了。医生建议做人工流产，妈妈给学校打电话说女儿得阑尾炎请假二十天，在女儿做完流产后一直非常细致地照顾女儿。妈妈知道女儿很后悔很痛苦，一句责备的话都没有，把女儿感动得热泪盈眶，女儿说：“妈妈，你放心吧，我一定会让你看到一个让你骄傲的女儿。”妈妈每天陪女儿散步，谈爱情，谈性，谈如何把握人生。妈妈说：“女儿，你放心吧，人都有犯错误的时候，只要吸取教训就行了。这件事情天知地知你知我知，不会有第三个人知道。”女儿说：“你是世界上最好的妈妈，我一定会珍惜的。”女儿很快康复，勤奋学习，严格要求自己，高中毕业考上北京一所重点大学，大学还未毕业就收到美国三所大学的硕士研究生录取通知书。到现在那个男生还不知道发生了什么，妈妈知道找那个男生是没有用处的。同样是孩子在“性”上出现问题，不要以为孩子犯了错误有了挫折就完了，关键是父母对孩子是什么态度是什么关系，这是非常重要的。不管时代如何变化，把握一条即“我永远爱孩子，理解孩子，尊重孩子，与孩子一起成长。”

好的关系胜过许多教育，好的关系可以用十个字来概括：理解、信任、尊重、帮助、学习。我们都希望孩子将来能上好的中学、大学，但是我们父母对孩子的期望和要求过高往往要出问题。比如说你希望孩子成功是对的，但是成功要确立一个新的理念，成功就是发展就是选择，让孩子把爱心、期望变成孩子自愿的自主的选择，这就是教育的智慧。

有一天，我接到一个电话："孙老师，明天是秋儿的遗体告别仪式，她的父亲特别希望你能参加。"我愣住了，秋儿是一个17岁的女孩子，秋儿的表姐有心理问题，后来经过治疗康复后又去帮助别人解决心理问题。我去参加秋儿表姐的生日晚会时看到了秋儿，秋儿很活泼很漂亮，喜欢弹钢琴。她问我想听什么曲子，我说："你弹个《献给爱丽丝》吧。"秋儿就弹了这首曲子，而且还跳了段现代舞。秋儿会跳芭蕾，钢琴六级，喜欢唱歌，还会谱曲。但她文化课成绩不好，她的愿望是初中毕业后报考幼儿师范，但她的父母希望她上大学，就想办法让她进了北京某区的重点高中。如果孩子基础很差，越到了好学校——重点中学，她的日子就越难过，如坐针毡。秋儿到了重点中学，高二会考两门不及格，她觉得考大学很悬，而且她喜欢的比她高一年级的男生肯定会考上大学。她越想越绝望，最后开煤气自杀了。我去参加秋儿的遗体告别仪式，秋儿穿着杏黄色的上衣、胭脂红的背带裤，旁边放着她的芭蕾鞋和爱看的书。她的同学哭成一片，我问她的同学心里是怎么想的，她的同学说凭秋儿任何一项才能都能过上幸福的生活，但家长期望太高了，非要让她读重点中学。后来我写了一篇报告文学叫《生命的追问》，我们不能放弃生命。

北京广渠门中学宏志班招收贫困家庭的孩子上学，老校长李金海是全国人大代表、劳动模范。李校长的女儿初中要毕业了，要考重点高中吗？李校长也想"我的女儿能不上重点高中吗"？他的女儿学习一般，于是就请了很多家教补课，死去活来补不上去，每天家里人跟着上火。李校长说女儿不是考重点高中的料子，女儿说想去职业学校，李校长在

关键时刻理解孩子支持孩子，他的女儿轻松上了一个职业学校，毕业后到北京某银行当了个职员。她喜欢打鼓，参加劳动能手比赛，生活得很快乐。现在出国进修去了，过得很开心。同样是两个学习不太好的孩子，一个因为得不到理解花季早逝，一个过上快乐的自立的生活。

哪一种关系是好的关系？哪一种教育是好的教育？为什么孩子有差别？您的孩子能上大学尽量上，能读博士尽量读，问题是必须注意到有的孩子是打死也考不上大学的，逼死他他也上不了大学。哈佛大学经过多年研究提出一个多元智能理论，说每个人至少都有八个智能：

第一个是语言智能；

第二个是数学逻辑智能；

第三个是空间智能；

第四个是音乐智能；

第五个是身体运动智能；

第六个是人体交往智能；

第七个是善于反思善于反省智能；

第八个是自然观察智能。

每个人的智能结构是不一样的，拥有八个智能其中之一的人都能成材，都有成功的希望。我们发现亚运会、奥运会上很多中国选手在世界上得金牌，其中相当多的运动员文化课并不好。丁俊晖是中国在世界上的第一个台球冠军，但丁俊晖小学毕业，初中都没读。八个智能中只有两个智能发达的人最适合今天中国的学习，中国的考试最适合语言智能发达和数学逻辑智能发达的人。你的孩子可能是这两个智能排得不靠前而靠后，他可能音乐智能、空间智能排在前面，他的学习成绩可能不太好但不等于他不能成材，天才就是选择了最适合他的道路，蠢才是选择了不适合他的道路，我们期望的最好的目标是孩子做适合他的事情，走适合他的道路，所以要尊重、理解孩子。

给大家讲讲我自己的体会。很多人不会相信，我搞教育这么多年，在全国教育界也算有一些知名度，1993年我写的报告文学引起全国教育大讨论，我有很多成果，但我的独生女儿小学、中学从来没有上过重点学校，都是上离家最近的学校。不是没有办法把孩子送到重点中学去，我的女儿说："重点中学不是人待的地方，我可不去。"她选择了一所学习日语的学校，连区重点中学都不是，她妈妈是日语专业的，从小受她妈妈影响，女儿喜欢日语。她妈妈有意见，我说尊重孩子的选择。从小到大所有的志愿都是女儿自己选择的，我们父母的意见仅供参考。我女儿上了六年普通中学，高三该考大学时非常紧张——没有孩子不怕考大学的，心里都打鼓。我对女儿说考大学很不容易，考不上很正常。我问女儿能否考上大专，我女儿说肯定能考上大专，于是大专报了北京二外、吉林大学；我女儿说有可能考上普通的本科，于是报了南京师范大学；我女儿说最想去上海，她喜欢复旦大学，我说难考，但愿意做就做。我女儿没有压力，高考模拟考试一模成绩出来之后我女儿就哭了，因为她的分数只能勉强上普通大学，根本不可能上复旦大学。她妈妈给她写了封信安慰她，我说："好事，一模知道你哪强哪弱，你还有一两个月的时间还有机会。往年的考生发挥好，高考时比一模成绩上升100分，要强化优势，你也有可能。"春节我女儿和她妈妈到上海参观复旦大学，在门口照了张相，回来我女儿把照片放在桌子上看着。高考前20天我对女儿说："你不是想上复旦大学吗？复旦大学的招生小册子上写着'相信自己，相信自己的选择，相信自己选择了成功的人生'。"我让女儿每天早晨去阳台把这句话大喊三遍，开始女儿不好意思，但后来越喊声音越大，越喊底气越足，这是心理暗示。我女儿的高考成绩恰好比一模上升100分，孩子高考期间全家的关系非常亲密，像个战斗小组

一样，这是好的关系，且尊重孩子。

当孩子考试的时候你不要说："孩子，没问题，你一定能考上北大、清华。"一个妇联主任说她儿子学习很好，她说了这句话之后，孩子进入考场老想考不上怎么办，压力很大。压力越大越不能好好学习，结果考得并不好。好的关系才能给孩子最大的帮助。如何缓解矛盾？为何与孩子不好沟通？家庭教育的核心在哪里？父母最高的智慧在哪里？现在我们中国出现了教育荒废的现象，表面上看教育抓得很紧，而真正的教育被忽略了。全中国的父母没在一起开过会，但很多父母会对孩子说一句共同的话："孩子，只要你把学习搞好了，别的什么都不用你管。"这句话就是教育荒废的宣言。我女儿的高考分数比复旦大学的录取分数线只高了两分，分数确实很重要，但我要给大家说更重要的一个问题。国务委员陈至立当部长的时候请我到教育部开会讨论教育问题，当时一位北京著名的大学的领导说当年考上这所大学的学生有35名有自杀倾向，775人自述有心理问题。考上全国最好的大学的学生哪个成绩不好？

前两天我在北京开会，见到一个部队的领导，说他一个当局长的朋友的孩子自杀了。孩子学习很好，但是考试时的分数差了一点，家里想了很多办法，让孩子进了重点大学，但孩子认为里面强手如林，他谁也不如，就自杀了。命都没有了，还有什么前途、幸福？这时还说什么成功？家庭教育的核心是人格教育。人格不是空的，人格按照学术上讲有五大因素，其中一个是随和性，和别人非常好相处，非常好交往。中央电视台有个节目叫《百家讲坛》，有一次请我讲家庭教育，我就讲了独生子女的同伴交往问题，反响非常强烈，因为触动了很多人的痛处。我总结了一条，孩子如果没有朋友，比他考试不及格还严重，孩子有没有朋友、有没有有质量的朋友非常重要。

我在《百家讲坛》从这样一个故事讲起：宁夏一个重点中学有一个

出类拔萃的学生叫王西（化名），全国中学生化学大赛西北赛区第一名、物理大赛第三名，被保送北京大学化学系。这样青春得意的学生到大学三年级的时候，被判有期徒刑11年。保送北大的学生被判刑，这是怎么回事？孩子一不偷二不抢三不耍流氓——他犯的是故意杀人罪，而且是因为他不会交往而犯的杀人罪。王西小学、中学学习非常好，放学后就回家学习，没有朋友。到北大三年级时，王西突然发现在大学内不会交往很难生存，他就和同宿舍的一个男同学交朋友，天天和那个男同学在一起，那个男同学去哪他就去哪。别人感觉两个小伙子黏在一起非常奇怪，议论很多。那个男同学认为不能再和他交往了，王西说："咱们是好朋友，不能分开。"但那男同学仍然不愿意和他继续交朋友。王西写信劝那个男同学，但人家也不理他，王西心想："我对你这么好，你这么绝情，我一定要报复你。"王西是学习化学的，他找来一种剧毒的化学品——铊，1994年清华大学发生第一起铊中毒事件，一个才貌双全的女孩子被他人投毒，现在还像个植物人。王西把铊投入到同学的牛奶杯中，同学喝了之后疼痛难忍，王西后悔了，把同学送到医院抢救。清华女生因为是中国第一例，医院不能确诊，在互联网上询问外国专家后才怀疑是铊中毒。这次医生发现与铊中毒相似，在医生的追问下，王西承认放的是铊，虽然抢救的比较及时，但是那个男同学要住院治疗一年，花了6万元钱还不能保证没有后遗症。男同学出院后将王西告到法院，法院以故意杀人罪判处王西有期徒刑11年，剥夺政治权利3年。

不会交往，在人格上不健康，各位要重视自己的孩子是否会交往，有没有朋友，这是大问题。现在很多人发现孩子确实不太会交往，有的孩子没有朋友，有的孩子交的朋友是非不分。今天的独生子女失去了一种天然的条件，即只有医生没有护士。我们这一代人小时候和兄弟姐妹在一起，学会了很多交往的本领；今天的孩子没有机会学习，在家特别

受宠，在外处处要得第一，不容易交往。我在书中专门介绍了很多种交往的方法，独生子女的父母们应该联合起来，变小家为大家，变独生为群养，让孩子们经常在一起。我创造的方法是："借个孩子去旅行。"孩子上了中学，和父母的说话少了，一举数得的方法就是："借个孩子去旅行"。我和我爱人经常带着我的女儿去旅行，在我女儿18岁以前我们走过了全国13个省——不单单是旅行，再让女儿带一两个同学，或者两三个家庭一起出去。我家是个女儿，找个对方是个男孩的家庭；我女儿不爱运动，就找个爱运动的男孩子的家庭。这个办法很好，旅行过程中可以互相交流。最好是带三个孩子出门，你不理我，我可以和他玩。很多家长担心两三个孩子会打架，孩子打架也比孩子一个人待着好，孩子打起来之后，家长最好的方法是不管。家长不用担心，孩子在修复友谊方面的能力比大人强，孩子打架后虽然不理人，但过了一会儿看一眼相互一笑，嬉皮笑脸继续玩。

孩子的事情让孩子自己去解决，他解决不了你可以给他一定的指导方法，一切的方法都需要有个好的关系。好的关系不是溺爱是真爱，不是包办代替而是培养他的自主自立。有人说："好的关系就是鼓励孩子表扬孩子。"无批评教育是伪教育，对孩子以表扬为主永远是对的，但是绝不能没有批评，没有批评的教育是缺钙的教育，是危险的教育，是不负责任的教育。父母是孩子成长的路标，今天教育的危险是对孩子不敢批评或者只有表扬。

我在书中举了大量案例，用故事讲道理。我到内蒙古呼和浩特去讲课，当地一个14岁的孩子与老师发生了矛盾，对老师很有意见，上课时老师讲课文在教室里走来走去，走到这个孩子跟前时孩子拔出钢笔对准老师的后背甩钢笔水。老师转身问："为什么甩钢笔水？"老师看了看自己的衣服说："还甩了四滴。"孩子说："老师，我只甩了一滴，那三滴不是我甩的。”老师说：“看你就像个人渣！”说这种话的老师有违师德，要受到批评。孩子回家上吊了，留下封遗书说用死维护自己的尊严，证明他只甩了一滴而不是四滴，14岁的孩子只为了证明只甩了一滴墨水而不是四滴就自杀了。这个故事登在《中国青年报》第一版。

老师要加强师德教育，中国有上千万老师，不能说老师的每句话都是正确的，老师不是神，也会犯错误，孩子因为这样一句话就自杀了，就说明了一个问题。我和作家蒋子龙讨论这件事情，结论就是现在的孩子太脆弱了。为什么我们的孩子变得脆弱？因为太受宠，承担责任太少，挫折太少，他受不了一点委屈，受不得冤枉。我的忠告是：您的孩子早晚有一天会出问题的。您的孩子可能在某个时候会受到委屈、冤枉、打击、挫折，一般人不可能避免，如果你的孩子受不得委屈经不得挫折，他就是个危险的孩子，只有一个办法，即对孩子进行抗挫折教育。没有惩罚的教育是不完全的教育，惩罚不是打骂、污辱，而是唤醒孩子心中沉睡的巨人，让孩子敢于对自己的错误负责。

我注意到北方老人哄孩子的一个细节：孩子摔倒了，撞到树上了，很多老人跺脚拍地拍树，怨树怨地，抚摸宝宝。地有何罪树有何罪？不小心摔倒了爬起来，都是别人不好孩子好，这种教育使孩子从小学会逃避责任。你的孩子闯祸了，孩子是在犯错误中长大的，孩子一定是会犯错误的，中国的父母是什么样的反应模式？父母说：“怎么回事？”孩子说：“我错了。”父母说：“真讨厌，你怎么老惹祸呀？快道歉。”孩子说声：“对不起。”父母会说：“赶快回家写作业！”只要回家写作业去了，天大的麻烦与孩子无关，父母留下赔礼道歉、打官司、上医院。孩子是在体验中长大的，他体验的是犯了错误说了对不起就走人了，他能经得起挫折吗？

我也在思考这个问题，我也和大家一样面临过挑战，我下决心磨炼

我的女儿。我女儿上小学五年级时，我家住在西直门，夏天我女儿和邻居家上小学三年级的小男孩到饭店门前的停车场去玩，保安怕孩子拿石头划汽车，就轰孩子，态度比较恶劣。我女儿看到保安那么凶，拿石头敲地，敲得保安心惊肉跳。保安追时我女儿他们就从饭店向家里跑，中间有个铁栅栏门，小孩过得去保安过不去。第二天保安做了手脚，大铁门不锁只挂个锁，我女儿又去敲石头，保安来追，我女儿跑着跑着听到身后的大铁门开了，吓得魂飞魄散，一口气跑回家里，但那个小男孩跑得慢被抓住了。我听见小男孩的声音不对就问我女儿是怎么回事，女儿说完之后，我觉得今天不能放过我的女儿，我说："你是姐姐他是弟弟，你是主要责任人，小弟弟是跟着你捣乱的，现在出事了，你跑回家，小弟弟被抓走了。你赶紧出去找保安承认错误，有什么责任你来担，把小弟弟换回来，你今天不迈出这个门，明天你怎么有脸见小弟弟？爸爸知道你是好孩子，好孩子要敢做敢当。"我女儿哭了，这时需要出去的人不是我，而是责任人孩子，她要体验做了错事需要承担。

当然我知道那个饭店是正规单位，保安不会做太过分的事情。孩子是在体验中长大的，父母不能代替孩子成长，不能代替孩子体验。我女儿去时保安已经把小弟弟放走了，她回家后拿了点心去看小弟弟。我女儿后来写了一篇散文叫《那一年夏天》。这样的事情经过好多起，我女儿后来能够扛得住一些挫折了，有时她的老师说她的话比呼和浩特市那个老师说得严重多了，但她能扛得住。我在新浪网写博客，网上胡说八道的事很多，女儿还劝我："你是公共人物，没关系。"孩子经过挫折磨炼之后，才能认清自己。鼓励孩子是对的，但孩子做得不对时要批评。

我在书里写了30课，其中有句话："训子千遍不如培养一个习惯。"儿童教育中家庭是习惯的学校，家长是习惯的老师。我做了教育部的一个课题，做了五年心理习惯培养的研究。父母教育孩子没有效果是没有方法。很多父母说："说了孩子八百遍孩子就是不改。"说孩子八千遍就没法改了。一个著名的儿科医生对我说："一句话被别人重复三遍，就等于对别人的折磨。"我和大家是第一次见面，大家可能听过我的讲课，全中国的父母说的话很一致 ："别干这事了，别老上网玩游戏，赶快写作业，不好好学习能考上好中学吗？能考上好大学吗？能找到好工作吗？你看看人家，你看看你……"说一遍两遍还可以让孩子有点危机感，老说这种话就变成了噪音，除了让孩子心烦意乱之外没有好的效果。大家是否发现，孩子正准备写作业，拿书包拿纸，妈妈一说："赶快写作业。"孩子就把书给扔了。夫妻两个人可以约定一下，一个人训孩子，另一个人拿录音笔录一下，录一个星期放着听一下，把自己都能烦死。

没有一个孩子不想做好孩子，他需要的是具体的帮助、具体的指导，父母一定要与孩子一起成长，自己要学习。讲到怎么培养孩子的好习惯，最后再讲一个很有用的故事：北京一个孩子的妈妈在专家的指导下开始改变她的孩子。她发现上五年级的儿子写作业磨蹭，不专心，写一个小时的作业站起来七次，一会儿打开电视看动画片是否开始，一会儿打开冰箱看有什么吃的东西，一会儿站在窗边看谁在外面玩。妈妈说："儿子，你是个很聪明的孩子，如果你努力学习一定能学习好。我刚才数了一下，你一个小时站了七次。是不是有点多了。"儿子才意识到妈妈发现了他的毛病。妈妈说："儿子，我看你写一小时的作业站起来三回就差不多了吧。"儿子说："三回就三回。"妈妈说："如果你能一小时站起来不超过三回，当天晚上6点的动画片随便看。"儿子很高兴，妈妈说："有奖励也有惩罚，如果站起来的次数超过三回，当天晚上的动画片包括一切电视节目都不能看。"儿子同意了。一个星期过

去了，孩子有三天做到了一小时只站起来三次，晚上6点便大摇大摆地看动画片。但是有两天就没做到，一到6点还想看电视，妈妈说不可以，孩子打滚撒泼也不行，就是不能看。孩子慢慢就记住了。这样经过大概一个月的时间，慢慢地孩子站起来的次数越来越少了。

这是妈妈培养好习惯的高招，习惯培养的基本方法是加减法，想培养孩子什么样的习惯，就让这种习惯反复出现。美国人说21天养成一个习惯，培养好习惯用加法，改变坏习惯用减法，不要指望一朝斩断坏习惯。俄罗斯一个教育家说："习惯是我们存放在神经系统中的资本。"如果你有好习惯，一辈子都享受不尽它的利息；如果有坏习惯，一辈子都偿还不了它的债务，它能以不断增长的利息让你最好的计划破产。

概括起来讲，和谐社会需要和谐家庭，只有和谐的社会和谐的家庭，才能有孩子和谐的成长，好的关系胜过许多教育。

陶宏开

美籍华人，华中师范大学特聘教授，共青团中央首位“网络文明爱心大使”。1980年获得华中师范大学历史学硕士学位，毕业后留校任教。1984年，应邀到美国密歇根大学作访问，一直在美国从事教育研究工作。2002年退休回国，担任华中师大特聘教授，是素质教育的践行者。

素质教育与青少年网络问题

谢谢大家，很高兴和朋友们交流。我在美国看春节晚会时，听到张也演唱的《走进新时代》，这是一首写得非常好也非常好听的歌。每唱一次这首歌，我都有新的感受。现代化的城市给人一种街道十分宽阔、面目一新的感觉，但什么叫做新时代呢？为什么叫新时代？它新在哪里？希望大家踊跃参加今天的互动讲座，共同探讨这些问题。

在美国，老师问孩子们：4加5等于多少？孩子们踊跃举手，一个孩子站起来说：等于8。很多人笑了，老师说：笑什么？他答得已经很接近了。老师对孩子的教学是引导式的，如果老师严厉地说：答错了，等于9。这会伤害孩子的积极性。素质教育是引导孩子健康成长，而不是注重分数。我想问一问大家：我们这个时代为什么叫做新时代？它新在哪里？

听众：现代有网络了。

听众：除了新的信息，还有新的思想，我们接触了更多的理念和观点。

陶宏开：我们这个时代之所以称做新时代，因为它是信息时代。我们走进了信息时代，新就新在有了电脑和网络，通过电脑和网络我们增加了很多新的信息。说实话，青少年真的走进了新时代吗？我们根据现实分析一下。

小听众：上网可以玩游戏，我玩过网络游戏，开始上网我主要就是玩游戏，但现在不玩了，现在我上网给爸爸发E-mail。我们家刚有电脑的时候没有游戏，上网之后就搜索一些小游戏。

陶宏开：你为什么玩游戏呢？

小听众：玩游戏不寂寞。

陶宏开：玩电脑游戏可以给你带来朋友吗？

小听众：不可以。

陶宏开：你在现实生活中有朋友吗？

小听众：在学校里有朋友，但在家里总是一个人。

陶宏开：你可以和父母做朋友吗？

小听众：No.

陶宏开：父母可以成为你的朋友吗？

小听众：有可能。

陶宏开：父母曾经成为你的朋友吗？

小听众：我爸爸妈妈和我的关系非常好。

陶宏开：父母能做朋友吗？

小听众：有可能。

陶宏开：你为此努力了吗？

小听众：No.

在现实生活中找朋友最好，因为网络中的朋友是虚拟的，你并不真的认识他们，他们可能会给你带来失望、痛苦甚至伤害。希望大家能通过网络搜索信息，将网络当成工具而不是玩具。我去美国之前在中国没有接触过电脑，1984年8月4日我到美国后发现，美国人都是通过电脑工作或学习，如果对电脑一无所知在美国是不可能立足的。我放下研究再做学生，主修电脑，因为要学电脑，我下定决心努力学习。越难的事越

有价值，很多朋友遇到难事就放弃了，这样的做法是错误的。越难的事对你的将来越有好处，有一句话 “吃得苦中苦，方为人上人”，我认为“吃得苦中苦，方为成功人”。到纽约我做过国际贸易、房地产，后来做素质教育。要与时俱进就得学习，但是现在中国人太爱玩了。我是2002年从美国退休回到中国的，我在美国生活的18年中没有见过“网瘾孩子”，我从1993年开始在美国做素质教育，没有孩子迷恋网络游戏。CNN是美国最有名的电视频道，就像中央电视台的新闻频道，收视率很高，它曾经报道可以在网上打网球、高尔夫球，美国小朋友玩的网络游戏都是健康的。我在美国看到美国小朋友玩的一个游戏，一个拍子有九个位子，通过脚踩，音乐从慢到快，根据节奏去踩，小朋友玩得满头大汗，两只手交叉做方向，肢体因此变得灵活。我在中国没有看到过这种游戏，中国孩子玩的网络游戏都是打打杀杀、色情暴力的。我在美国生活的18年从来没有见过网吧，而中国遍地是网吧。我是美国公民，回到中国后每年我要回美国纳税。我今年回美国纳税时在美国看到了网吧，网吧是在唐人街，因为台湾、香港写繁体字，所以用简体字书写的网吧应当是大陆人把网吧“出口”到了美国。我第一次在美国看到网吧是2006年4月12日，里面全是中国孩子，英文里面没有对照的“网吧”一词，美国没有纯粹专业性的网吧。电脑网络是美国发明的，别人在用电脑网络去发展生产、发展科技，而我们呢，用最先进的科技毒害青少年，这到底是为什么？8月4日在人民大会堂召开会议，十多位领导包括信息产业部、文化部的人参加会议，有人向中央报告成就，说中国网络发展很快，有12万家网吧，1.24亿网民，他们调查过了吗？这1.24亿网民中有多少人是未成年的在校学生？有多少人在玩？难道网络就是玩那些打打杀杀的游戏吗？这难道就是网络发展的目的吗？12万网吧是功德还是错误？我走遍大江南北、长城内外，我所看到的是，网吧开到什么地方，哪里学风就会下降，青少年的犯罪率马上上升，那里的父母就会担心、痛苦，那里的家庭开始不和谐——孩子上网彻夜不归。现在网络犯罪成为阻碍构建和谐社会的最主要障碍，每年新升的犯罪率是两位数的百分比，2005年全国犯罪总人数里面80%是青少年，多么可怕呀！过去犯罪都是成年人，现在犯罪80%是青少年，青少年犯罪中60%与网络相关，网络是导致青少年犯罪的第一位因素。报纸、电台、电视台都有相关报道，《环球时报》报道："外国游戏危害中国下一代。"还有很多报纸报道相关事例：为玩游戏，8岁女孩猖狂卖废品；为上网打游戏卖书卖课本；郑州一个11岁的孩子把收破烂的叫到家里，价值50万元的新家卖了2000元钱；湖北襄阳4个孩子去偷钢筋，为了弄断四五米长的钢筋，将钢筋放到铁轨上想让火车把钢筋轧断，第一根钢筋被第一辆火车轧飞了，于是孩子们把钢筋固定在铁轨上，结果第二列火车轮被碾碎了，火车出轨；一个孩子在网上娶了30个老婆，这样的孩子还会上学吗？在网上不喜欢就可以换老婆，那么他有家庭责任感吗？男孩子打游戏，女孩子网上聊天交友，很多罪犯利用这个特点贩卖少女。重庆4个人的犯罪团伙上网勾引女孩去卖，共卖了29个女孩，最大的19岁，最小的13岁。女孩子不要幻想上网找白马王子，那是找死；一个孩子的妈妈不给钱让其上网，他把家给烧着了；一个孩子没钱上网，知道一楼有一个老太太孤身在家，便伙同他人用被子蒙住老太太，在老太太家中搜了13.4元去上网，但把老太太闷死了；有个孩子的父母不给钱，孩子用斧头把父母砍倒了。网络游戏比父母还重要；一个14岁的初二年级的孩子在网上招聘杀手，把母亲活活捅死；山东一个孩子，父亲早逝，母亲一个人把他拉扯大，母亲卖大蒜的2200元钱是全年的收入，孩子将钱偷去上网，找到孩子时2200元钱只剩下380元钱，看到母亲很痛苦孩子回屋就喝药自尽了。网吧导致孩子死亡的案例越来越多：太原一个17岁的孩

子在网吧内猝死；父亲怒杀沉迷网络的孩子；1.86米的孩子经常打父母，舍不得花钱的父亲给孩子买了8台游戏机，有一天孩子向父亲要钱买游戏机，父亲说太晚了，儿子说："明天不给钱，我就弄死你。"父亲对家对儿子产生绝望，他半夜起床去看儿子，进入他视线的是儿子放在桌上的一把菜刀，父亲拿起哑铃砸向儿子，然后用刀肢解儿子，在妻子的帮助下弃尸；29岁的母亲上网成瘾，到黄梅县城打工，迷恋上网络游戏和网上聊天，不做家务不照顾孩子，丈夫和她吵架，她把6岁的儿子和5岁的女儿按在水桶里淹死，以报复她的丈夫。能向自己的亲生子女下手，网络游戏使人失去了人性，真是不可思议！很多家长以为孩子考上大学就好了，这是梦想。前几天《东方时空》要做四五集"大学网瘾"的纪录片。现在规定"未成年人不许进网吧"。但网吧围着大学开， 把大学给包围了，北大门前网吧一条街，东北一家大学外面有33家网吧。80%的大学生迷恋上网，还有一部分因为早恋影响学习。清华、北大成批开除上网成瘾的学生。几个大学的教授和我说，200多个人的年级，只有四五个人上课，现在大学的学风越来越糟糕。2002年5月15日我回国，我的母校华中师范大学要聘请我担任华中师范大学的教授。我没想到通过在大学的调查，2002年时大学上课的到课率是2/3左右，现在不到1/2，200多个人的年级只有四五个人上课是什么样的到课率呀！上了大学后，没有高考压力了，因为已经成年，老师不会太严厉，住校后没有父母管教，手中也有生活费了，大学生的犯罪率逐年上升。有些家长以为孩子好好读书就可以了。一个大学生，2002年考取武汉大学，因为玩游戏一年后被退学；第二年又考取一所重点大学，一年后又因玩游戏被退学；第三年他考取了华中科技大学，同样因玩游戏被退学；今年他又考上华中科技大学。一个学生因为上网几度被退学，我们到底走进了什么样的新时代？我在人大讲课时说得很清楚，我们要把中国建设成为经济大国、文化大国、教育大国，我们没有理由把中国建设成为游戏大国。我希望我们的信息产业不要变成游戏产业，有关部门把国家的钱大量地批给游戏产业，对网络技术的开发投资很少，这到底是为什么？为什么有些领导喜欢把大量的钱投入到网络游戏？2006年7月12日《北京晚报》登载消息，称将把游戏人才作为国家短缺人才，每年要培养55000名国际游戏人才。这样对吗？很多孩子把游戏当成理想、职业，父母无法说服孩子，孩子可以说要当职业玩家赚钱。这要把中国以及中国网络引向何处？为什么有些人热衷于发展网络游戏、发展网吧呢？是为了中国的进步吗？是为了走进新时代吗？还是为了什么？分析一下，为什么有些人把网络引入到游戏化而不是科技化？

听众：因为那些人为了自己的某些利益，就是为了赚钱。

陶宏开：听众分析得非常准确，他说的不错，那些人就是为了钱。有一次在北京开会，某某人对我说："网络游戏利润很高呀。"我说他胡说八道，网络游戏有什么价值？一棵树在乡下可能卖10元钱，锯成板子能卖到100元钱，家具厂加工后可以卖到1000元，通过人的劳动能够让原材料增值是价值。网络游戏是价值的转移，通过孩子的手把父母的血汗钱转移到一部分人口袋中。网络游戏易导致青少年犯罪、家庭不和谐，这是负价值。

我父亲过去是河北省计委的负责人之一，20世纪五六十年代初期管全省的计划，我父亲忧心忡忡地告诉我要节约，因为当时物资越来越紧张，有钱都买不到东西。我父亲忧国忧民，忧的是物质匮乏；现在中国的超市一个比一个大、小区一个比一个豪华，但我也陷入忧虑。我和我父亲忧虑的心情一样，但忧虑的内容不一样，我父亲忧虑的是物质匮乏，我忧虑的是道德缺失。某些人为了个人的利益，不顾及中国的百年大计，数以万计的网吧给社会带来多少痛苦？网络游戏让某些人成了年

轻有为的亿万富豪，但后面是多少孩子的迷失，多少父母的痛苦！上个月我去一个少管所录制节目，未成年人中60%是因为网络游戏走上违法道路的。都是不满18周岁的孩子，我讲课时有些孩子因为想念父母，想念爷爷奶奶而哭了，正是这些孩子造就了中国的网络富豪。我退休了，我每个月有收入，我可以安享我的退休生活。2004年5月5日，我看到报纸头版头条登载了一个母亲对社会的求助信："沉迷网吧，面临休学，母亲流泪，谁能帮我救救女儿？"这个孩子在河北省最有名的高中读书，却沉迷于网络不好好学习，母亲找到报社求助。我感到这个孩子很可惜，想帮助他们，但当时我以为是一个个案，没想到是这么严重的社会问题。我帮助这个孩子，孩子认识到网络的危害，愿意回到学校重新上课。两年后7月12日的报纸报道这个孩子高考考了603分。消息刊登后，我的家里再也没有安静过，全国的电话潮水一样打过来，很多家长从新疆等地来找我。我才知道上网成瘾是个大脓包，我一点破，"嘭"地喷出来，全国各地很快邀请我去做活动。我不想靠大家的痛苦来成名，我是为了素质教育，因为网瘾不是孩子的错，网瘾不是孩子的惟一问题。我写了五本书，最后一本书名是《网瘾不是孩子的错》，三个原因：孩子的成长环境——家庭环境不健康；社会不良影响；孩子没有得到正确的引导，心理素质没有得到提高，导致厌学、网瘾、暴力、赌博、欺诈等。网瘾的问题是最突出的，别的问题还有办法去治，家长对网瘾这个新问题束手无策。

教育的三个环节——家庭教育、社会影响和学校教育，我做的是整体素质教育——家庭教育学、社会教育学、学校教育学和自我教育学。人从一出生就接受教育，这四种教育是相互掺杂的，家庭是孩子的第一课堂，家长是孩子的首任老师，任何工作都有上岗证、资格证书，惟独一个最重要的工作是没有证的，那就是做家长。做家长不需要任何资格证，两厢情愿结婚生孩子做了父母，父母这个工作是最难最重要的，我很难责怪现场的父母没有上过做父母的课程，怎么样做父母是最重要的难题，我建议学校开展父母学这堂课，让人们懂得如何做合格的父母。我们现在的父母想当然地根据过去的观念即我们父母的理想去教育孩子，而没有想到这个时代的变化——时代在前进，我们要与时俱进，父母也要与时俱进。很多父母不会做父母，问题出在哪里呢？我要说三个方面，第一个是过度物质。中国家长对孩子的爱是举世闻名的，将孩子作为小皇帝捧上了天。爱是对的，但爱的方法不对，中国父母把爱物质化，金钱化了，以为要给孩子最好的条件、最多的金钱。这是最大的错误，单向的给予。有些家庭条件并非太好，但还要给孩子买名牌，那是卖弄、虚荣，家长以为孩子穿名牌，我省吃俭用，多么爱孩子。这是爱吗？中国的孩子被给予惯了，他不觉得宝贵，反而会逆反，父母还心甘情愿。有个父亲给我打电话时哭了，说给了孩子一切的一切，孩子却恨他。我问他能否给孩子一切？他只给了孩子他认为应当给的一切，很多应当给的他没有给到，所以孩子恨他，父母以为的一切就是金钱和物质。过年给红包是最大的错误，很多父母哭诉过年时孩子不回家，一个14岁的孩子整个春节不在家，家里找不到人，因为不愿意被父母找到，他坐车到安徽阜阳的网吧去玩。父母对爱的理解非常错误，而且还要把这种错误的爱延续。美国一个三代单传的华裔孩子成绩一塌糊涂，后来知道学习了，孩子的母亲有一次对我说孩子上个月英语考了100分，孩子的爷爷奶奶带孩子去购物庆祝，后来每次孩子考了100分回家都要出去购物庆祝，家长不愿意去孩子就会撕卷子、发脾气。考100分不要这么高兴，孩子考100分，家长替他高兴，孩子考得不好，家长替他担心，要用精神来奖励，为什么要用物质呢！这是拿钱买错，拿钱买气。过度物质是家长对孩子的第一个错。第二个错是过度保护，中国家长可

以为孩子付出一切，一个电视台副台长责问我怎么能说中国的父母不会爱孩子呢！他是个有洁癖的人，但从孩子出生后就把桌子、椅子的边边沿沿用海绵包起来。这是保护孩子吗？如果孩子不碰到，他怎么会知道走路要小心、桌角会伤人呢？一个孩子摔倒了，家长会赶紧抱起孩子，抱怨地打地，打地是保护孩子吗？过度关爱、保护让孩子从小以自我为中心，为所欲为。有些孩子要赖时，家长还会陪笑，以为好玩，但孩子长大了就不好玩了。第三个过度是过度期望。课外作业、辅导一大堆，孩子腻烦枯燥的学习，家长用逼迫和过度高压的手段。过度关爱和期望会导致孩子的逆反心理，要防止逆反，关键在于教育得法。

我到美国后不做学者而做学生，白天上课晚上打工，在美国我找了个最小的理发店剪了个最简单的发型还需要10美元，我很心痛，我就买了剪子自己剪头发，后来慢慢就剪好了。现在剪了20年，我会15分钟剪好自己的头发。我的外甥女曾经向我要过两样东西，要了我一本字典和一本书。从小培养孩子喜欢学习是最关键的，要有自己的方法，让孩子懂得生活，懂得吃苦，懂得如何面对困难。中国很多孩子从小没有很好的心理素质，心理素质是人的思维能力、自控能力、自我平衡能力。希望大家通过学习改变对孩子的教育方法。我的一个侄女在温哥华学习，我住在纽约。因为要回美国纳税，我选择周末从北京飞到温哥华，星期天上午10点钟我们走进她的校园，图书馆里座无虚席，全部都是学生，安安静静地在学习。国内的孩子周末玩得很疯狂，回国这两年，看到中国的孩子玩成神经病——我们还曾经以东方人的勤劳善良感到自豪。美国从小学一年级到高中十二年级是义务教育，不用交学费，但大学的学费很贵。我的外甥女在麻省理工学院，要交非常高的学费。美国的孩子上大学，学费由谁来交呢？

小听众： 自己交。

陶宏开：你是如何知道的呢？

小听众：我自己想到的。

在美国80%的学生上大学是自己交学费，10%左右的学生因为身体不好等原因自己贷款上大学，5%的学生靠奖学金上大学。我到美国看望我的外甥女时，因为她有很高的奖学金，她不让我花钱，用她的钱来供我吃饭、住店。国内的孩子从小到大，那么多的学费——现在中国80%的城乡居民致贫的主因是教育经费，父母为孩子付出那么多的教育经费，孩子感恩吗？

中国父母努力工作，给孩子攒学费攒生活费。希望孩子看后会理解父母的爱心。

这是一个大学交学费的现场，父母正在焦虑地打开钱包拿出百元百元的钱交学费，而孩子站在一旁谈笑风生、无动于衷。中国的父母倾情付出、无怨无悔，希望孩子们理解父母，奋发读书，有所作为。

我们引进社会竞争机制以后，每个父母都面对很多压力，公务员包括生意人都不容易，压力特别大，孩子并不担心，以为这些很容易，这是个错误。

我为谁而歌呢？社会文化有太多不良因素，“我只喜欢你，没有你我怎么活下去”——全部都是爱情歌曲，让孩子以为爱情是生活的全部，没有几首歌让孩子振奋，全是无病呻吟、哀嚎的歌曲。我们没有给孩子一个更健康的成长环境，我呼吁我们应该给孩子更好的健康环境。现在很多电视剧都是“戏说”，多么的无聊，用这些下流的因素吸引观众的胃口，误导很多青少年。我刚回国时，打开电视看到的都是《还珠格格》这类电视剧，这些歪曲历史的电视剧，让孩子生活在虚拟空间，厌倦现实、厌倦学习、厌倦父母。希望大家共同努力给孩子一个健康成长的环境。

有听众朋友愿意上台和我沟通、交流一下吗？

（有两位学生、两位学生家长上台）

陶宏开：如果问题触犯隐私的话，孩子们可以拒绝回答。非常感谢听众朋友们上台和我沟通。请问你多大年纪？

学生：我今年16岁。我觉得我在网络方面存在很多问题，所以今天来听您的讲课。我不反感您的讲课，我觉得您讲得非常对。现在网络对孩子有一些负面影响，您对我们的正确引导非常正确。我大概是在十三四岁的时候接触网络，我接触网络就是因为游戏。

陶宏开：网络游戏并不是孩子的错，而是没有正确引导孩子，网络本身没有罪，它是工具，看我们放进去的是什么。你接触网络的目的开始就是游戏吗？

学生：有些是，有些不是。

陶宏开：你感觉到自己接触不好的东西了吗？

学生：初二的时候我特别迷恋网络游戏，成绩下滑。

陶宏开：（对回答问题的16岁学生的父亲）你是什么时间知道你儿子上网的？

家长：时间很长。儿子在网络上会的比我多。

陶宏开：80%以上的家庭都是孩子先懂网络。家长没有一开始自己学会上网，然后引导孩子正确上网。美国孩子是看着父母用电脑学习、工作长大的，他们的第一印象是电脑是一种工具。中国孩子接触电脑比父母多，比父母早，网吧里面有90%都是网络游戏，是吗？给孩子的印象是网络就是玩的。

家长：开始我也有孩子学习电脑是好事的感觉，通过游戏可以让孩子对电脑感兴趣，后来发现孩子有沉迷网络的倾向。

陶宏开：很多家长先让孩子去玩网络游戏，然后学习电脑，这是错误的切入点。前几天一个媒体的记者采访我时说，他的女儿四岁半就有网瘾了，因为记者天天写文章，抱着孩子让孩子玩电脑游戏。很多父母是把游戏当做玩具介绍给孩子的，这位父亲希望通过电脑游戏引起孩子对电脑的兴趣，但游戏导致孩子学习成绩急剧下降。

家长：我也非常着急，我自己是学教育学的，但在教育孩子方面是失败的，感觉自己都是不对的。

陶宏开：（对16岁的学生）你有什么感觉？

学生：我感觉我父亲在帮我戒除网瘾的方面做得非常好。

陶宏开：你有什么改进的方法吗？

学生：我现在上网主要是查资料和卷子，网络很高效，我现在读高一，成绩在中上等。

陶宏开：孩子应该有很好的前途，如果你真的觉得电脑是工具，应当与游戏有一个隔离期，一个人成功与否与自控能力非常相关。你同意吗？

学生：同意，如果自控能力差就会沉迷网络，混淆现实与虚拟。

陶宏开：我是做素质教育的，素质教育是培养孩子的心理素质，让孩子知道哪些该做、哪些不该做，明知道网络游戏会影响学习，自控能力小于游戏的吸引力，就会沉迷网络游戏。要培养孩子的思维能力和自控能力，通过素质引导来培养孩子的自控能力，孩子只有会自控，才能成功。第二位学生多大年纪？

学生：我13岁，我有一点想玩网络游戏，怕会沉迷于网络游戏，怕会发展成为网瘾，我觉得看别人上网成为网瘾不好。我学校旁边有网吧，很多人在网吧内玩通宵。

陶宏开：你能控制自己吗？

学生：能。

陶宏开：今天是你父母强迫你来还是你自己愿意来的？

学生：我愿意来的。

陶宏开：你有什么看法？

学生：我觉得您所说的对我上网有很大帮助。

陶宏开：电脑网络主要是工具，如果放松可以打球、下棋、画画、唱歌，用健康的方式去放松，不要用不健康的方式去放松，网络游戏是越放松越不松。小朋友不要上网成瘾，好吗？

学生：好。

陶宏开：（对女家长）你今天为什么来现场？

家长：我非常感动。我的孩子刚10岁，他刚接触网络，还没有发展成网瘾，但我很担心，网络游戏有吸引力，他可能躲不过这个潮流。我有一个困惑，针对一个这样的社会大环境，处于这样一个对孩子不利的背景之下，家长应该如何去做更好的预防呢？怎么引导孩子能够让他健康上网？希望您能告诉我们在座的家长应当注意哪些方面。

陶宏开：通过三次全国行我感觉最好的办法是，把家人组织起来成立家庭交流中心，通过学习改变教育方法，让孩子走出网瘾，北京在这个方面做得非常好。家庭交流中心主要让家长做六件事：1.相互倾诉；2.相互交流；3.交叉交流；4.成立家长电脑网络；5.成立互动学习班；6.家长互动。关键是读书，印度每年有读书月，埃及有7、8、9三个月是全国读书季，以色列的读书率是最高的，而中国的读书情况很令人担忧，平均每人每年仅0.41本，且读书率在逐年下降。不读书如何进步呢？中国13亿人口，如果不读书如何与时俱进？

我为家庭交流中心写了《同在蓝天下》这首歌，把这首歌献给大家。让我们共同努力，给孩子一片健康的蓝天。

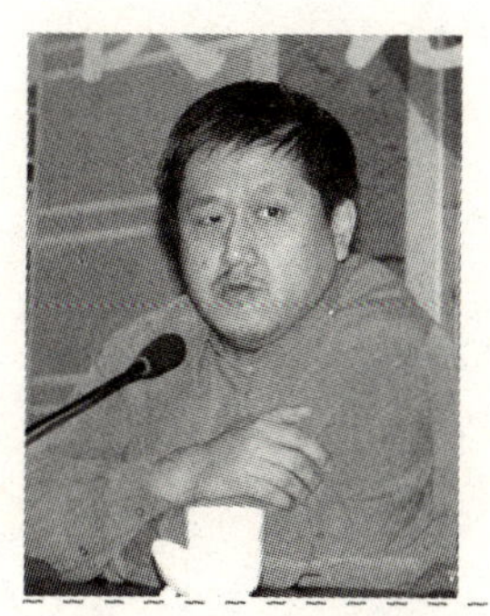

孔庆东

博士，北京大学中文系副教授，著名学者。主要作品有《超越雅俗》、《谁主沉浮》、《47楼207》、《空山疯语》、《井底飞天》、《独立韩秋》、《黑色的孤独》等专著。近年在多家电台、电视台和多所大专院校设坛讲授金庸小说，被誉为“北大醉侠”。主要讲授《中国现代文学史》、《现代通俗文学研究》、《鲁迅研究》等课程。

武侠与人文素养

各位朋友大家好！你们来自三山五岳，肯定是练什么武功的都有，我不好讲很专业很窄的题目。社会上很多人对我有所了解可能是看了我的书，看了我在电视上的胡说八道。很多人可能认为我是研究武侠的，所以今天我讲《武侠与人文素养》。我会尽量把大家关注的问题展示出来，讲得不清楚的地方，后面留一些时间大家可以“审问”我。

首先讲一下我和武侠的关系，我最近两年到处演讲总要辩解这个问题，有很多人认为我是研究武侠、研究金庸的，我总说“非也，非也”。我不是研究武侠的，也不是研究金庸的，那是狗拿耗子——多管闲事，那不是我的专业。我本人既不武也不侠，我小学时候学过一个星期的武术，因为压腿太疼了我就不去了，我不愿意学了，其实是我不愿意吃苦。但是我找了一个借口，我说当年霸王项羽学剑后来不学了，因为打不倒几个人，我说我不能学武术，我要学一种功夫一出手能打倒一万个人，其实是给自己的懒惰找个借口。我现在在学校里当老师，我是搞现代文学研究的，我研究的是经典的现代文学，是鲁迅、茅盾、曹禺、老舍、郭沫若等人。我为什么去研究武侠顺便管了人家的闲事呢？原因很复杂，不该我管的事情我去管，是因为没有人管这个事情，是因为管辖范围、管辖职责出了问题，产生很多人越界维护路段。这是我和武侠的关系。

武侠与现代文学有关系。现代文学是做什么的？现代文学不是风花雪月，现在大家不知道大学里的学者、中文系的人是干什么的，社会上的人以为中文系就是风花雪月、咬文嚼字、舞文弄墨的，他们从中学的语文课出发去想象中文系。比如当年我考北大中文系的时候，我的父亲非常不理解，他说你上了大学还要学语文呀！天下还有你不认识的字吗？你还要学多少字呀？老人家以为学语文就是学习不认识的字。大部分人不知道中文系是做什么的，在北大有个做招生咨询的开放日，我看到很多家长在各个系的小摊面前来来往往，但到中文系小摊前的家长寥寥无几，有几个家长从中文系的小摊前匆匆走过，一个家长说："中文系？中文系是做什么的？"另一个家长说："中文系就是念小说的，历史系就是讲故事的。"我给他们补充了一句："哲学系就是看风水的。"我们大多数家长不知道大学里的专业是干什么的，他们容易望文生义，在迷迷糊糊的状态下指导自己孩子的命运。他们可能认为金融系就是赚钱的，管理系就是当官的，他们其实不知道金融系是帮助有钱人数钞票的，管理系是给别人当孙子的。社会和大学的隔膜太多。一方面我们的科学研究成果在世界上并不低，我们的大学水平是比较高的，而我们国家落后在大众的层面，我们很多城市现在搞市民讲堂，我对此很赞成。一个国家一个地区的水平体现在普通大众的水平，那些精英的水平我国早就已经很高了，有鲁迅、巴金、茅盾这样高水平文学作家的国家是不多的。美国很强大，但连半个鲁迅都没有，美国的作家和思想家与鲁迅一比都浅薄得很。但它强大在哪儿呢？它平均水平高，普通市民的水平比我们普通市民的水平要高，所以他们没有鲁迅无所谓。我们有一个鲁迅，那么有多少人懂得鲁迅呢？大家是如何接触鲁迅的呢？是通过上学。如果不是中学语文课本里选了几篇鲁迅的课文，谁会去图书馆找《鲁迅全集》来看呢。你们有过这样的冲动吗？没有。我们大多数老百姓没有这样的意识：我没事了，我现在工作了，我现在有自由时间了，我要把《鲁迅全集》读下来。全国有多少这样的老百姓？没有。全

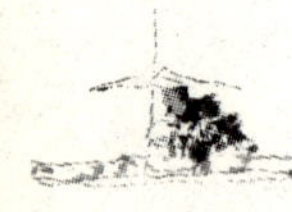

国如果有十分之一这样的老百姓，中国早就强大起来了，就不是今天这个样子。“五四”时提出民主与科学，差不多一百年过去了，我们国家社会层面、大众层面的民主与科学意识还这么不如人意，还这么差。一方面我们的宇宙飞船已经上天了，另一方面我们又有非常愚昧的理念，为什么落差那么大？是因为很多人不接触高科技，不接触高深思想，但不能怨群众，因为那些东西本来就太高深，本来就很多人都不懂，我们国家缺乏一个转换机制，缺乏把高深思想、理论转化成大多数民众能够接受的这样的一个机制。有人说：“你为什么要去讲课？为什么要浪费时间呢？在学校能算你的科研成就？”那当年鲁迅为何在报刊上发表文章呢？他要做的就是努力发挥自己的作用向民众普及一些高深的思想，鲁迅自己的影响效果不强。我们今天的学生一上学就有鲁迅的课文，而当年鲁迅的书出版时有多少读者呢？那时鲁迅的书出版也就印几千本，几千本在当时是不小的数字，可以保证赚钱，但几千本在中国算是什么数量呢？中国有四五亿人口，只几千人上万个人读过鲁迅的书有什么用。这个数字基本上可以忽略不计，基本上还是靠互相启蒙。这个社会是大家在呼呼沉睡，社会进步很慢。老百姓是怎么接受民主与科学的呢？国家如何慢慢前进？大部分老百姓民主与科学的意识如何来的？显然不是从鲁迅、郭沫若、茅盾来的，而是从比他们水平要低的作家来的，从张恨水来的，老百姓不读《彷徨》但读《啼笑因缘》，《啼笑因缘》改编成各种文艺形式。张恨水是全国最著名的作家，鲁迅并不是著名作家，鲁迅是作家最佩服的作家，老百姓大多数不知道鲁迅是谁，后来知道也是教科书告诉我们他是最牛的人，大家都知道张恨水。张恨水在重庆过五十大寿时，老舍写了一篇文章，说：“张恨水是全国惟一的妇孺皆知的老作家。”老舍是新闻界读者最多的作家，但在全国拥有最大批读者的是张恨水。尽管大家没有读过鲁迅，但读了张恨水就知道包办婚姻是不对的，是会产生悲剧的，要自由恋爱，军阀是罪恶的，要以人为本，这些思想通过他的文学来传播。我们国家大众文学的这块十分落后、十分薄弱，有多方面的原因，原因很复杂。我们国家一惯看不起大众，我们的知识分子总是以精英自命，这与我们的传统有关。很多人不读书，一部分人读书后把自己和大众区别开来，读书人变成一个很神圣的东西，读书人以为自己很了不起。这和西方是不一样的，我清楚地知道和西方在哪些方面有差距：我们差在中间的层次，西方认为读书和吃饭一样很普通，所以他们并不一定有专门的书房；中国的知识分子要搞一个专门的书房，把读书看成是像沐浴焚香一样，搞得很神秘；西方人在书房厕所里到处摆着书。我在卫生间摆了很多书看，很多人认为我不尊重那些书，但我认为人最喜欢的书才摆在卫生间，在最需要愉快时才会读这些书，不要把这些书搞得那么神圣高雅。在1949年以前即现代文学时代，中国最著名的作家是张恨水，共产党看到这一点，培养了自己的张恨水，培养了赵树理、孙犁这样的作家。鲁迅固然好，鲁迅是我们的旗帜，但鲁迅的东西是需要转化的，大多数人看不懂，连鲁迅的母亲都看不懂鲁迅，鲁迅是启蒙者，但连自己的母亲都启蒙不了。鲁迅批判张恨水，说他尽写些无聊的三角恋爱故事，可是鲁迅的母亲最爱读的小说就是张恨水的小说，鲁迅很无奈，他在日记中写他多次为母亲购买张恨水的小说，张恨水每有新书出来，鲁迅都是消费者之一。鲁迅的朋友回忆在鲁迅家与鲁迅的母亲聊天，鲁迅的母亲很高兴，对鲁迅说："唉，你不是也写小说吗？把你的小说拿过来给我看看。"鲁迅拿了本《呐喊》给母亲看，里面是一些短篇小说，很容易看，鲁迅的母亲读完之后把书一扔说："这有什么意思，这不都是咱们家乡的那些破事嘛。"鲁迅听后很扫兴，他母亲不喜欢读他的书，但老太太很平常的两句话透露了很重要的信息，使鲁迅思考如何创作老百姓喜欢看的书。老

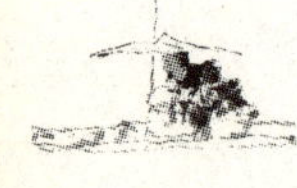

太太第一句话是“这有什么意思”，说明老百姓要读有意思的书，思想深刻的书没有意思就不能传播，第一要有意思。老太太第二句说“这不都是咱们家乡那些破事嘛”，大家不愿意读普通的大家都见过的事，老百姓要读没见过的奇怪的书，用中国的术语叫做传奇，张爱玲有本书就叫《传奇》，老百姓要读传奇，不要读平平常常的自己的生活。原来有个笑话说作家是把你的事情写出来再卖给你，大家不喜欢这样的作家，老百姓要看个自己向往的，生活里没有的梦，《啼笑因缘》就是老百姓轻易不能经历的。张恨水的作品没有很深刻的文化蕴涵，启蒙不能太高，鲁迅的伟大在于他启蒙知识分子，启蒙高层次的人，高层次的人读了鲁迅会豁然开朗。现代文学经过二十多年的发展，毛泽东做了精辟的总结：“我们必须创作为老百姓喜闻乐见的作品。”老百姓喜闻乐见不是迎合老百姓，而是思想为老百姓接受，大家才能团结起来，国家才能强大。我们看看西方文艺，拿势力最强大的美国来说，美国以好莱坞为代表的文化全部是为老百姓喜闻乐见的。毛泽东说我们要创作中国气派、中国作风、科学的、大众的作品，美国人没有学过毛泽东的讲话，但美国人实践非常好，美国建立的就是美国气派、美国作风，为美国全体人民喜闻乐见的作品。美国没有中宣部，但在好莱坞的影响下团结起来、万众一心，认为自己国家是强大的，别的国家不是流氓就是乞丐。国家有力量体现在是否万众一心，通过这样一个艺术手段，现代文学的任务是凝聚你的国民。中文系是干天下大事的，担负着改造民族灵魂的核心任务，中文系分工很多，整体上担负着民族灵魂改造的大任。

文学形式多种多样，张恨水写的通俗小说是以言情小说为主，到1949年以后华人圈里占统治地位的不再是言情小说而是武侠小说。整个华人文学圈1949年之前最著名的作家是张恨水，1949年之后最著名的作家就是金庸。金庸的知名度已经远远超过张恨水，不能保证每个华人都知道张恨水，但我们可以保证有华人的地方金庸就是个常用词，就是个大家都能听懂的词。走遍全世界有华人的地方只要谈金庸，两个人就会找到共同话题。过去列宁说：“工人阶级走到世界各地，唱起《国际歌》就会找到阶级兄弟。”金庸就是华人的《国际歌》。读金庸所起到的重要的政治利益是大多数金庸读者没有预料到的。金庸小说的兴起是在冷战时期，在前几十年的兴起是在海峡两岸水火不容的时候，共产党、国民党都把对方描写成人间地狱，我们要解放台湾，台湾要光复大陆，老天爷恰好给中国留下了香港这块地方，恰恰给金庸施展的舞台。金庸在大陆受了教育，香港给他提供了一个舞台，他写出了超越冷战之上的东西，在世界华人圈内蔓延开来。华人读后才知道：“这就是我们伟大的祖国，原来我们和郭靖、黄蓉是一伙的。”被冷战所束缚的思想打开了，海峡的分裂造成人心的分裂，现在看了金庸所写的武侠小说才知道我们是中国人，知道政治分裂是短暂的，金庸在政治上整合了中国。以金庸为代表的新派武侠小说构造了文化中国的版图，随着他笔下的人物走遍中国的大江南北，好像抚摸着祖国的身体一样，金庸的作品是最好的爱国主义读本。有那么多所谓精英人士打击、压抑通俗文学，认为自己是高雅而人家是低俗的，为何说人家是低俗的呢？通俗小说内有打架的，所谓高雅的作品中就没有写打架的吗？通俗小说有三角恋爱而所谓高雅的作品中就没有三角恋爱吗？通俗小说有性描写而所谓高雅文学中就没有性描写吗？拿不出任何证据说明人家的作品比你的作品低俗，读者多不代表低俗。其实它背后有意识形态的斗争，金庸所起的作用是爱国主义。一些少数精英文学我不敢说是汉奸文学，但有相当一部分是想方设法诋毁中国文化贬低中国文化，说中国的文化一切不如人。这样的文学变成影视作品后发挥了更大的影响。武侠文学所涉及的问题是非常多的。

对于普通人，读武侠小说有什么好处？是有助于提高我们的素养的，我们整个社会提出要提高人们的人文素养。从十多年前出现人文精神之争之后，“人文”成为常用词，到底什么叫“人文”，大家都说不清楚。说不清楚的事情大家心里都明白，人文素养在我理解不是指点头哈腰、文质彬彬，说话温文尔雅、虚头巴脑的礼节，那叫礼教，恰恰是我们“五四”要打掉的东西。礼是发自内心的对别人的友爱、尊重，是现代公民的基本素质。现代公民的基本素质不是与古人与前人完全不同的，是有联系有发展的。如何发展现代人，我们如何对待自己，对待他人，对待民族国家，对待全人类，对待自然界？这些的综合是我们的人文素养。我们现在讲的人文精神让学者们说就麻烦了，学者们会把任何一件事情搞出好几百种解释，不是专业人士可以不看学者的东西，会越看越糊涂，因为他们的理论总在变化。

人文精神首先是人的精神，人处在进化的链条上，脱离了一般动物但仍保持动物性，他在向神性进发但还不是神，人性是处在兽性和神性之间。修养高的人焕发出更多的神性，我们说的革命先烈、大圣贤，就散发出神性。过去我们对毛主席搞个人崇拜，因为毛泽东身上神性的东西比较多，我们容易忽略他凡人的东西。我们对坏人咬牙切齿是因为我们看到他更多的兽性。任何人处在进化的链条上，人文精神主要是指人性，主要是讲人兽之别。人和普通动物的区别，让不同的专家来讲有不同的标准，生物学家、社会学家各有标准。在我看来，人和野兽的区别不在于人会使用工具，会说话，那是从别的角度出发。我认为人兽之别是人是有精神追求、有精神修养的，动物没有追求，动物的意识活动只是为了生存，为了肉体所需，没有精神需求。人和动物的区别就在于人通过精神活动把握了世界，人的身体和动物来比，人是很差的一种动物，人如果脱掉衣服和动物比一比会羞愧得无地自容，在我看来人是很丑陋的一种动物。所有这些所谓的美女包括美男、健美冠军，哪种动物都比他们美。你们看看动物的肌肉是做什么的，而人的肌肉是没有用处的。当你看到猎豹奔驰的时候，看到羚羊、长颈鹿，那才是真正的身体美。人的身体越来越不美，美是和真联系在一起的，一个不能劳动的肉体有何美？现在科技发展不需要劳动，人的优势绝不体现在自己的身体，如果老想着自己的身体，本身就没有什么发展。有的科学家认为以后人的身体会变成四肢小脑袋大，有的科学家认为通过健身人的身体会越来越好，但有一个共同点是他们对身体的未来表示巨大的担忧和恐惧，这种恐惧集中体现在奥运会上。为什么人们越来越痴迷越来越疯狂于奥运会，四年一届的奥运会到底吸引我们的是什么？多进一个球少进一个球有什么大问题吗？我们是在质问我们的身体还能干什么，人的身体的极限在哪里。除了奥运会，能解答这个问题的还有武侠小说，武侠小说也是解答人的身体能干什么的问题。人不能通过肉体征服世界，人的肉体很差，但人伟大之处在于人是有精神的，人通过符号来征服世界，自从最早的人发明符号以后，世界注定就是人类的。动物再强壮也只能控制一定范围的地盘，人看见地面上高大起伏的东西，看见地下流过的不能定型的东西画了个符号，用符号代表所有这些东西，用所有的符号把东西限制住，从这一天开始世界注定要由人统治。现在我们不出家门就能知道天下事，就能控制很远的事情，不是靠我们的身体而是靠我们的符号。不论你是学什么专业、从事什么工作的，我们每天在与符号打交道，数字、文字、公式都是符号。中文系是研究最复杂的符号的，世界上最复杂的符号就是汉字，把汉字特别是古汉语搞清楚，没有什么符号是难以理解的。

人文精神的发展是不平衡的，不是说文化先进的就一定能够胜利。人比动物精神发达，但人走在深山老林遇到狼，狼会把人吃掉，不一定

有精神就一定能战胜。人与人之间、国与国之间都是这样，先进的文明不能总是战胜落后的文明。1840年我们被打败之后，我们一直说自己是落后文明所以被别人打败了，产生了落后挨打的自我安慰的精神。人类历史并非如此，不一定战胜的就是先进的。玛雅文明、古印度的文明是多么先进呀，但它们灭亡了。拿中国来说，商朝是很先进的，我们看看商朝的青铜器是多么先进，周朝比商朝落后但周朝把商朝打败了。战国七雄时屈原所在的楚国文明发展很高，但被秦国消灭了，秦国没有楚国文明发展高，秦国没有什么作家，只是号召人们英勇杀敌。不见得文明先进就一定能够战胜，我们1840年后的半个世纪被动挨打不是因为我们的文明、经济落后，实际上是我们腐败，文明太先进有时容易腐败，因为别人都落后，我们会高枕无忧，一个大的朝代建立起来几百年天下太平无事，安全后会腐败，腐败会不可收拾，打败后有的灭亡有的重新崛起，中国每次都能重新崛起与我们的文化构造有关。先进文明是集中力量用于腐败，我们发明火药就是放鞭炮，放鞭炮是全民腐败的现象，放炮就是玩，其实是小型腐败活动。别的国家用火药造枪用来杀人，人家不断改进枪炮来征服放鞭炮的国家。我们国家放鞭炮是不能被压制的，北京市曾经禁放，但现在又开放了。人们觉得生活很好，不放鞭炮没有意思，中国人认为某种生活是一定要过的。我在电视上看到闯红灯的司机和警察吵架，警察说："你别和我吵，你离我远点，你是不是吃了大蒜了？"司机说："猪肉韭菜馅饺子，不吃大蒜有啥意思？"任何一个生活行为都有一套理由来解释，吃猪肉韭菜馅饺子就需要吃大蒜，过年就要放鞭炮，可以说这是一种文明，是一种讲究。老舍先生说："有钱的真讲究，没钱的穷讲究。"中国人都爱讲究，讲究是一种文明，但是大多数人都穷讲究的时候这个国家也就要挨打了。世界是竞争的，你过得很好有人过得不好，当我们全国人民都在抽鸦片的时候，英美人民是过得很惨的，连马铃薯都吃不上，所以才漂洋过海来和我们玩命。鸦片战争是一群叫花子来打我们，他们志在必得，而我们打败打胜无所谓，所以我们肯定要失败。我们对世界大势茫然无知，人文精神总的来说还是人类追求的大趋势，尽管落后打败了先进文明，打败后中国仍要搞人文精神。明朝被满人入关战败了，明朝文化是先进的，努尔哈赤的文化是落后的，满人入关后仍要搞人文精神建设，所有外族拿下中国后都要变本加厉地读“四书五经”、祭孔，最后都要搞文化建设。

美国历史短，有活泼的生命力，没有那么多穷讲究——在地铁里高声喧哗的都是美国人，英国人、法国人都会看报纸默不作声，虽然粗俗但有生命力，它也知道搞文化建设。建设的核心是从修身开始。如何修身、如何待人、如何做事，专家学者会讲得人昏昏欲睡。我认为从武侠小说中可以得到这方面的知识、这方面的启迪。我反对学校老师随便没收学生的武侠小说，十几年前我在北京当过语文老师，和我一个教研室的语文老师曾经没收学生的小说，过了一会儿他的儿子去了之后就开始看。我最早讲武侠小说是我在当中学老师的时候，学校领导让我给学生讲讲不要看武侠小说，要读一些高雅的文学作品，我说：“行，但是我要讲让他们读武侠小说。”我讲了武侠小说各方面的价值、意义，坚决支持同学们读武侠小说，但不要偷着读，一定要光明正大地读，因为偷着读的是坏书，如果认为是好书就光明正大地读。我们开班会讨论武侠小说，还要写作文，通过武侠小说提高我们的作文水平，让读武侠小说成为乐事，当年的学生还有人在回忆这件事情。

武侠小说包括中国人的人文思想、人文素养精神。不同国家人文精神的模式是不一样的，中国武侠文化所讲的人文精神，我体会在下面几点。

第一，武侠小说提倡“内功”胜于“外功”

武侠小说的术语中有一个“内功”，有一个“外功”。我也练过一些气功，中国自20世纪80年代以来盛行过很多气功。我练功是用来琢磨找内功，有一天我和一个师兄在体育馆里打坐打通小周天，我忽然感到丧失自我。知识分子有很清醒的自我意识，我们受西方思想影响很深，老保持一个清醒的我，这和中国文学是不一样的。中国文学主张“无我”，庄子是气功大师，达到无我。有一天我到了这种境界，觉得我自己要没有了，脑子里白茫茫一片，但那时我还隐隐有一丝自我，多年的科学训练使我不能放弃这一丝自我，不知道哪来的一股子邪劲一下子就恢复了自我。我能够描述是因为当时我还有一点自我，让我想起小说《红岩》里被敌人打了注射剂后以一个共产党员的钢铁意志把持自我的描述，我以一个现代知识分子的钢铁意志没有放弃自我。我师兄说我功亏一篑，说我马上就会打通小周天。我说这件事太危险，如果我不控制自己，我不知道我能成为什么东西。我承认我到过这个境界，起码是到了边上，我知道可能会有那么一个境界。有了这样一个境界之后可能是我们所说的内功上升到一个层次。而“内功”是现代词汇，古代并没有，古代的战争文学、武侠文学没有“内功”这个词——《水浒传》中没有讲武松、林冲、李逵谁的内功好，《三国演义》没有讲赵云、张飞谁的内功好。现代武侠小说对武打的描写越来越细腻，且出现“内功”这个概念，内功越来越重要，“内功”胜于“外功”，这个东西恰恰出现在民族衰落要走向复兴的背景下。古代武侠小说的背景是中国很强大，甚至是世界的中心，不需要强调内功，现代武侠小说忽然开始讲内功。其实凡是非常有名的大侠、武术家，据行家看，他们都不是一流高手，真正的一流高手都是不出名的，是我们不知道的。按照武术的哲学，练了武功之后不是出来打架，出来赚钱的，所以我们肯定不知道有名的高手，越有名的人可能越差。武术冠军绝对不是高手，高手不会参加武术比赛，参加武术比赛有悖武术精神。霍元甲是大侠，但他很年轻就去世了，有人说霍元甲是被日本人害死了，也有一种说法是霍元甲遇到内功高手。霍元甲的问题在于外功太强内功相对比较弱，武术讲究“外练筋骨皮，内练精气神”，武林高手是内功特别强，不是靠肌肉、靠蛮力，霍元甲的内脏没有修炼好，一拳打出去有一千多斤的力量，可以把人打死，但自己的内脏也受伤了。比如一个铁箱子里面装的是玻璃，别人打你的时候不会打破铁箱子，但里面的玻璃会碎。一个商船上放着一个大炮，一炮开出去很有威力把敌人的船打沉了，但自己的船也受伤了，因为甲板承受不起。霍元甲吃亏就吃亏在此。“内功”后来得到了武侠小说家的继承，到了金庸、梁羽生、古龙时代，一流高手一定是内功高手，令狐冲这样的高手除外，大多数的高手都是内在力量非常强大。我们看武侠小说出场的武侠人物，使用的是很奇怪的兵器的肯定不是高手，越是大侠拿的东西越简单，甚至是赤手空拳，东邪西毒南帝北丐就是靠手而天下无敌。这后面包含的是儒家思想，中国人讲究靠内在修养去征服世界，而不是过多地依赖于工具。西方人的理念是工具第一，西方社会进步就是工具的进步，不断改进工具，微软Windows95、Windows98、Windows2000、XP，一代一代更新，西方跟着工具走，最后成为工具的奴隶。中国人也在不断改进工具，但同时强调人不能成为工具的奴隶。总是强调工具要为人所用，总是警惕人不能成为工具的奴隶，毛泽东一再强调：武器是重要的，但更重要的是掌握武器的人。其实这都是儒家的思想，儒家思想讲究“修养第一、觉悟第一”。武侠小说中常写学了乱七八糟的花招都没有用，无招可以胜有招，简可以胜繁，内胜外，这对于我们普通人的生活、工作具有极大的

启示。你不要把武侠小说当成练武术的教科书去读，武侠小说内的功夫是不能练的，它是人生的一个象征，象征我们要注重内功的修养，不要注重外在的东西，不要注重你是正教授还是副教授，你是正科长还是副科长，那都是外在的。首先你要关注你有多少力量、有多少力气，现在你要问问自己："我读了多少本书？我有哪些具体的能力？我办事能力如何？我教育孩子能力如何？"各方面的能力你自己问问自己，这些就是你的内功，人要追求的是内功的充盈，人外在得到的东西和内功并不一定都是相互匹配的，你有处长的能力但你当了一辈子的科长，你有科长的能力但你当了很多年的处长，你会选择什么？这是对人的拷问。最理想的状态是有处长的水平当了处长。但人生是复杂的，社会上大多数情况不是这样的，这是理想，大多数情况是人不在其位，你所应当得到的和你实际得到的不一样。很多文学家都有这方面的牢骚，李白、杜甫都是这样。很多人觉得自己没有被重视，这时你要去问问自己的内功如何，内功好，发挥的作用越来越大甚至会越来越强。北京大学到用人单位调查自己的毕业生的情况，大多数的反映是北大的毕业生后劲比较大，刚来的时候可能不太愿意听领导的话，有些清高，有些散漫，但干活很好，且越往后越好，说明内功强，肚子里的东西多，内功强可以随时转变。招数不是根本性的而是次要性的，招数可以变化，理论属于招数，过十年就流行别的理论了，急功近利找招数、用花招障人眼目不可取。几十年前我们流行阶级斗争，用阶级斗争解释一切问题，阶级斗争这个招数的确是很有威力的，大多数问题用阶级斗争的镜子确实可以看出来，这一招很管用，但它不是内功。现在不流行阶级斗争，现在流行别的理由，现在流行女权主义者，拿着女权主义的镜子一看，到处都看到男女斗争、性别斗争，似乎看出很重要的问题，但其实都是表面的。列宁说："理论是灰色的，生活之树常青。"我对学生说："理论要关注，但最重要的是内功，上了几年学到底读了多少本书，这就是你的内功。肚子里装了2000本古今中外的小说，走到哪都不愁没有饭吃。不管理论怎么变，东西装在你的肚子里，随时可以拿来用。”如果只学了一门理论，理论好像不管用了。我反对学生只学一门非常狭窄的专业技能，你要超出自己所学的专业去博览群书，把这些东西当成你的内功，不要认为这些东西没有用，不要追求什么东西都能排列出漂亮的组合拳，它放在你的肚子里会有用，你不知不觉会把这招使出去。郭靖练武功是内功特别强，强到自己不知道自己要使什么招，郭靖的反应是比较笨的，没有很强的自我意识。他的脑子比身体来得慢得多，当有人打他一拳的时候，他的脑子还没有反应过来，手已经出去了。我们在学习工作中要强调内功胜于外功，我们每个人、每个地方、每个国家都应当强调“内胜于外”，其实就是真的胜于假的，这样能摆平自己受到的不平的待遇的心态。人追求的是真的功夫，不追求别人的评价，孔子说：“不患人之不己知，患不知人也。”不要求别人理解你，你自己理解你就可以了。

第二，忍者无敌的思想

很多人认为武侠小说是教人打架，是弘扬暴力的，这是没有好好读书的想当然的说法。批评的人大多没有读过金庸的小说，或者是反对之后再找来文章读，是给自己的言论找依据。真正读过新派武侠小说才发现，中国的武侠小说绝对不是弘扬暴力的。金庸的小说总是讲“冤冤相报何时了”，总是讲暴力不能解决问题，在武力上面有很多重要的东西。金庸有一部很不重要的小说叫《鸳鸯刀》，武林人士苦苦寻觅一对宝刀，因为宝刀上有天大的秘密，后来终于找到这对宝刀，秘密就刻在

刀上，前面写着“忍者”，后面写着“无敌”。中国的秘密不是阴谋而是阳谋，我们的招数堂堂正正告诉你也没有用，知道了你也无法制伏我。大人物如毛泽东都是搞阳谋不是阴谋，毛泽东的大多数思想不是从马列主义来的，毛泽东的伟大在于他巧妙地把马列主义中国化。“忍者无敌”是中国的儒家思想，在阶级斗争过程中可以有斗争有暴力，但最高级的是“忍”。金庸小说中的主人公可能武功很高，但不是武功最高的，他的武功可能被怀疑，但这个人身上体现一种“仁义”的“侠义”的精神，体现一种真正侠义的心。“侠”是奉献，“仁”是奉献、仁爱，不顾自己的痛苦，关心天下人的痛苦。反面人物、邪派武功往往以阴谋出现，阴谋诡计可以得逞于一时，但在长时段内是不受欢迎是失败的；在长时段内强调“忍者”，讲仁义道德的人经常吃亏，但时间长了发现自己还是没有吃亏。人生有多少亏可以吃？被人家骗点钱被人家骂了一顿也不算吃亏，你最后获得的心灵收获可能是最重要的。武侠小说中弘扬的精神是“忍者无敌”，在武功里最高的可能是阴谋诡计，但比阴谋诡计更高的是仁义道德。孔夫子一生讲仁义道德，在他活着的时候他并没有成功。孔子不是成功人士，不被别人接受，在哪个国家都待不长，但他死后他的思想成为人类最伟大的思想，成为历代统治者的核心思想，尊称他为“圣人”。没有仁义道德，中国文明不可能持续这么久，其他湮灭的西方古代文明都是阶段式的，今天的希腊人与古希腊人没有关系，只有中华文明是一脉延续下来的，我们的精神里依然淌着孔子老庄的血液。

第三，修炼之道是勤奋与觉悟相结合

我们要把练武术看成是人生修养的过程，人活着除了满足温饱之外就是要修养自己的精神。当年刘少奇写了《论共产党员的修养》，刘少奇提出一个重要问题，解决温饱后要重视修养问题，这也是儒家问题。怎么修养？金庸的武侠小说中没有天生的大侠，没有人天生就武功盖世，大侠都是经过艰苦磨难的过程。郭靖非常笨，别人练一遍他要练十遍一百遍，但他反复练，一直练到功夫和身体成为一体，成为一种本能。有一次洪七公教黄蓉“逍遥游”，黄蓉学一遍就会了，郭靖很羡慕，让洪七公教他，洪七公说不适合郭靖。郭靖靠的是勤学苦练，这很像我们人生的早期，我们人生早期要以勤奋为主，到一个单位工作的早期也是勤奋的过程，功夫不熟练的时候就要勤奋，读书、待人接物都是勤奋第一。不是每个人都有聪明劲，有一句话叫“笨鸟先飞”，在我看来知道先飞就已经不是笨鸟，知道勤奋的人是很聪明的，聪明人才知道勤奋的重要性。但光有勤奋还不够，还要加上觉悟。武侠人物中成为大侠的很多都有奇遇，或是遇到名师，或是发现一本秘笈，或是从一个场面中悟出一个道理。人生需要勤奋与觉悟，勤奋与觉悟的关系很像苹果落到牛顿的头上——牛顿发明了万有引力定律，牛顿在此之前肯定有很多勤奋在前面做铺垫，在这一刻聪明爆发，这两个加起来才能觉悟，忽然上了一个层次。这其实是禅宗“渐悟与顿悟”的道理，禅宗结合了中国哲学，又高深又通俗，大家都可以接受。平时我们要渐悟，渐悟多了才有顿悟的机会，顿悟的机会才多。有朝一日顿悟，更上一层楼。机遇总是光顾有准备的人，这样就把练武功的过程看成是人生修炼的过程，平时主要是勤奋，抓住机会去觉悟就可以了。

第四，做人的最高境界问题

在兵荒马乱时人们只求活命，诸葛亮说：“苟全性命于乱世，不求

闻达于诸侯。”解放后人民生活安定了，现在物质生活提高，现在人的迷茫、痛苦为何多了呢？因为大家都不知道干什么好，存在思想境界的问题，即个体生命的归宿。人活着是有欲望的，欲望分为很多层次，最低的欲望是活着，然后是吃饱，然后是吃好，等等。鲁迅认为是三个层次：生存、温饱、发展。发展的最高层次是什么？古人觉得发展的最高层次是长生不老，最典型的例子就是秦始皇。秦始皇做到了满足人生的一切欲望，秦始皇统一天下后追求长生不老。人总是要死的，这是残酷的事实，既然人总是要死的，就出现一个怎么死、为什么而死的问题。武侠小说中提出个体生命最高归宿的问题，用金庸笔下人物的话说是“为国为民，侠之大义”，这很像共产主义的话。马克思列宁主义并没有这种思想，中国共产党最好地最优秀地继承了儒家思想，共产党人的很多精神是自己发表的，是马列主义没有的，马克思什么时间教过我们被敌人抓住后要守口如瓶、绝不招供？马克思、列宁从来没有教过我们这些，为什么中国共产党员坚贞不屈？是从孔子孟子得来的舍生取义的精神，鱼与熊掌不可兼得，舍鱼而取熊掌。国民党继承了一部分儒家思想，但继承得不好，不配领导国家。共产党最好地继承了儒家思想，人民最后选择了共产党。黄世仁大年三十晚上去杨白劳家讨债，杨白劳还不起账黄世仁就把他的女儿抢走。在文化角度来看这叫缺德，书香门第的人怎么能做这种事呢？共产党要消灭这种缺德的事，恢复儒家的世界，减租减息，地主不能这样对待平民，所以老百姓支持共产党。爱国爱民好像是共产党提出的，金庸不是共产党，金庸对共产党有他不同的意见，他是根据形势来选择自己的立场，他讲的“为国为民”是从个体生命的归宿的角度来讲的。大侠可以想象成是某个领域的专家，在某个方面特别有功夫，是社会著名人士，可以是科学家，可以是优秀运动员，在某个方面有很高的功夫，用这个功夫干什么？赚钱享乐是正常的，赚钱后还做什么呢？满足个人的东西其实不需要多少，为人民做贡献会得到最大的奖励。为什么要将钱放在家里数呢，多累呀。应当帮助大家多赚钱，这就是杜甫所说的“安得广厦千万间”的思想。假如靠你的力量帮助别人有了广厦千万间，比你自己控制一间大房子要幸福得多。雷锋为何幸福？他天天为人民服务，因此吃得香睡得香，他与千万人一同生活。雷锋是当代大侠，大侠不一定就会武功，但最符合侠义精神。做到为国为民，最好的形象是郭靖和萧峰。郭靖成为一代大侠后，帮助大宋守襄阳，明知大宋守不住后便和襄阳城一起牺牲，完成了自己的使命。萧峰领导着一个社会最大企业集团即丐帮，他是丐帮的CEO，他靠绝世武功想要什么就有什么。但他挂念天下苍生，他不是站在大宋也不是站在大辽的立场，而是站在天下苍生的立场上，他觉得对不起自己的祖国，怎么解决两难困境？萧峰一死以谢天下。凡是读过《天龙八部》的，很多人读到萧峰死亡的段落都会为之感动。萧峰是文学史上最伟大的英雄形象之一，金庸有意写这样一个少数民族的人最好地体现了儒家思想。把生命融入天下苍生的生命，这才是真正的长生不老，把自己融入全人类才会真正长生不老。

第五，自由与道义的结合

新武侠不止是给读者出了一条道，中国文化是多元的，包容性很强，中国文化对人是非常宽容的，它不像基督教、伊斯兰教，中国人有多条道路可以选择。你可以为国为民牺牲，我们说你是英雄。如果你不为国为民也可以，你只要不做坏事就可以。郭靖和国家的居民一起死去了是大侠，杨过帮郭靖守了一段襄阳，但后来领着自己的爱人周游天下去了。你可以追求个体生命的自由，不同流合污就是好的，在特殊情况

下被迫同流合污一阵子也可以，只要能够改正就可以。中国文化是非常灵活的，儒家、道家，不行出家都可以。中国有太多的道义，太多的道义可能给坏人留下空子可钻，但还是让大多数人可以选择。金庸在冷战时期把"为国为民"放在最高层次，文学作品是不谋而合并不是谁号召的。共产党、国民党都宣扬"为国为民"是最伟大的，我们讲的"为国为民"是爱共产党，台湾讲的"为国为民"是爱国民党。今天的情况不一样，21世纪崛起的新武侠，二三十岁的作家已经起来了。他们的观念和我们这一代人的观念已经有所不同，他们认为追求个体生命的自由更为重要，这是80后作家的想法。我对80后的孩子非常有好感，如果他们有幼稚的地方是因为我们没有给他们知识，他们不知道，他们知道后进步会快得多，他们的环境比我们好，只要指出了正确的道路，80后是非常可爱的。我们为什么要求他们都要为国为民壮烈牺牲？时代不同了，他们需要追求个体生命的自由，他们仰慕萧峰，但更愿意做令狐冲。张无忌专业特长很好，但是在人际交往、异性交往方面比较差，这很像我们普通人，人生能做张无忌就不错了。我们对人不要要求太高，要求大家都过得自由宽松可能是21世纪更重要的问题。

我希望大家能够借鉴武侠精神，提高我们的人文素养，使我们中的相当一部分人成为幸福的、自在的、愉快的人。

听众：您喜欢金庸作品中的哪个女性人物？

孔庆东：这个问题很难回答，我多次回答这个问题，每次回答都显得我这个人很不专一。我喜欢很多女性人物，因为金庸写得都很可爱。武侠小说中写的女性人物其实是作为文化选择来写，你喜欢不同的女性人物代表不同的文化选择。在众多的女性中我更多关注的是赵敏，是一个少数民族的人，金庸小说中有意描写了一些少数民族英雄，这是对大汉民族的一种反省、一种批判，也是一种“五四”精神。

听众：有人批判金庸对女性的态度，他笔下的女性只有三种结局：死掉、疯子、回归家庭。你怎样看待这个问题？

孔庆东：首先不是只有三种结局，韦小宝的七位夫人都跟着他享福去了，还有小龙女与杨过一起过上幸福生活。你要女性成为哪种结局呢？郭襄独立建立峨嵋派，金庸笔下的女性人物归宿还是很多的。但男性的归宿还是值得思考的，男性的归宿不是死了就是走了，这是金庸小说值得反思的问题，建立繁华世界后这个人物抛弃这个世界走掉了。这里包含另外一种佛家思想值得思考，即入世与出世是结合了。张无忌、杨过走掉了，韦小宝最后恍然大悟也走掉了。

听众：作为一名普通院校本科中文系的学生，自认与名校中文系的学生存在差距，因此总存在压抑感与自卑感，有什么方法能消灭这种不良情绪吗？

孔庆东：所谓重点院校与普通院校的差距是存在的，这个存在不是个体的差距，而是机会的差距。北大中文系的学生可以听到更多高水平的教授讲课，你们之间的差距是机会，但这种机会可以通过其他方法来弥补。一定要读高层次的书，这样差距缩小了。人和人都是差不多的，你和同学差15、20分，他考上北大你没有考上北大，你们之间的差距就在这15、20分吗？绝不是。北大也不都是人才，也有坏人、废物，哪个学校都一样。差距不在个体而在于机会，机会是可以弥补的。我从小生活在哈尔滨，我会想和北京的学校有很大差距，但我如此想没有用，我刻苦、勤奋，考上北大后发现北京的学生没有赶得上我的。所以不要总想差距，你只要勤奋地读自己的书就可以了。

听众：对现实不满意，但又找不到突破口，不知道自己未来的人生将走向何处，您是怎么度过这个彷徨期的？来自于一个刚刚毕业参加工

作的年轻人，谢谢您的指点。

孔庆东：这是很多年轻人都存在的问题，不但今天有，上世纪二三十年代就有，有追求的人总有彷徨，比如你想干大事但人生总有束缚。30年代的人苦闷，但苦闷有突破口，过去苦闷可以去延安去投八路，"此处不留爷，自有留爷处，处处不留爷，爷去投八路"，这是当时的突破口。现在没有八路没有延安，你也不能漂洋过海去找出路，所以路在脚下。鲁迅当年就有一个彷徨期，他专门有一个小说集就叫《彷徨》，鲁迅继《呐喊》之后有个《彷徨》，喊完之后很空虚，一看中国还是很黑暗。鲁迅认识到自己不是革命领袖只能踏实地写文章，鲁迅认识到自己不是英雄就开始认真写文章，成为伟大的思想家。我们不是鲁迅，但我们可以在工作中做对自己对社会都有好处的双赢的事情，一旦有机会再做大事，没有机会的时候做小事，平时要作勤奋的积累，等机会来了就去做大事。

听众：请问您最偏爱的金庸小说的人物是谁？

孔庆东：我最敬仰的人物是萧峰，但我知道我离萧峰太远，我根本做不到，我在努力做张无忌。金庸小说中境界最高、人生修养最高的是张三丰。张三丰100岁时已经修炼成差不多快成为一个神仙的境界，可能所有的大侠没有在功夫上能打过张三丰的，但他看到张无忌的时候揉了揉眼睛，眼睛里居然要流下泪来。这段描写非常好，神仙也是有情的，人都修炼成这个程度了，看到自己孙子辈的徒弟来了之后竟然感动得几乎落泪，写得非常真实。张三丰的境界是非常高的。

听众：金庸小说里虽然是善恶分明的，但恶人梅超风、李莫愁却演绎了一段段让我们肃然起敬的爱情，是否在道义上应当得到宽恕，您如何看待这个问题？

孔庆东：你后面说得非常好，恰恰证明金庸小说不是那么善恶分明的，这正是金庸小说超越以前武侠小说的地方。有些简单的武侠小说善恶太分明，好人就是好人，坏人就是坏人，人物太简单不够复杂。鲁迅批评《三国演义》时说诸葛亮太聪明了，像妖怪似的，也没有成长的过程，不可信。金庸小说改变了这个毛病，金庸小说的人物是有变化的，好人有缺点，坏人有可取之处，且坏人有成为坏人的可信的历程。谁说梅超风是个天生的坏人，梅超风原来在桃花岛上和黄药师学武功，她也是桃花岛的研究生之一。她的老师性情比较严厉，武功非常好，但在教育学生方面不太合格，学生不好好学习他就采取暴力手段。梅超风和师兄产生爱情，知道老师不允许早恋，面对人生的考验，是要爱情还是要学历，梅超风和师兄选择了感情而私奔。有一次回到桃花岛上偷看老师教同学武功，发现连师傅十分之一的功夫都没有学到。她的丈夫问她是否后悔，她说了一句非常感人的话："你不后悔，我也不后悔。"在他们心中什么最重要？感情是第一的，是最重要的。金庸把他们写得非常复杂，所谓的坏人内心是非常善良的。金庸是人性大师。

听众：金庸的小说中有大侠、中侠、小侠，都有自己的精神，您认为当代大学生最欠缺的是哪种武侠精神？

孔庆东：当代缺乏的是一种责任感。我们弘扬法制，这可能是时代的需要，但带来一个问题，人们只讲自己的权利不讲自己的责任，只讲我应当得到什么，我应当维护自己的权利，不考虑别人的权利，不考虑我能为别人做什么。现在的人很少能自我反省，道歉，认错，千方百计为自己辩护，都说自己没错，只要不犯法就可以做，想方设法做使自己利益最大化的事情，犯了法请律师狡辩，只要自己不受惩罚就可以做。我们要建立这样一种责任感，我活着要给别人带来快乐，给别人带来快乐你就会得到世界上最大的快乐。我经常收到读者来信，当我看到有的读者说读了我什么书后改变了他的人生，使他的人生到了什么样的境地

之后，我非常满足。即使说只满足我的虚荣心，我觉得是莫大的幸福，比他给我多少钱都幸福，因为我觉得自己有意义，我改变了别人的生命，我使别人的生命快乐。甚至有的读者给我写信，我回信后他不自杀了，我收到他的信后是多么自豪呀。我没有得到实际的好处，但我得到了最无价的珍宝，我使其他生命活得好活得快乐，所以我活得很值。我们生活中可以随时随地做好的事情，做对别人有帮助的事情，那样大家都快乐起来了。现在校园里吵架都是不值得的东西，最后大家都不快乐。

听众：美国有很多侠，像蜘蛛侠、蝙蝠侠，您怎么看美国的侠？

孔庆东：外国也有我们翻译成侠的东西，严格来说“侠”是中国独有的文化概念，西方的侠和我们相通的地方就是做好事、打击坏人，但没有中国侠的精神的追求。外国侠是尊重法律，在法制范畴内活动，中国侠往往提出更严峻的问题：假如法律坏了的话怎么办？法律是阶级斗争的工具，哪一个阶级掌权就会制定对哪一个阶级有利的法律。法律从来不是客观的，法律坏了怎么办？需要无数侠客出来，通过自己的奋斗改变恶法，使恶法变成良法。中国侠不是只做具体的事情，他有精神追求，有生命归宿的拷问，中国侠追求知音、认可。荆轲可能就是普通的社会闲散人员，没有知音，但燕太子丹发现他是人才，视他为知音。燕太子丹发现荆轲用砖头瓦片打小鸟，给他一袋子金子打，这是多大的知遇之恩。燕太子丹知道荆轲喜欢吃马肝，就把自己的千里马杀了把肝给他吃。有一次听歌女谈琴，荆轲说女孩子的手很漂亮，宴会后给荆轲一个托盘，托盘里放着侍女的那双手。做得很残忍，但这些手段表示对荆轲的无上认可，一个人得到最大的价值认同，才会“风萧萧兮易水寒，壮士一去兮不复还”。这些充满美学浪漫的精神是蜘蛛侠、蝙蝠侠所不能比拟的，他们那些侠不过是优秀的警察而已。

听众：孔先生，您在北大求学中最难忘的事情是什么？北大给您最大的启示是什么？

孔庆东：北大最难忘的事情很多，让我脱口而出的可能是我上大学的时候我们经常去游行示威，我们参与国家改革，如何让国家知道我们的声音，我们就不断去游行。北大是世界上一个特殊的大学，如果给世界大学打分评一流大学，如果评哪个学校对国家推动最大，最大程度推动国家的进步，那就是北大。北大和国家的现代化命运是绑在一起的，我们通过各种方式参与了20世纪80年代的改革，北大学生喜欢用游行方式让政府知道民意、民声。我最难忘的就是一次又一次数不清的游行示威。去年中央电视台有一个《大家》栏目，我说丁校长是我最喜欢的北大校长，我们学生游行不一定都是对的，有时可能我们是错的，我们每次去游行，丁校长都拦着我们不让去，说："你们不许去，如果你们要去就从我身上踩过去。"我们不理他，把他扒拉到一边就跑了，但是每一次如果有游行的学生被警察带走，丁校长会亲自去把学生带回来。当时我们不懂事，现在我们知道这就是最好的校长，像父母一样对待学生。北大给人最大的启示就是北大从上到下都有一种武侠精神。真正敢为天下先、敢为天下承担一切责任的精神，这是在北大空气里弥漫、延续、代代相传的。我希望这种精神在整个中国社会代代相传下去。

谢谢大家！

樊富珉

清华大学心理学教授，博士生导师。现任清华大学教育研究所心理研究室主任，清华大学－香港大学心理辅导研究中心主任。中国社会心理学会常务理事、危机干预专业委员会委员等。《中国心理卫生杂志》、《健康心理学》编委。

主要著作：《团体心理咨询》(2005)、《尽展你人格的风采》(2004)、《华人文化与心理辅导模式探索》(2003) 等；近六年来发表论文八十多篇。

健康文明从“心”开始

各位早晨好！看到大家这么早到这里学习，我非常感动。今天的讲座是《健康文明从“心”开始》，用引号引上“心”是因为“心”有两个含义，第一个“心”是要重新认识健康，是“新旧”的“新”的谐音，重新认识健康的意义和价值。如果我要大家做一个小的练习，考虑在你的生活中什么最重要，不知道各位会做什么样的选择，不能多选，选五项，在你的生活中什么最重要。如果可以选五项你会选什么，你会选健康吗？会选健康的请举手，几乎是所有人。健康在现代人的生活中是非常重要的价值观念，我们很看重健康，大家知道有健康不等于有一切，但没有健康就没有一切。“非典”之后人们对健康的重视应该说是前所未有。以前老年人会很重视健康，因为身体机能衰退会出现各种疾病，现在我们再做研究发现，青少年处于生长发育的蓬勃时期，我们调查青少年生活中最重视什么，仍然会选择健康。健康现在成为全民一个重要的价值观念，那么健康对我们到底有什么样的意义？所以要重新认识，我们要重新认识健康。第二个“心”是心理的心，因为心理健康是健康与文明的基础。我今天要讲的是到底什么是心理健康，为什么说心理健康是文明、健康的基础，我们如何去维护。

应该讲现代人重视心理健康已经成为一个不争的事实，社会越发展，心理健康就越被重视。台湾著名心理学家梁国书曾经提出这样一个观念，我把它概括成“三品”，他说：在一个落后的国度或地区，物质文明和精神文明都很落后的地区，心理学是一种奢侈品；到了中等发展的时候，心理学是一种调味品；到社会高度文明、高度发达的时期，心理学是必需品，也就是说谁也离不开。他的这个概括是根据发达国家在现代化进程中经历的经验总结的。在文明社会中每一个人都需要心理健康，很多学者提出每一个人一生至少要接受一次心理健康的教育，心理健康的重要程度绝不亚于我们学习数学、语文等科学知识，心理健康影响人一生的发展，是人安身立命，谋得发展，获得成功的基础。给大家讲个叫《杰克与大卫的故事》的小故事，这个故事的作者是谁呢？前几年有一本非常风靡的书叫《谁动了我的奶酪》，看过这本书的请举手。场上不下几十人举手表示看过《谁动了我的奶酪》。《谁动了我的奶酪》当时之所以风靡世界尤其是备受高级管理人员关注，这是为什么呢？四个小精灵找奶酪，两个小老鼠精灵两个小人精灵，老鼠很简单，有奶酪就吃没有就去找；但人是有思维有分析的，人很复杂，天天在吃，没有发现天天在减少，变化每时每刻都在发生，等到有一天没有了就问谁拿了我的奶酪，就在那儿分析、推理谁动了我的奶酪，但是没有奶酪是事实，等待下去肯定情况越来越糟糕。这个故事提示我们什么呢？在一个变化的世界中怎么样去提高我们的应变能力，能够觉察、适应、追踪变化，不断去变化，结果是可以享受变化给你带来的乐趣。作者叫斯宾塞·约翰逊，是美国一位非常有名的心理学家，他把心理学的理论、知识放在故事当中，非常通俗易懂。他有一本书叫《快乐人生——成功的资本》。《杰克和大卫的故事》讲的是两位离开学校走进社会走上工作岗位的年轻人截然不同的发展状况。两个人在大学是同学，而且都是学校社团的积极分子，两个人对未来有追求有憧憬有向往，两个人雄心大志、踌躇满志，准备到社会上好好打拼一番。毕业后几个月两个人在咖啡馆里不期而遇，杰克垂头丧气、心灰意冷，因为他一直没有找到工

作，他积极找工作，但每次都碰钉子，他没有钱了，拿自己仅剩的一点钱到酒馆里喝酒消愁；当年他的好朋友大卫西装革履、春风满面、得意洋洋地去了，昔日的好朋友在小酒馆里遇到。杰克说："你是不是该请我喝一杯呀！"因为他兜里的钱只够喝两杯酒的，不希望朋友发现他穷困潦倒。大卫说："平时看到杰克很有朝气，为什么现在这么垂头丧气？"杰克说："现在我还没有找到工作，我真的觉得没有希望了。"大卫已经当上了部门经理，事业发展得非常顺利，短短几个月两个人的境遇有如此天壤之别。大卫说觉得有很多人大学毕业后找不到工作，因为找不到工作因为遇到挫折因为遇到困难就如此心灰意冷，对生活的热情就完全泯灭，就没有希望没有未来，要好好调整健康状况要从心理状况做起。大卫说："我个人的精力有限，我愿意陪着你在你人生这一段逆境中跋涉、探索，我愿意陪伴你。"小册子从两个人的故事开始，开始两个人有反差，每次他们会定期见面，每次都要讨论一个重要的成功课题。在大卫的开导下，杰克努力去找工作。杰克以一个良好的健康状况去找机会，他在工作中遇到人际关系的矛盾、提拔和挫折的机会，经历了很多很多，每一次都有好朋友相伴——人有好朋友相伴就不孤单不寂寞，就比较容易去扛，一个人扛会容易累，但有朋友相伴比较有力量。到故事结束的时候即这本书结束的时候，杰克遇到天赐良机，公司要提拔一个部门经理，领导找到他对他说要提拔他当部门经理，因为他做得很好，相信他可以胜任，并给他一个重要的任务，跟另外一家公司去谈合作。杰克很开心很激动，等着去喝酒，要告诉他的好朋友自己的发展道路上出现了曙光。大卫也要迫不及待地告诉杰克，因为他要谈判的公司和对象就是他的好朋友杰克，两个人发展到同样一个层次上。这个故事说明一个什么道理呢？作者这样告诉我们：一个人要想获得成功，最重要的是要有良好的心理素质，要有健康的心态。我们常常讲性格决定命运，我加一句是“心态决定健康”。

为什么现在社会每一个人都在忙忙碌碌，都渴望成功追求成功，但是能够达到自己理想的成功境界的人并不多，大家都在抱怨，大家都感觉一生没有达到自己期望的理想、目标。是因为成功需要资本，这个资本不是钱，不是物质的，它是心理资本。它包括：1.健康，身心的健康是成功的基础。2.个性的魅力。3.选择你自己擅长的工作。现在很多人找工作要找最好的，什么是最好的？我不知道什么是最好的。每个人对好与不好的衡量标准不一样，在我看来做最适合你的工作就是最好的——没有一个好的工作是所有人都可以用一个标准来衡量的，做你擅长的，做你喜欢的，做你有兴趣的，这样的工作你就比较容易成功。4.协调人际关系。人在社会生活中需要朋友、亲戚，需要友情、爱情相伴，和谐的人际关系很重要。5.快乐的心情。怎样管理情绪？我的心情我做主，很多人都说“我生气是因为孩子不听话”、“我生气是因为领导给我脸色看”，总是在说别人，在别人身上找原因。我自己可以管理我的心情，别人怎么样对待我我控制不了，但我可以控制我是什么样的心情，可以通过调节方法去除掉不高兴的心情，让自己保持比较平静的心态，快乐的心情。6.要驾驭自己，认识自己、了解自己，照自己发展的方向，走自己独特的人生路，不需要时时刻刻和别人去攀比，你自己最清楚你到底要做什么。7.积极的心态。即阳光心态，心态不一样，看事物就不一样。我们常常喜欢拿半杯水做比喻，半杯水是事实，消极心态的人看到的是失去的那一部分，半杯都已经没有了，那我还能喝多久呢？而积极心态的人永远看自己拥有的是什么，还有半杯，我还可以慢慢享用。消极心态和积极心态在处理事情上的差别是很大的。

要想成功，要想安身立命，要追求无悔的人生，就需要有心理的资本。心理资本就是一个人心理健康状况、心理素质的状况、水平，比起

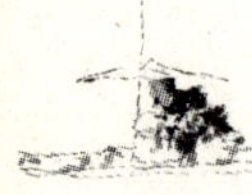

技术、知识，心理资本显得好像更抽象一些，但事实上心理资本并不抽象。越来越多的人发现，你要在职场上拼搏，你要想获得成功，心理资本特别重要。心理资本包括如下特点：1.希望。我们活着不断努力、追求。不断摔跤爬起来，因为我们心中有希望，我们相信明天会比今天更好，只要我们努力，我们总会在人生的道路上获得很多东西。如果一个人没有希望，对前途无望，对人生无望，支撑你活的精神支柱是什么？2.乐观。3.韧性，是逆境中崛起的能力，坚持不懈、百折不挠。4.主观性。我有一个讲座是《幸福过一生》。很多人觉得幸福要靠别人施舍给我们，或者幸福就是很难攀越的很高的境界，其实每一个人都可以感受幸福，不在于人挣多少钱。主观幸福感是内心的一种体验、一种感受。衡量社会发展水平一个重要的标准是人们的主观幸福感、满意度、满足感。5.情商，情绪管理、自我激励的能力。要想获得成功就要有心理资本，而心理资本是心理健康的状况，所以我们就要关心心理健康。2006年10月，第十六届六中全会提出和谐社会建设的重大发展方略，提到和谐社会发展的九大任务，提高民众的健康素质、科学文化素质，和谐人际关系的形成，人们之间和谐相处……和谐的反义词是冲突，建立和谐社会要减少冲突，建设和谐社会九大任务最基础的东西是人与人之间的和谐。人和人之间的和谐，包括对人的关怀、尊重、信任、发展、激励，提高人的素质，而素质本身包括心理素质和生理素质。要建立和谐社会必然提出关心人的身心健康，关心人和人之间的协调，矛盾的处理，建立更加宽容、和谐、关怀、温暖、接纳、信任的人气氛围。如果社会不和谐，一个人内心冲突很大矛盾很大，人与人之间不和谐，阶层之间的矛盾很大，必然人际冲突会加大，社会的矛盾会尖锐，幸福感缺失，心理不健康的现象会增加。

这些年来心理健康的概念越来越为普通大众所理解、接受、重视。

在社会的变革时期，确实有越来越多的压力需要去承受，有很多东西不是我们自己能控制得了的，我们承受着以往时期从来没有遇到的新的挑战、矛盾、压力。在和谐社会建设过程中，我们心理学界开过很多次会讨论国家的发展历程，证明一个现象，当一个国家人均GDP1000美金到3000美金发展阶段的时候，是社会矛盾尖锐、冲突增加、压力增加、问题频发的时期。我们国家已经进入人均GDP1000美金的时期，这是很重要的发展阶段，我们进入一个重要的、新的起点，同时这一阶段面对的矛盾、冲突也是最尖锐的。中央提出和谐建设是抓住社会在这个阶段发展最根本的东西。各行各业各个年龄阶层心理健康的问题都很突出，例如自杀不是个别现象，因为人际冲突导致的暴力现象不是少数，就像现在的感冒一样频发，抑郁症是心理上的感冒，每一个人在人生的不同时期都有可能患抑郁症，人们对它的认识还不是很深入，只是以为情绪低落。按照去年北京市卫生局的报道，北京4%～6%的市民患有抑郁症。人们没有觉察，没有去求医，因为抑郁症最大的特点是情绪低落，觉得生活没有意义，人生没有追求，自己没有价值，这样的状况很容易被忽视。在六中全会的文件中，和谐社会这样一个重大的关乎未来发展的指导性方针意见中有一段是专门讲心理健康教育有多么重要的。心理健康、心理咨询被写进了这个决定，“注重促进人的心理和谐，加强人文关怀和心理疏导，引导人们正确对待自己、他人、社会，正确面对困难、挫折和荣誉，加强心理健康和保健，健全心理咨询网络，做到自尊、自信、理性、平和、积极向上的社会心态”。我们在北师大开了一个会——心理学术前沿研讨会，核心的概念是讨论什么是社会心态，什么样的社会心态是健康的，有很多研究成果。在和谐社会建设的过程中，心理的健康非常重要。

健康要从心理健康开始，健康重要的组成部分是心理健康。现代社

会发展得如此之快，要求人们有越来越好、越来越强的心理素质。如果要想成功，必须要有良好的心理素质和健康的心理状态，因为我们承受的压力和困难是前所未有的。如果我们不懂得心理健康很可能就会被压垮，我们必须树立新的观念，维护心理健康。增强心理健康是个人成长的重要任务，也是个人对社会贡献的重要方面。和谐社会离不开人与人之间的和谐，人与人之间的和谐离不开个人的和谐，如果你这个人内心不是和谐的，是冲突的、挣扎的、矛盾的、痛苦的，你不可能和别人和谐相处。因此，最根本的是每一个人都要心理健康、和谐。

什么是心理健康？我们有没有尺子来衡量自己是否健康？我怎样在生活中维护自身的心理健康呢？我们看看什么叫心理健康，在回答什么是心理健康的时候，一定先要回答什么是健康，心理健康是健康的重要组成部分。那什么样是科学的健康观呢？香港的卫生署署长在国家的支持下竞争世界卫生组织的总干事，被认为是中国走向国际化的标志，世界卫生组织现在由中国人当最高的总干事。世界卫生组织当年成立的时候就提出什么叫健康，健康绝不仅仅是没有疾病和衰落的表现，健康是一种状态，表现为心理、生理和社会适应方面的平衡、均衡、完满的状态。看一个人是否健康不能只看他有没有残疾有没有疾病，必须从心理、生理、社会适应上衡量，从生理上看有没有病变，心理上看有没有主观的病态。有的人没有毛病却总认为自己有病，这在心理学中被称为疑病症，是主观不适而不是真的生理发生什么变化。还要看有无社会公认的不健康行为。如果一个人在现代社会偷、摸、抢、骗、拐，不能叫做健康，这样的人不能很好地适应社会，他给社会带来的是破坏性的影响力，而一个真正健康的人是对社会适应良好的人。所以，应该从身体、心理、适应良好和道德健康来看一个人是否健康。1988年世界卫生组织成立40年以后又一次对健康的概念进行深入的探讨和界定，除了身体、心理、适应良好之外，又加上了道德的良好。身体健康是身体的素质好，有健康的体魄，不容易得病，得病后会很快治愈；心理健康讲的是平衡，有自我掌控能力，能够保持一种平衡；社会适应，人是社会的人，在各种各样的人群中生活，人是社会关系的总和，社会适应良好的指标是能够与周围的人和谐相处，根据环境的变化做出相应的调整、做出适当的反应；道德良好，有道德的底线，不要损人利己，能够按照社会倡导的价值观、道德准则要求自己，追求真善美，对是非善恶美丑有辨别能力。这是健康的四个方面。在世界卫生组织给出健康的定义的同时，为了让人们更好地理解什么是健康，也给出了健康的具体标准，刚才说的是四个领域。世界卫生组织给出的十条健康标准是比较全面，但不是很好记，因为描述得不是特别规范。

第一条标准是有足够的精力，从容不迫应付日常生活、工作压力而不感到过分疲劳和紧张。这讲的不是身体的指标，不是身体的状况，这更多的讲的是心理，精神饱满，朝气蓬勃，处事乐观，态度积极，勇于承担责任，大事小事不挑剔。在健康的指标中首先映入眼帘的是心理健康，心理健康在整个健康观中是非常重要的。一个人身心是否健康，用“五快两良好”来概括和总结：“五快”是快食、快言、快便、快语、快行，“两良好”是指良好的个性、良好的人际关系，前五个是身心健康的共同的指标，后面更突出的是心理健康。十五六年前我在日本留学学习心理咨询，当时老师让我们去读心理健康的标准，因为心理学的目标是要促进每一个人能够自信、自立、自我确定，同时能够更好适应社会、维护心理健康，我们读了很多心理健康的标准，不同的专家有不同的说法，越读越糊涂，老师告诉我记住六个字：快食、快言，快便。当你得抑郁症，精神出现严重冲突、焦虑、矛盾、困扰、孤独、寂寞，你会吃什么都不香，什么都不想吃，睡觉的时候难以入睡。排泄很重要，

不管是拉肚子还是便秘，都是身心状况不好的表现。快语、快行不是简单地说的是速度，而说的是一种状态，“快行”说的是动作协调，做事情很流畅、自如。良好的个性和良好的人际关系，适应社会首先必须要有人际关系的适应。现在有新的概念叫“啃老族”，英文叫“NEET”，是三种状态、“三不”状态。这些人文化不低，受过很好的教育，到真正踏入社会时，因为学校的教育和社会有区别，发现社会的环境与学校不同，不能适应社会，不能和领导同事协调关系，自己承受不了就不工作，回到家里吃老的，喝老的，用老的，这叫“啃老族”。这是一种社会现象，世界各国都有这种“啃老族”。这些人不是不聪明，他们有很好的学历，甚至不乏名校毕业，但他们不能适应社会，走入社会后发现工作压力太大，任务太重，不能和各种不同性格的人相处。去年美国一家咨询公司曾经调查了21个跨国公司人力资源的负责人，问他们中国的毕业生在国际人才市场竞争的状况，总的结论是中国是人力资源大国。2006年是430万毕业生，今年是495万，是大国但不是强国，中国的大学毕业生能够在国际人才市场竞争并能够获得工作机会的人的比例最多不到10%。同样是发展中国家的印度，一些地区的贫困程度和发展状况连中国20世纪六七十年代的水平都达不到（印度是贫富差距非常大，发展很不均衡的国家，但印度同样是发展中国家。同样是在亚洲，同样都是大国），印度毕业生能够适应国际市场竞争的比例至少是25%。中国最多不到10%，差距很大。那我们差在什么地方？他们概括了几点：第一是英语。我们从小就学英语，但对语法抠得太厉害，语言最大的功能就是沟通，我们平时说话也有很多错误，重要的是别人要能听懂，学了很多年英语却不会说、不会听，就不能让工具发挥作用。印度的官方语言是英语，开国际会议时印度专家发言是用英语，印度很多的教材都是英文的，英语应用能力确实比我们强。第二是实际技能，最重要的是人际沟通交往的能力。人要发展并不取决于有多聪明，重要的是能否有效和别人沟通，一个人的沟通能力在成功中要占到70%～80%，远比学位、学历重要。如果能和各种不同的人相处，尤其在国际化时代，到跨国公司去工作，有不同种族的人，要和不同的人相处，要能够理解别人与你的不同和差异，尊重别人与你不同的地方，听进不同语言的意见，这是很重要的。否则天天都有文化、观念、表达的冲突，就无法做好工作。这几点让我们看到一个人是否有协调的人际关系对一个人的发展是非常重要的。

我们说在现代社会身心健康都很重要，心理健康尤为重要。为什么这么说呢？世界卫生组织前几任有一个总干事长有句名言："必须让人们认识到健康并不代表一切，但失去健康便失去一切。"这就是我们平时所说的健康是"一"其他是零，如果没有"一"，财富、地位、金钱等等都没有意义了，只有"一"立住了，后面的东西才有它的价值。古罗马时代的哲学家说过这样一句话："心理疾病比起生理疾病为数更多，危害更烈。"我们去医院问药求医，我们觉得自己不健康是因为身体的状况，事实上心理疾病远比生理疾病要多。通过我们对大学生的研究，大学生中有中度心理状况的占10%以上，而有中等以上躯体疾病的微乎其微。在日益发达的社会中心理健康远比生理健康要重要，按照卫生部的调查，在一般人群中，抑郁症的比例大概是6%～8%。心理疾病比生理疾病对人的危害更大。给大家看一个图，为什么说一个人的身体健康和心理健康都很重要？每个人都希望在社会中安身立命，堂堂正正地成为大写的人，这就需要扎根大地，基础稳固才能把人立起来。身心健康缺一不可，没病没残是身体健康的一个方面，还要看体态、体能。现在很多家长因为孩子太胖而发愁，胖增加了心脏的负担，危及健康，同时会影响到个人的自尊，容易产生自卑。体态、体能、体型都是健康

的重要标准。心理健康包括了智力因素和非智力因素，智力因素包括实际的能力，包括我们存在但是还没有被开发出来的潜在的能力。现在讲创新能力的开发、潜能开发非常重要，每个人蕴藏着大量潜在的能力，需要开发出来，每个人很难估计自己的能力大概有多大。给你一定的岗位、机会，你潜在的能力可能发挥出来。如果不去开发潜能，到人的生命终结的时候，很多潜能没有发挥出来是非常遗憾的。非智力因素即我们平时所说的性情，包括个性、情绪、动机、需要，等等。

日本的一个主持人乙武洋匡，他有一本自传体书叫《五体不满足》。只把关注的焦点落在他脸上你会很喜欢这个人，这个人笑容很灿烂，长得也很帅。我以前做成胶片，挡住下面只让学生看这个人的脸，问学生觉得这是什么样的人，学生会说“阳光男孩”、“帅哥”、“灿烂的笑容”，好像很自信，很有追求，很有力量，很充满希望；把下面拿开，越看心越沉重，越看越难过，因他没有胳膊没有腿，是个重度肢体残疾的人。就是这样一个人拥有一个健康的大脑，拥有健康的心灵，拥有健康的成长环境，塑造了他正常的心理，他在躯体残疾的情况下走出了一条不平凡的路，成为不同凡响的人。他是全校英语口语演讲第一名，他不因为自己肢体残疾而让人同情、怜悯，去照顾他。像他这样能够靠自己的实力考进大学，说明他很聪明、智慧。他并不因自己身体残疾就蜷缩在房间里埋头读书，他性格很开朗，很乐观，他参加很多的社团很多的活动，他的同学说平时和他在一起都不觉察他与我们有什么不同，惟一是在运动的时候才觉察他和我们不太一样。他是一个很要强的人，《五体不满足》扉页的照片是他刚从大海里游泳上来时候的照片。他以车代步打棒球（在日本，打棒球的男孩子在同学当中是非常有面子的，棒球运动员是男孩子心中的英雄），他和同学一起打棒球。一般人做到的他做到了，我们做不到的他也做到了，他有毅力，而且在充满关爱的环境中长大。他出生后就是残疾，医生怕他的妈妈看到孩子出生后的样子晕过去，所以准备了氧气瓶、急救包。他妈妈看到这样一个残疾孩子的时候，第一反应是："我的孩子，终于见到你了，让妈妈想死了。"他在自传上说他妈妈看到他后决定要用心用爱好好养育他，要把全部的爱给他。他成长的过程中有父母、老师的爱。他没有上特殊的学校，都上普通的学校。他到北京来签名售书，用脸和残缺小臂夹着笔签字。当记者采访他对未来有什么憧憬，是否想成家想找个什么样的女朋友时，他很奇怪，他说："我是一个正常人呀。"他从来没有把自己看成是一个不正常的人。男孩子追求时尚喜欢穿名牌，虽然他没有胳膊，但他有很多名牌的毛背心。他也有梦想，他梦想的女朋友是性格温柔，身高一米六，可以工作，但不要太忙，因为要照顾家庭。如果一个人身体存在缺陷，但只要有健康的心态，就可以克服身体残疾带来的不便，创造有价值有意义的人生。我们身边有太多这样的人，比如张海迪，没有上过一天学，靠自学读到博士，她一直不断努力，不断经营自己的生命，相信自己是块金子就会发光。但如果心理不健康，身体是健全的，有两种情况：一种是智力不健康叫智残，白痴、傻子会有成年人的体态，但智力永远停留在两三岁小孩的阶段，一辈子要靠别人照顾，很难成为真正意义上的社会化的人；另一种是出现精神疾病，人格扭曲、人格分裂，这样的人可能一辈子很难适应社会。如果一个人心理很坚强，能够适应社会，便有在逆境中不被打倒的毅力。

邓亚萍，是奥组委的官员，现在已经在剑桥大学读博士。一般人认为她从小打球缺乏系统的文化知识训练，将来只能当教练搞经营。但是邓亚萍克服了身材的缺陷打乒乓球，最后打到世界冠军，凭借自信、拼搏，不仅仅成为世界著名的运动员，也成为学者型的官员。她有不服输、拼搏的精神，退役后走了不同的路——在学术的道路上走下去，她

在清华读了外语系，到英国读了硕士，现在在剑桥大学读博士。每个人的生命都有很多种可能性，关键是你如何把握。

人的心理素质包括智力和非智力因素，一般家长会比较注重孩子的智力因素。考试名次、是否能上重点中学在现在的社会条件下是重要的，但不是惟一重要的。非智力因素对人一生影响更大，不像成绩那样容易去衡量、评估。我最喜欢用这段话来提醒清华大学的学生："只有优异的成绩但不懂与人交往的人是个寂寞的人，只有过人的智商不懂得控制情绪是一个危险的人，只有超人的推理但不了解自己的是个迷惘的人。"现代社会中人们受教育的机会越来越多，聪明的人、推理能力很强的人、成绩优异的人比比皆是，仅有这些就可以了吗？就一定会在社会上成功吗？非智力因素对人影响很大，你不懂得和人交往，可以关起门来做东西，是个寂寞的人。人和人在现代社会交往越来越频繁，一个人的社会交往、沟通的能力对一个人成功的影响至关重要，如果关起门来只会读书不会和人交往，这样的人在社会上是无法安身立命好好发展的。举个例子，大家都知道马加爵，马加爵是很聪明的。在考研后等成绩的过程中发生了这些事情，为什么他会一犯错就犯这么严重的罪行呢？这是什么原因？按照对马加爵心理的分析可以看到，其实他内心特别渴望和人交往，得到别人的尊重，他的气来自于打牌时同学说他作弊，他什么都没有说，但把话记在心上，耿耿于怀，认为是看不起他，是对他人格的侮辱，由这样一种不满变成怨恨，变成仇恨，最后变成杀机。我做青年心理健康研究二十年，看到人际交往和人际沟通永远是在青少年心理问题中排在前三位的，学业问题和人际交往问题一直是困惑青少年成长特别重要的问题。青少年不仅要有优异的成绩，更要善于、愿意和别人交往，在交往过程中得到友情，被朋友们接纳、尊重、欣赏、肯定。只有过人的智商不懂得控制情绪，在社会生活中很多悲剧的发生都是因为情绪失控是危险的。有个学生学习非常优秀，回家探亲的时候（他家在乡下），因为盖房子挡住了邻居家的光线，邻居家不干了，拿锄头来打不让盖房，他和三个哥哥与邻居打起来了。他受过高等教育，他是博士生，应当知道混战过程中肯定是两败俱伤，应当知道该采取什么样的方法，但他情绪失控，卷入了这样一场邻里纠纷。有人说看到他拿柱子砸到邻居的头上，当时那个邻居的脑浆就出来了。邻里纠纷闹出人命大案，他和哥哥作为犯罪嫌疑人被抓起来了。这让我们很受震动，一个优秀聪明的学生，他是优秀学生干部，平时从来没有劣迹、恶迹，不能说是道德不好的人，为什么在这样一个邻里冲突的过程中成为犯罪嫌疑人呢？是什么导致的呢？情绪失控。很难说情绪失控会造成什么样的后果，悔断肠也没有办法挽回，人要对自己的行为承担后果。大学生犯罪大部分不是有预谋的，大学生大部分冲突是源自于情绪失控，可见控制情绪非常重要。浙江高二的学生徐立猛把妈妈杀了，也是源自于情绪失控。妈妈对他有太高的期望，希望他考上清华、北大。他在学习过程中是上重点中学重点班，但到高中后学习成绩下滑，妈妈非常着急，数落他，不许他打电话浪费时间，不许和同学打球，因为浪费时间，上厕所都不能关门，担心他在里面看闲书。妈妈告诉他要忍着，上了大学一切就自由了。一个孩子在青少年成长时期，没有自己的空间，没有喘息的机会。（我在清华学的是机械制造，我知道机器也不可能24小时工作，机器还需要保养，何况是人！）孩子感到窒息，对妈妈的逼迫产生抗拒心理，但毕竟妈妈是为孩子好。我们理智地想，知道妈妈是为孩子好，但这种好的方式实在是太窒息人了。有一天吃完饭他想看一会儿电视，妈妈没完没了地唠叨，他怒火中烧，手边有一个榔头，拿起来朝妈妈的头上打去，把妈妈砸死了。记者问他在监狱里想的最多的是什么，他说想的最多的是妈妈对他多好，自己非常内疚自责。“如

果生命可以替换，宁愿我死换回妈妈，我这辈子不会再有什么快乐和幸福，因为对妈妈的自责会充斥在我的一生当中。”这个孩子平时安分守己，礼貌待人，邻居、学校请求法院考虑到他年纪小给他机会，最后判了12年有期徒刑。当时他是情绪失控，如果当时冲出家门淋淋雨吹吹风清醒一下都不会做出这样的事情。情绪管理是一个人人生智慧的表现。

了解自己。很多人看别人的事情看得很明白，但说自己是个什么样的人却说不清，失败了就觉得自己很笨很无能；很多人对自己的认识是游离动荡，左右摇摆，不很清晰；人在社会中安身立命，却有很多人不了解自己到底要去向何方。了解自己、认识自己是非常重要的。我们很少帮助学生认真认识我是谁，心理健康教育要帮助人们来了解自己——我是谁，找到最适合自己人生发展的道路，接纳自己、欣赏自己、肯定自己，自强、自立、自爱，帮助人们认识情绪，学会管理情绪，让自己保持愉快心情，能够感受美好的每一天。心理健康教育要帮助我们学习如何与人沟通、善解人意，如何与团队合作，善用团队的资源，齐心协力共谋大业，这是心理健康教育要做的事情。如果心理健康的话，对人的发展影响很大，巴甫洛夫说：“生理健康人会得病，心理健康可以治病。”忧郁悲观都是负面情绪，不健康的心理即负面情绪会让人得病，忧伤肺、思伤脾、怒伤肝、恐伤肾，这是《黄帝内经》中的一些描述，喜怒哀乐直接影响我们的健康，不健康的心理会导致人们得病。现代社会危害人身体健康的疾病很多的原因不是因为病变，而是由于我们不健康的心理，长期的压力、其他不健康的因素、情绪长期抑郁都会影响我们的健康。如果心理健康，你可以战胜疾病，而且可以保持长寿。媒体报道的长寿村长寿老人，问他们有什么秘诀时，很多人都说“心态要平和，要拿得起放得下，不要太计较，心要宽”。心理调试是很重要的。很多心理学的研究都证明许多人的一生不缺才华、能力、机遇，但总是与竞争、成就、财富擦肩而过，原因是不具备健康的心理和良好的个性。要想发展、成功、在社会中安身立命、追求无悔的人生，一定要去关注心理的健康。

心理健康的问题越来越被关注，人们生活中常常有这样的困惑：我的孩子为什么没有学习的动力，夫妻生活为什么越来越没劲，工作压力让我受不了我快崩溃了！没有房子、车子，娶不到好妻子应该怎么办，老伴去世十多年，我一个人孤苦伶仃，不知道如何熬过这痛苦的晚年，等等。这是人们在生活中常常遇到的问题。生活中也有很多悲剧发生——很多青少年包括成年人遇到的很多的悲剧是不该发生的，究其背后原因，发现心理健康是重要的原因。维护心理健康绝不仅仅是要减少悲剧的发生，心理健康每一个人都有份，因为关乎到个人在人生的成功道路上能走多远。西方有一个很著名的研究，20世纪20年代两个心理学家做了几千个高智商学生的智力测验，追踪这些高智商的学生，看看聪明对他们到底有什么样的影响。结果发现，当年很聪明的孩子50年以后差别很大，有人事业有成，有人事业平平或者一生庸庸碌碌。到底是什么原因让这些孩子50年后有这么大的差异呢？是不是50年智力发生改变呢？他们又做了一次智力测验，发现这些人的智力与以前没有区别，那么为何有人有成就有人没有成就呢？成功由很多因素决定，非智力意志、品质、在逆境中崛起的能力都决定着能否成功。成就也分为高成就、低成就，高成就的人有很清晰的奋斗目标，朝着目标锲而不舍，遇到挫折继续努力、坚持不懈，直到达到胜利的彼岸。有的人也有目标，但在通往目标实现目标的过程中，遇到挫折、困难就放弃，重新寻觅，一辈子都在探索、寻觅，没有办法积累。还有一些人没有目标，在人生的道路上是一个失败者。

身体强健、朝气蓬勃，幽默、人际关系协调、对自然对他人宽容热

爱，这就是我们讲的激情、热爱。那些能够成功的人有永不衰退的热情，虽然见了成千上万次的风景，但每次看到仍然会对大自然的壮观赞叹不已，虽然见过成千上万婴儿出生，但每次看到仍然会为人类生命的创造力而感动万分，这就是永不衰退的热情。成千上万指的是多得数不胜数，太常见我们就会习以为常，真正成功的人是对熟悉得不能再熟悉的事情，仍然能从中得到新鲜的不同的感受。要想达到成功就要有特质，我们每天都会觉得生活就是如此，无味、平淡，没有新鲜感，甚至厌烦；成功的人会觉得每一天都是新鲜的，每一天都是好日子，起床后打开窗子呼吸新鲜的空气，心中会有一种激动，有一种想去投入生活的热情，开始美好的一天。当晚上睡觉的时候闭上眼睛想想今天有什么收获，每一天都是好的，你会享受每一天美好的生活，会有一个积极的向上的心态。清华大学的学生都很优秀，能拿到特等奖学金的学生是万里挑几，他们为什么可以这么出类拔萃呢？有没有心理因素呢？调查发现，这些能够获得清华大学特等奖学金的学生有共同的特点，简单地说就是心理健康，情绪稳定、自立性强、性格外向，有比较高的社会影响力，有种冒险精神，愿意去尝试，什么事情有百分百的把握才去做是不可行的。敢做敢为，从失败中学习经验，成功积累正面经验，这些学生心理很健康。有一个学生智力一般，在清华大学那么多高智商的学生当中很不起眼，但成绩在年级排第一。我问他是什么原因，他说："我这个人不是聪明人，从小就是这样，但是我有长处，我比较善于向别人学习，不管是谁，能够考上清华大学都不是等闲之辈，我学习他们的优点，集中在自己身上，我相信自己能成为优秀的人。"他的人际关系很协调。一个人如果有凝聚力，对身边的人充满欣赏、喜爱和肯定，人们都会喜欢和他在一起，他的自我价值可以得到维护、增强，同学们愿意和他一起做事。他说他从来都是一心一用，做学生干部工作的时候他就专心工作，不会因为自己在做工作的时候别人在学习而心急，而当他学习的时候也不会分心想其他的事情，一心一意做好手上的一件事情，虽然事情很多，但效率很高，他的非智力因素很优秀，他知道如何扬长避短，各方面的功课学得很好。他说他只是把基础扎扎实实地学好。发挥长处避免短处，可以把人生经营得非常精彩。

心理健康对一个人是非常重要的，家长要注重对孩子人格成长方面的关爱。生活技能影响他一辈子，但越来越多的研究发现心理素质心理健康对人的影响更为重要。一个人成功要具备“智商”、“情商”、“逆商”、“创造智商”。智商是指聪明、智慧、推理、判断。情商包括情绪和意志。包括了解自己，调整自己，管理自己，了解别人，和别人和睦相处。逆商即是不被逆境所吓倒，能够调整方向继续前进。创造智商包括创造性、灵活性。这四个品质对人的影响是很大的。

心理健康的标准到底是什么？狭义是人的心理过程和个性心理，广义是指人生存的状态，人充满活力，潜能能够得到开发，价值能够得到实现，是满意的实际的状态。人的心理过程是心理的内容和形式，包括知、情、意，个性心理包括人的个性的特点和个性的倾向性，平时做事急、慢、情绪稳定的程度，表现出来的一些稳定的特点。我们讲一个人的个性的健康，心理过程正常是一个标准。

卫生联合会曾经提出，一个人心理健康与否的标准是：1.身体、情绪、智力调和；2.人际关系适宜，在人际关系中能够彼此谦让，要有包容心，宽容理解和自己不同的意见；（这些内容说起来很容易，但真正做到是很难的）3.主观的幸福感。幸福感不在于你的银行有多少存款、地位有多高，而是自己对生活状况的感知和满意度；4.在工作和职业中发挥自己的职能，发挥效率。我们对现实要有正确的认识，根据变化的环境调整认识。自尊、自知和自我接纳，最根本的是对自己的认识，如

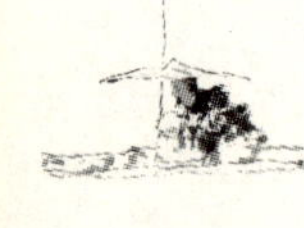

果自卑、自大，将无法很好地适应社会。每一个人都非圣人，不可能十全十美，心理健康的人能够接纳自己的不完善，知道扬长避短，能够不因为自己有不足而搁浅自己，和自己过不去。一个真正自信的人能够接纳自己的不完善，接纳自己的不足。

人生在世每时每刻都有情绪，长久抑郁、担忧、害怕，就会心理不健康。我们在生活中不可能万事如意，当不如意的时候我们伤心失望，但我们要知道自己处在什么状态，让自己走出来，而不是长久地悲观失望。人格的完整，对生活的热情、追求、向往，充满希望，工作有效率，这是心理健康的标准，这是理想的标准。如果我们都做得很好，是非常不容易的。

我们在看心理健康标准的时候，要注意：1.心理健康标准不是一成不变的，要用发展和动态的眼光来看心理健康。2.心理健康是高效的、满意的状态，心理不健康是不满意的、没效率的状态。不健康是个持续的状态，心理是否健康是连续的，不是泾渭分明——超过37度就发烧，没有超过37度就不发烧，没有这样一个标准。心理健康有一个基本的标准，人际关系要和谐，自己要自信，这是我们的理想状态。它给我们指明了一个方向，我们在生活中的基本标准是能正常地生活、学习、交往，就算有基本的心理健康，但这不等于不需要努力了，心理健康是每个人不断追求的目标，可以在现有基础上做出努力和调整，让自己变得更健康。什么因素影响我们的心理健康呢？台湾一个心理健康教授提出几点：第一是压力，过度的压力会影响到我们的心理健康，过小的压力也不是健康状态，因为你会有牢骚，每天上班没有什么事情做，久而久之会不满会烦恼，因为你不希望去浪费生命，希望做一些事体现你生命的价值。我们如何管理工作中的压力，要了解压力是什么？我的压力是否合适，是否需要调整？让压力变成动力；第二是自我，自我越清楚越自信就越能够健康成长；第三是社会支持，人生在世会有朋友、家人、圈子，当遇到困难、矛盾时，有人体贴我们，关心我们，安慰我们，虽然不能提供实际性的帮助，但我们会感觉好很多。每个人会有自己的支持系统，如果一个人身单力孤没有朋友没有亲人支持、陪伴，就很难成功。如果有人支持你，关心你，理解你，给你建议性的意见，你会比较好受，每个人都需要有支持的系统。社会支持既是分子又是分母，现在很多父母对子女一次次地袒护，让孩子失去了实践的机会，失去了在失败中寻找经验的机会，使他们脆弱，经不起风雨，见不得世面，稍有一点风吹草动就无法承受，无法面对压力，无法面对挑战。我们要给孩子在失败中学习的机会，也许失败让他痛苦，但这种痛苦对他的一生来说都是财富，他自己总结的经验远比你告诫的东西要深刻得多。要管理好压力，要提升自信，要建立社会支持系统，增强自我强度，寻求社会的支持，维护心理健康。

心理不健康的具体表现在哪里呢？有十大症状：失眠、食欲不振、恐惧、自责、内疚、烦躁不安、孤独、悲观、焦虑、自卑，如果这些表现同时出现且持续时间较长，那我们就要特别小心，要关心自己，寻求一种专业的帮助。心理问题分成不同的层次，有一般的，每个人在不同阶段都会有不同的困扰；心理障碍相对比较严重，对正常生活会造成明显干扰。当出现心理问题时我们要及时调解，不要让它成为障碍，随时注意关注心理健康。

如何去维护心理健康？先要看看常见的问题有哪些，我们在生活中常见的心理问题首先是环境改变的事宜。从一个城市到另外一个地方，居家、工作环境、单位、学校的改变，有大改变有小改变，很多心理适应问题就是改变，我们会有各种各样的担忧，外在条件变化了，沿用原来的东西是不行的，要探索什么东西是适合的。人际交往、婚姻恋爱、

职业方面、情绪、精神卫生等问题，子女教育的问题——没有人说生了孩子就是合格的家长，家长是需要去学习的，需要了解孩子成长的规律，什么样的方式有助于孩子自信、独立，哪些方式会适得其反。家长好心要帮助孩子反而压住了孩子，有很多家长非常爱孩子，却不断制造孩子的心理问题。

人们会有很多担忧，工作中有很多担忧，没有工作的人担忧找不到合适的工作，现代社会高校扩招造成求职方面的困难。经济持续发展，经济出现波折，是社会经济、政治的影响，大众传播的影响，尤其是网络。我原来有一个讲座是《青少年网络依赖心理分析》，有一个妈妈带着孩子去听，孩子不觉得自己是网络依赖，妈妈让他去听他就去听，因为不去妈妈会生气。我问孩子为何觉得没有网络依赖，他说他每天只玩30分钟的网络游戏，依赖有时间上、心理上的反应，30分钟的时间不算网络依赖。他妈妈说希望他一分钟都不玩游戏都是学习，这就是妈妈的问题了。网络依赖的学生没有生活的目标，自律性差。现在的学校很多孤立的环境需要改善，学校的环境很漂亮，但孩子的成长需要学校营造一个健康成长的氛围，如果老师每天都像监工一样，这样的孩子很难健康。孩子的问题很多源自于教师，教师不健康不仅影响自己还影响到孩子，很多教师凭自己的喜怒哀乐训斥孩子。在家庭中的父母呢，很多家长说希望孩子有出息，有出息的孩子如何教育出来呢？父母寄希望于老师。最基本的底色是家长涂成的，家长有很大的权力和影响力。要想增进心理健康，社会方面要做努力，学校、家庭、社会三管齐下。和谐社会强调关注心理健康，学校越来越多开展心理健康教育；家庭很重要，不要把责任随便推到学校，要培养什么样的孩子，在于给孩子什么样的成长环境，我们要培养好孩子就要有鼓励、宽容、欣赏，充满爱的氛围，如果天天训斥、批评，没有任何原则地让孩子的行为完全取决于家长的情绪，造成孩子性格孤僻、争斗、依赖，孩子走到社会上之后如何去适应社会？人的底色对人的发展至关重要，我们可以调节心理，认知情绪的管理等等。“瓦伦达心态”是送给中国射击队打比赛时的一句话：“瓦伦达心态”是指走上赛场，专心致志做好事情，本身不要患得患失。瓦伦达是一个走钢丝的演员，演出过很多场都没有失误，但在一次特别重要的演出中，他非常紧张，老在说：“今天很重要，我一定要做好。”结果失误从钢丝上坠下死亡。他的妻子说预感到他会出事，因为他太在乎那次演出。不要太在乎结果太在乎别人怎么看你，专心致志、尽心尽力去做就好，太关注结果就不会有太好的心态，重要的是体验一个过程。

要想心理健康，要有感恩之心。我们在生活中获得的点点滴滴都非必然，对我们的家长、同事、孩子、朋友帮助我，支持我所做的点点滴滴都要心存感激。自杀的人大多没有生活目标，不懂得感恩。感恩的心是维护心理健康的重要保障，也是让人珍惜、欣赏生命的源泉。心理调剂方案有很多种，希望大家去关注心理健康，因为它影响我们在成功的道路上可以走多远，健康的水平能有多高。

于康

北京协和医院临床营养科副教授，副主任医师。中华医学会北京分会临床营养学会副主任委员；中国营养学会临床营养分会委员；中国烹饪协会营养专业委员会理事及顾问委员会委员；《中国临床营养杂志》、《食品安全与健康顾问》、《糖尿病天地》等杂志编委。擅长糖尿病等各类疾病的营养治疗和肠内营养支持。

营养饮食与健康

很荣幸在这里和大家探讨营养与饮食方面的话题。我想大家会有自己的见解，我愿意把大家感兴趣的热点问题挑出来，所谓的热点问题是我根据反馈的信息收集到的大家感兴趣的话题。也许没有包括您希望听到的内容，没有关系，在讲的过程中或讲完以后，各位有任何想法、建议、问题都可以提出来。希望大家积极参与。

和谐社会需要和谐的市民去建设，营养学就是以和谐为基础的，我们过去讲的“平衡膳食”就是和谐膳食的过程。我相信在座的朋友都有个共识，就是饮食是非常重要的。不过也有一些朋友觉得吃饭没有什么学问，认为一日三餐是很随意的事情，其实不是这样的。我们今天讲座的内容，要大家首要了解的一个概念就是，饮食和我们的健康息息相关，所以我用了“营养饮食与健康”这样一个大题目。

我看了一篇报道，说春节期间身体哪个部分最忙、最累？是嘴最忙牙最累，实际上讲的就是吃饭在节假日期间扮演角色的重要性。过节期间，牙和嘴最忙最累是外在的表现，真正忙、累的是食道、胃、肠、胆囊、胰腺、肝脏。其实我们应当将讲课放在春节前，当然春节后也有好处，因为有些朋友也意识到了节假日期间的饮食问题。前段时间有个记者找我，问我过完节了能否写篇文章叫《怎么样刮刮肠道里的油》。有些朋友觉得到了初七就该开始不吃鱼和肉，吃素了。到了初七就应当吃清淡的、素的食物，而初一到初六就应当大鱼大肉吗？不是这样的。这样一些认识上的问题不解决，健康恐怕是一句空话。

健康是怎么来的？有人说健康是爹妈给的，这句话完全正确，健康有相当一部分来自于遗传。有的家族全都胖，有的家族全是高血压，父母中有一方或双方是糖尿病，他们的孩子患糖尿病的风险要大很多，这是遗传决定的。所以有的朋友非常悲观，觉得父母健康状况不好——冠心病、糖尿病、肥胖症什么的，自己也没什么希望了，后天无论怎么控制，可能结果都好不了。但也有的人很乐观，父母都长寿，自己随便吃喝都无所谓。健康与否是否全是由父母遗传决定呢？遗传在健康中扮演着很重要的角色，但不是惟一角色。给大家举一个例子，关于肥胖的问题，全世界美国胖人最多，美国的肥胖人群在最近50年内翻了一倍。50年的时间不太容易改造一个民族的基因——把原来没有的肥胖基因变异成肥胖基因，但是这个国家肥胖的人数翻了一倍，那么多出来的一倍胖子是哪儿来的呢？是饮食方式、运动情况和生活方式造成的。再举一个例子，很多人担心自己得癌症。癌症有一部分是遗传因素造成的，但有相当一部分是后天得的。以世界上两个发达国家为例——日本和美国。日本患胃癌的人比较多，美国患结肠癌、乳腺癌的人比较多，这是不一样的两种情况。日本人长大后移民到美国，在美国结婚生子。二十多年后发现流行病学上一个很有意思的现象，从小在美国长大的日本人胃癌发病率远远低于日本本土的发病率，乳腺癌的发病率与美国当地居民基本持平。日本人的血统并没有变，那么这是什么原因造成的？可以肯定地说，这不是遗传造成的，而是外在生活条件、生活方式的改变造成的，吃的饭、喝的水、呼吸的空气不一样，是环境因素造成的。

如果非要说健康中哪部分是内因决定的，哪部分是外因决定的，没有人能分得清楚。但有的科学家提出，至少百分之六七十的因素是外部条件决定的，也是掌握在自己手中的。您每天每刻能控制的因素，其中

有很重要的“两条腿”，一条腿是吃饭，一条腿是配合饮食的运动。我们没有办法决定基因，没有办法决定父母，但可以决定出生后的饮食与运动，以保证自己健康的方向。可惜的是这些个自己可以掌控的因素往往就在人们日常不注意的过程中慢慢丧失了。疾病的产生、出现、发展是个漫长的过程，有的需要10年、20年，在座的人谁敢保证自己没有存在于慢性病的潜伏期里？大家都可能处在慢性病的潜伏期里，希望大家通过行动将发生慢性病的风险尽可能降低，甚至不让它发生。现在真正危害健康的不是急性病，而是慢性、非传染性疾病。

我们能够将健康攥在手中的四大基石，是四种健康的生活方式和饮食理念。

第一块基石是合理营养

并不是说钞票多了营养就越来越好，钞票多了有时反而营养越来越少。很多人认为花很多的钱买很贵的口服液就能达到营养充足的水平，实际不见得，有的人把钱投资到觉得很有健康好处的保健品中去，结果越吃越糟。

第二块基石叫做适量的运动

告诉大家控制饮食的同时千万不要忘记配合它做有氧锻炼。运动专家告诉我们体力活动有很多好处，对冠心病的预防，糖耐量降低的改善，肥胖的改善都有积极作用。

在座的朋友，大家做不做运动？可能有的朋友做有的朋友不做。家务活不能看成是运动，吃完晚饭带宠物狗遛弯儿不是运动，我们讲的运动是低强度的但是每天或者隔一天都坚持的有氧锻炼。我们不提倡做很剧烈的运动，跑马拉松你能坚持一个星期吗？两天可能就瘫在床上了。我们也不提倡做无氧锻炼，爆发力强、非常剧烈的运动叫无氧运动。在无氧运动的过程中，心脏、肺来不及和外界交换氧分，只靠心脏、肺瞬间打出很多血，靠肌肉爆发力去完成动作。举杠铃这些运动不能代替对心脏、肺有好处的有氧运动，有氧运动包括爬山、快走、慢跑、骑自行车、游泳、打球，等等。

有人问做哪种运动好呢？我住的地方是单位分的房子，周围住着很多医院里别的科室的医生。我和一个骨科医生回家，他说爬一层楼都会损伤膝关节，所以我每次和他回家都坐电梯。但心脏科医生说爬楼是非常有益于心肺功能的锻炼，所以和他一起回家我都会爬几层楼。他们两个人说的都是有道理的。没有一样运动是十全十美的，运动是双刃剑，运动不足、运动过分、运动方式选择不当都是不好的。有个朋友说他在北京上班，上班时骑一个小时的自行车到单位，下班再骑一个小时回家。前后两个小时骑自行车算运动了吗？这是非常好的锻炼，但这样并不见得够，骑单车锻炼下肢，但心、肺的锻炼力度不够。如果每天上下班骑车，一个星期游一次泳，一个月爬一次香山，结合起来就是全身的锻炼，是一次综合性的调整。任何事情都是综合的，就如同我们不能长期吃一种蔬菜一样，运动也应当是综合性的，方方面面集合起来的。

多大的运动量合适呢？要根据各人的情况决定。中老年朋友如果以前运动比较少，应从比较平缓的快走开始，每天30到60分钟。在您认为最舒服的时间进行就行，不一定非在早晨，早中晚任何时间都可以，要长期坚持。实在没时间的可以隔一天进行一次，一个星期至少进行三到四次这样出一点汗的运动，微量出汗的运动对身体是非常有益的。有的人拿着食谱精确地计算吃的东西，但吃完饭往床上一躺——没有运动这

条腿就是条瘸腿，一定要两条腿走路。

运动量减少和现代文明发展有关，过去是骑自行车上下班，现在是开车上下班，代步工具产生了，不知不觉中运动量就减少了。

国际上比较1960年和1990年，这30年其间发生了三件事：

第一件是人们驾驶汽车的里程越来越长，走路的时间越来越短。

第二件是看电视、打电脑的时间越来越长，户外锻炼的时间越来越少。

第三件是坐着工作的人口的比例越来越高。

坐的时间长了，会造成心肺功能的衰竭，到中老年时会出现早衰现象。从20世纪60年代到90年代，平均每人每天消耗的热量减少了800千卡。吃的一样多，但消耗减少了，相当于每天多吃了4两粮食。我们有理由解释为什么全社会超重和肥胖人群呈爆发性增长，且因为超重和肥胖造成相关的慢性病如糖尿病、脂肪肝呈爆发性增长。

第三块基石是戒烟限酒

没有任何证据证明烟有好处，相反所有的证据都表明吸烟危害健康。吸烟没有任何理由，所以一定要戒烟。有的人说谁谁平时没什么毛病，戒烟后却得了肺癌、冠心病，因此是戒烟造成的。这种说法是站不住脚的，如果这个人确实得了肺癌或者冠心病，是长期吸烟累积的结果的可能性更大。

不管过节还是不过节，要提倡限制饮酒。饮酒是一种文化，但究竟怎么喝，多大量，喝什么酒呢？作为一个人，应该明白自己能不能喝酒。这几步都明确后，端起酒杯才有底，才有数。撇开驾驶员不能喝酒外，我们有许多酒的文化知识要讲究，比如可以把酒当做社交的一种方式。但是要注意，酒饮进身体后会影响身体健康！

第四块基石是心理平衡

心理平衡直接关系到健康，心理变化引起内分泌的变化，直接影响到食欲、食量。比如我们紧张的时候，可能会拉肚子，生气、郁闷的时候吃不下饭。现在很多人面临心理上的焦虑等问题，需要自己调整和专家的协助。

四块基石合在一起构成良好的生活习惯，正如有一句话说："不良的生活方式可以导致疾病，健康的生活方式具有治疗的意义。"一个人的生活方式是否健康，直接关系到是否得病及得病后是否能得到治疗，这是用非药物的手段维护健康和防治疾病的关键。

我们来谈谈饮食上的问题。

人一辈子吃多少饭？以一个男士70岁寿命为例子，包括喝的水在内（水是一种营养素），吃的食物总量是50到60吨，约75000顿饭。我用这个数字为了说明一个道理：从出生到走完一生，整个时间人一直处在食物的世界里，人和外界打交道的重要方面就是食物。空气和其他条件也是人生存的条件，但人离不开食物。

国外很多宣传资料讲："你就是你吃的结果。"这句话的意思是，一年两年甚至十年形成的膳食模式决定着你今后的健康方向。2003年英国在几万人的研究报告中表明，早死的人47%源于生活方式不合理；呼吸道感染、冠心病、部分恶性肿瘤和饮食不当的恶性肿瘤占到45%，这个比例还在扩大。我们的证据还不是很充足，现在有肯定性结论的是，40%的癌症和吃喝不当有关。举一个简单的例子，河南省的林县是世界上非常有名的一个地方，之所以有名是因为当地的老百姓

从前胃癌和食管癌的发病率出奇的高。这种现象和当地非常不好的饮食习惯有关系——大量营养素缺乏，吃非常硬的馒头，长期吃腌制的酸菜。经过20年的饮食结构改造，包括营养素的补充、饮水的改善、生活方式的改善、食物模式的改变，前年在北京一个会议上专家和研究员做的报告《林县癌症20年的回顾》表明，现在林县各种疾病的发病率都在下降。这就是不干预的恶果和干预后好的效果。

去年，我看到一个孩子，20岁考进一个著名的医学学府，他上到二年级的时候上不下去了，因为肥胖造成他高血压、高血脂、脂肪肝。爷爷奶奶、爸爸妈妈陪着他去看营养门诊。造成这个孩子这种情况的原因很单纯，生活饮食习惯不合理，他打电脑游戏非常专业，没有任何户外运动。父母想方设法改变他的生活习惯，带他到外地旅游，让他多接触自然多运动。一家人到了一个城市，到旅馆住下之后，应当赶紧外出参观景点，但孩子感兴趣的不是景点而是宾馆里有无免费的上网接口，他着急要和朋友聊天，打联众游戏。从他现在的生活方式来看，如果不强行干预的话，也许他没有明天。这是到了这么严重情况下来看病的孩子，有的孩子到不了这么极端的程度，家长认为孩子胖点没有关系，能睡就是福，埋下的往往是悲剧性结果的种子。

这提示我们一个人的饮食越早干预、越早调整结果可能越好。我们现在很多健康宣传重点放在青少年甚至婴幼儿上，因为早一天干预饮食便早一天收到效果，且收到的效果可能成倍扩大。就好像一个人推着一辆很重的车，车往山坡下滑，越早阻止它下滑，推回原处越容易，花的力气越小，如果车已经滑到底再往上推就很难了。

有的人问，到中老年之后再干预饮食是否已经没有意义，来不及了呢？虽然越早干预越好，但任何时间段开始控制饮食都能收到好的效果，总比不控制效果要好。很多中老年朋友非常重视饮食，他们可能前面走过弯路。有人60岁时有了高血压、糖尿病，问我从60岁开始控制饮食是否来得及。我说完全来得及，且必须要这么做。坚持合理控制饮食的中老年朋友的血糖、血压、血脂都比不控制的人要平稳，他们说要归功于饮食，归功于运动，归功于早受到营养学教育。

我并不反对吃火锅，这个季节北方吃火锅很流行。为什么要用火锅的形象说明一顿饭的力量呢？从营养治疗的经验来看，我看了太多因为一顿火锅导致健康情况发生恶化的例子。我甚至用了“一餐的力量可能改变一生”的标题。

我们见过这样一种病叫做“痛风”。有一种叫做“嘌呤”的物质主要存在于动物性食品中，嘌呤进入到人体内后代谢的产物叫做尿酸。如果嘌呤的摄入量很大，超过身体的代谢能力，多余出来的尿酸就会在身体里沉积——沉积在关节上，甚至沉积在肾脏，引起痛风。火锅中的浓肉汤、涮的肉里面含有大量的嘌呤，平时吃二三两肉可以很好控制，但吃火锅时吃二三斤肉可能都没有饱胀感。有一个老年人有慢性痛风的病史，平时饮食控制得非常好。有一年过节，孩子从外地回来，一家人外出吃火锅，结果老人吃的量大了。第二天家里人用轮椅推着他到医院急诊——痛风急性发作，接下来肾功能也出现了问题。诸如此类的问题，很多就是因为一顿饭造成的。我并不是说多吃一口肥肉就会要命。我一个朋友到四川成都，川菜的回锅肉是用很多肥肉做的，他吃了几口害怕了，打电话问我是否要测胆固醇。我说吃一盘都没有关系，但如果一桌都是动物内脏或肥肉的话，我不能保证。比如说面对一桌的海鲜，很有可能有人吃完之后晚上就会痛风，因为海产品中含有大量的嘌呤。

我们不得不面对这样一种惯性，明明知道这个东西不见得好，但是当我们面对的时候，实在控制不了自己的食欲，便告诉自己下顿再平衡去吧，于是大开食戒。有些人觉得春节七天长假，我前六天都吃荤吃肉

吃炸的，后一天吃素或者饿一天就能削减副作用。错了，前六天大鱼大肉的负面影响已经产生——没有油会停在肠道里等着第七天用什么东西把它刮掉，第七天饿一天或纯粹吃素还会造成新一轮的不平衡。就好像前三天一分钟都不睡觉，到第四五天连续睡48小时——前三天不睡觉造成的损害已经发生，且连续睡48小时会造成新一轮过度睡眠的损害。

从营养专家的角度讲，我们要做到餐桌上有荤有素。面对餐桌上所有的菜肴，最好是吃荤也吃素，不要太倾向于其中的任何一种。有的人倾向于吃油炸食品，一天累积的油炸食品会让胰腺、胆囊费很大力气去代谢，时间长了会导致脏器的衰老。饮食，既要看到一生食物的力量，也要看到一顿饭的力量。

我们用现代方法让老中青年分别记录除了水之外的食物，连续记录十几天，看吃进多少鱼、肉、脂肪、蛋白质，发现了如下问题：

第一个问题是，很多人吃了相当多的肉，且大部分是猪肉，看不见鱼虾或鸡鸭。猪肉是所有肉类中脂肪、胆固醇、不好的脂肪酸含量最高的。同样是肉，猪牛羊是一个层面，鸡鸭是一个层面，鱼虾是一个层面，不同的层面各有利弊。

第二个问题是，食谱非常狭窄非常有限。调查一天和调查十天的结果是一样的，在某一个时间段里有的人永远就吃那三四样食物，他们说习惯了，不想吃别的东西。一个人一天所需要的营养素超过40种，没有任何一种食物或者几种食物可以把这40种营养素全部涵盖。当您的食谱越丰富、食物种类越多样的时候，吃进的40种营养素的有效性越高。长期吃同样食物的人会造成很多营养素，特别是微量营养素的缺乏，我们提倡食谱要广泛，要多样化进食。

我们现在面临的营养问题集中在一起讲，大概包括什么呢？第一个是肥胖。全国高血压人群1.6亿，高血脂1.6亿左右，有很多是由肥胖引起的。城市儿童的肥胖率比成人还高出一个百分点，即8.1%——儿童肥胖可以预见30岁之后的成人肥胖，且儿童肥胖一直呈上升趋势。我们每年都要办一次肥胖儿童夏令营，不到夏令营孩子实在不可能减肥。

我们讲了这么多，第一件要做的事情是控制体重，每个人对体重都应当了解，像天平一样，吃进多少，消耗多少，天平就是平衡的。相当于我挣了10元钱，花了10元钱，我存的钱是零。为什么会胖呢？我挣了10元钱，花了1元钱，剩下的9元钱都存在皮下成了脂肪。有些人继续拿遗传为原因，有肥胖遗传基因的人不一定都会胖。举个例子，第二次大战期间被德国法西斯关起来或杀掉的犹太人，不管是活着的还是尸体，没有肥胖者。有的人进去的时候是肥胖的，但出来的时候变成恶性营养不良，恶劣的环境使有肥胖基因的人无从体现。有的人没有肥胖基因或肥胖基因的表现比较弱，长期的胡吃海喝也会促使体内变化，加速催肥的过程。要学会判断自己的体重，用自己的身高以厘米作单位减去105就是理想体重，正负10%的范围是合理范围，超出10%没到20%叫超重，超过20%叫做肥胖，低于10%不到20%的偏轻，低于20%的叫消瘦。消瘦对身体同样不利，当你越靠近自己的安全体重时，风险越少，安全指数越高。过去所讲的“有钱难买老来瘦”是不正确的。有的时候胖瘦不见得靠体重能算出来，奥运会的举重冠军个子不高，身体很魁梧，如果按这个公式计算是超重或肥胖的，但不应把举重运动员归为肥胖者，他超出的体重不是肥肉而是肌肉、骨骼。真正的肥胖有时候肉眼看不出来。我在门诊看过这样一个病人，一个30岁的女人说吃什么都不胖，也不运动，用公式计算体重是标准的，我建议她测身体里的脂肪量。人的身体由三部分构成，第一部分是水，身体里的60%是水；第二部分是脂肪；第三部分是肌肉和骨骼。女性的脂肪量不能超过体重的1/3，男性不能超过1/4。通过测脂肪量，这个女人同样需要减肥，因为她身体里

的脂肪太多，不是一个健康合理的人体模式构成。

脂肪超标后堆在哪儿？一共有四个地方可以判定脂肪量的多少，第一个部位是上臂三头肌的皮下，第二个部位是肩胛骨下，第三个部位是肚脐的周围，第四个部位是大腿内侧。人的脂肪是如何分布的呢？大致有三种情况，第一种情况是上下一般粗，这叫均匀型；第二种情况是肚子大的苹果型肥胖；第三种情况是臀部下肢相对胖，形成三角型或者叫梨型肥胖。这三种危害最大的是苹果型肥胖，集中更多的脂肪在腹部，增加内脏的负担，导致脂肪肝。人的体形比体重更重要。如何去判定自己的体形呢？要测量自己的腰围，男士不要超过90厘米，女士不要超过80厘米，如果超过这个值，并不意味着你马上就得病，而是意味着腹部脂肪堆积导致慢性病的风险会成倍增加。现在减肥要加上瘦腰，减小腰围既要包括整体的锻炼又要包括局部的锻炼，我们可以做仰卧起坐，不能让自己成为大肚汉。

还有相当一部分人出现消瘦。有的人从很胖或者体重正常短时间内突然变成消瘦，特别是一些年轻女性，这就出现了现在报纸上提到神经性厌食症的预防和一些国家出现因减肥瘦身而死于厌食症的报道。一些人对体重过分敏感，短时间内不吃东西，发展到对食物抵触、厌倦导致病态心理，这就是厌食症。得了厌食症，有相当一部分人能够恢复，也有一部分一直持续不好。很多年轻女孩患了厌食症，症状不是变瘦，而是月经不规律或者突然停经，到妇产科看病才发现是厌食造成的。厌食症的死亡率达到百分之十几到二十，远远超过了“非典”。这样的疾病反复性很强，如果控制不好会在年轻人群中扩展。

我们的能量基础是主食、蔬菜和水果，很多城市居民开始将油脂和肉类作为能量主体，这会造成不知不觉中摄入大量油脂。在所有导致肥胖的因素里，膳食里的脂肪扮演了重要角色。

我们为什么提倡大家吃瘦肉？纯肥肉脂肪所占比例是90%，几乎全是脂肪；肥瘦混合后脂肪下降到30%；纯瘦肉的脂肪会下降到7%～8%。不是不能吃肥肉，但吃太多的肥肉会造成脂肪肝。各种鱼脂肪量很低，有些鱼是含高胆固醇的，比如鱿鱼、鱼籽、蟹黄、虾头等。涮羊肉、火腿是脂肪比较高的。烤鸭虽然油比较大，但是烤鸭里含的油饱和的量很少，脂肪酸的类型不同，如果真馋肉的话可以用烤鸭替代肥肉。但要少吃鸭皮、鸡皮，鸡皮和鸭皮集中了总脂肪量的30%～40%，好吃是因为它含油脂高，油脂和人的口感有天然的亲和感。

我们市面上经常见的脂肪有哪些类呢？市面上差不多有五类油脂。第一是动物油，很少有人用动物油炒菜，我认为动物油应禁用，不能用此来做烹调。植物油中的棕榈油、椰子油是最坏的，它们的成分很接近动物油。花生油、豆油和香油是比较好的，但这三种油使用的量如何控制呢？每天三汤勺原则，喝汤的白汤勺一勺是10克，每天用油总量不超过30克。如果有高血脂症或糖尿病，还应减少到两勺或两勺半。在南方很多人用菜籽油，菜籽油本身是很好的，但有一个小的风险是其中含有一种叫做芥酸的物质，对心血管病的发病有促进作用。所以要吃含芥酸的油，在加热的时候让它微微冒一点儿烟，一部分芥酸就会挥发掉。我们最提倡吃的油是橄榄油和茶油，含的脂肪酸是对心血管有保护的脂肪，橄榄油的缺点是贵。没有任何一种油是十全十美的，一个星期可以选择两三天吃橄榄油，可以选择用橄榄油凉拌菜，或者水煮菜捞出后浇上一勺橄榄油。橄榄油也可以炒菜，但和花生油炒菜有一点重要的不同，花生油抗高温的能力比橄榄油要高得多，橄榄油更适合做拌菜，或者在锅稍微热的时候不要冒烟就放油。中国的烹调方法为了追求口感，在油很热的时候炒菜，造成油的变质，橄榄油变质后效果比猪油更可怕，油温太高牺牲的是健康。在超市里买烹调油时要注意看标签，如果

只说是植物油，很可能含的是较多的棕榈油，因为棕榈油价格便宜，有的商家用棕榈油做植物油，大家要学会读标签。

我提倡晚饭时吃凉拌菜。但吃完晚饭后晚会开始了，除了眼睛和耳朵去欣赏，我们的嘴也没闲着，花生、核桃、瓜子上来了，一个电视广告没播完，半盘花生已经吃完了。花生、瓜子是含油的，半两花生米榨出来的油刚好一汤勺，即10克。你上床休息后，身体里的脏器没有休息，要花很大力气消化。年轻女性怀孕后想给孩子长头发或长脑子，就开始吃核桃，现在不知道这是否科学。但即使核桃具有这种功能，超量吃会让孕妇的血糖涨上去。如果没有高血脂症，也许吃花生、瓜子会对你有好处，如果已经有高血脂症，应当适量吃，每天吃不超过25克硬果，一把瓜子或者一小盘花生或者三四个核桃——是“或者”不是“相加”！如果早晨吃的很素淡，中午吃的是凉拌菜，晚上吃的也很清淡，那么可以吃些炒花生。

健康饮食还有一个问题是反式脂肪酸过量，反式脂肪酸吃多了的危害等同于动物性脂肪。

反式脂肪酸在座的朋友基本上都会碰到，有的人吃自助餐，总有人造黄油，过生日、过节时吃的奶油蛋糕或者是巧克力派，还有方便面，都有反式脂肪酸。我们有的患糖尿病的朋友非常迷信所谓的无糖食品，无糖食品中虽然不含所谓的白糖，但是为了提高口感会添加反式脂肪。很多厂家开始不用“反式脂肪”或者“反式油”这个词，用人造脂肪、人工黄油、人工奶油、起酥这些词来代替。这类型的油是过去十几年人工制造出来的。这种油本身成本很高，为什么要用这种油呢？方便面是过油的，如果用花生油加工的话，保质期是30天，但如果用人造反式油加工的话，保质期可以延长到3个月到半年；很多糕点制造商都是用反式油，85%的糕点食品用的是反式油，吃这些反式油对健康有何影响呢？反式脂肪酸可以导致高胆固醇、糖尿病发病率增高，导致肥胖，造成冠心病、男性生育能力差。现在国际上，特别是美国、加拿大、丹麦以及欧盟其他一些国家，采取一系列宣传手段倡议限制所有快餐厅采取用反式油加工食品。美国有一个著名的快餐店声称其产品中不含反式油，有一个食品专家买了一个汉堡包进行分析，发现其中含有反式油，于是告到法庭，法庭判决快餐厅败诉，赔偿850万美元，100万美元奖励举报人，剩下的钱用于循环宣传反式油的害处。规定食品中反式油的含量不能超过2%，现在我们国家正在酝酿讨论的过程中。

虽然我们离不开反式油，但不要在一个时间段集中地吃，少吃一口或分开次数吃都会减少它的影响。买一样食品时要看一看标签，看是否含有反式油。反式油可以吃，但不鼓励多吃，尤其是小朋友。肥胖成为美国甚至全世界的流行病，美国每年有600万的肥胖儿童诞生。这个孩子的体重有可能还会加重，他手中攥的是油和糖的混合物，这个油是反式油。孩子如果继续这样吃下去，前途是非常黯淡的。

我们从南方到北方，吃盐的比例越来越高，盐分摄入多和高血压的发病有关。吃盐要控制，年轻时吃一勺盐觉得咸，60岁时吃同样量的盐就不觉得咸，因为人的味觉随着年龄的增大对盐的敏感度下降了。老年人往往不知不觉中摄入盐超标，导致高血压患病几率增大。

吃多少盐合适呢？没有高血压、糖尿病等疾病的健康人是每天6克盐，盐包括两部分，食物本身含的盐和炒菜时放入的盐，食物中含的盐的总量大概是2～3克，剩下的3～4克是炒菜时放进去的，装满一个啤酒瓶盖的盐量就是3～4克。北京老百姓现在每天摄入的的盐分大概是12～15克，东北地区是18～20克。人对盐的依赖是很强的，口重的人要想变得口淡是非常难的，有的人习惯吃早饭时把馒头切开夹一或两块酱豆腐，10年之后他摄入的盐分会更高，这不是一个小的问题。

放盐能控制，但口感重怎么办呢？有的人问口感重少放盐多放酱油可以吗？6毫升酱油是一汤勺的2/3，含的钠离子的量等同于1克氯化钠的食盐。也许你不能一步到位，但可以慢慢减少。坚持低盐饮食三个月，就可以把口重的习惯扭转。

从一个高盐、口重的饮食习惯变成低盐饮食习惯会带来什么样的好处？当高盐变成低盐后，可以使高压下降3～5个毫米汞柱。有些高血压病人吃降压药的效果并不好，还有一个因素是非药物即盐分没有控制。如果晚餐吃得口很重，会喝很多水，这些水被盐留在身体里用于扩张血管，增高血压。国际上有一个很明确的调查，人们吃盐的分量越来越重，高血压发病率一路攀升。钾离子对心脏、血压有好处，可以选择高钾低钠盐。

缺钙会引起骨质疏松，骨质疏松最大的风险是引起骨折，或股骨、颈骨方面的疾病。骨质疏松的核心问题是补钙，补钙是个基础不是全部，日常吃的食物含的钙够不够呢？现在我每天喝两袋250毫升的鲜奶，再吃一些瘦肉，吃的钙量大约是400毫克，我这个年龄国家推荐的钙量是800毫克。在所有补钙的食物中，首选的食物是奶，大量证据表明，长期按量服用牛奶，骨质疏松症会减少。喝牛奶不要把两袋集中在一次喝，分开喝。250毫升的牛奶早晚各一袋，牛奶不要空腹喝，放到一餐食物的最后来食用。牛奶可以加热，但不要煮沸，煮热就可以了。鲜奶要首选袋装保质期在两三天的。牛奶中含有乳糖，到体内消化需要乳糖酶，很多人体内缺乏乳糖酶，所以不适应喝牛奶。牛奶作为补钙食品，有的人喝了之后不舒服，甚至会拉肚子，那么可以改成豆浆，豆浆也是补钙的好食品；骨头汤有它的好处，但作为补钙食品来看，效果并不好，放进醋也不能换出钙，吃骨髓的效果也不好；实在喝不了牛奶的人可以喝酸奶，酸奶在加工过程中去掉了乳糖，一杯酸奶的量比较少，两杯酸奶的量才等于一袋牛奶；也可以喝豆奶或者去掉乳糖的奶粉。在补钙时要晒太阳，不要隔着玻璃晒太阳；还要适当摄入维生素D，维生素D是促进钙吸收的，没有维生素D，钙的吸收会为零。

还有维生素的问题。

2002年美国两个科学家经过研究得出一个结论，维生素摄入不足可以导致慢性疾病的发生、发展，胃癌、结肠癌、老年性白内障、新生儿出生缺陷等都和维生素的缺乏有关。成年人在饮食不太合理或出差进餐不规律时，每天应摄入多种复合维生素。现在很多人都缺乏维生素，中老年人群普遍缺少维生素C，经常吃蔬菜水果还缺维生素C吗？水果买回后没有及时吃，随着保存期的延长，维生素C会衰竭；鲜榨果汁放入冰箱一个星期以上维生素会丢失80%；炒菜时温度高，维生素会被破坏。

最后是喝酒的问题。节假日期间喝酒是不可避免的，酒是可以产生热量的，酒产生的热量仅次于脂肪；除了产热之外，酒还有其他几个不良影响，可能造成胃黏膜损害、肝细胞损害、心跳加快，有心脏病、高血压的人要慎重饮酒。白酒、啤酒、红酒都有危害，没有一种酒不会对人体健康没有副作用。不要喝太多的酒，如果一定要喝的话，要限量喝些红葡萄酒，总量不超过120毫升；尽量不喝烈性白酒，不要把几种酒搀在一起喝；在喝红酒时不要兑雪碧，因为这会造成糖分的升高；打胰岛素的糖尿病人不能空腹喝酒，因为可能造成低血糖昏迷；喝酒前要适当摄入主食类或含蛋白质食物；有肥胖、高血脂症的人因为喝酒容易造成食欲增加。

红酒能保护心血管吗？来自法国和意大利的数据表明，法国人和意大利人心血管病发病率确实比较低，但这些证据并不充足。意大利喝红酒的人中心血管病发病率低，但意大利人吃的橄榄油、蔬菜、水果量都

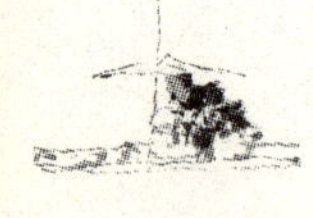

是在各国前列。红酒有好处也有坏处，如果要喝的话，总量不要超过100～120毫升，这是我们现在提倡的饮酒的核心话题。

如果你能把下面这些内容带回家，就不虚此行。

第一，称称自己的体重，算算自己的理想体重，量量自己的腰围，尽量接近理想的状态。

第二，减少一餐的量，不要把自己的胃撑得过大。

第三，大量吃蔬菜水果，适当做有氧运动。

第四，有饮酒习惯的人建议喝红葡萄酒。

第五，建议多吃鱼类、豆类的食物，每周吃两至三次的鱼，多吃鱼、虾、鸡、鸭。

第六，如果一定要列食谱的话，正常的成年人要吃一定量的主食，男性一天在半斤以上，女性在三至四两。

第七，每天两袋牛奶或豆浆，吃一个完整的鸡蛋，蛋黄对身体的影响并不像想象的那么可怕。

第八，每天一斤蔬菜。

第九，每天一个水果，最好在两餐之间吃，如下午4点钟的时候。

第十，尽量少吃盐，尽量不吃油炸食品、肥肉、动物内脏、奶油类食品、碳酸饮料、熏制食物、高钠食品，尽量少吃，安全指数高一点。

感谢大家的关注，也祝大家健康！

陈冬牛

北京昭光大众健康研究所所长，《药物与人》杂志社执行社长。

学习健康，体验快乐

各位朋友，早晨好！我叫“冬牛”，冬天生，属牛，大家一般都能猜出我的年龄和八字。大家可能非常期待洪昭光教授来给大家讲课，我就是洪教授派来的。能与大家一起交流，我感觉特别荣幸。先简单介绍一下昭光研究所，研究所是我们和洪昭光教授在1999年创建的专家平台，想做大众健康科普，现在已经有一百多位专家。我是一个健康的追求者，也是健康的实践者。从1997年开始至今正好10周年，我和洪昭光教授等专家学到很多知识，所以才有这样的体会，来和大家分享。我喜欢以聊的方式和大家沟通，下面我将10年里学到的东西和大家分享，目的是让大家更加健康。

学习健康，大家为何听了这句话感觉有意思呢？是因为以前我们从来没有提过“学习健康”。英国著名学者培根说“知识就是力量”，10年前我在高中做健康科普的时候，我第一次觉得“知识就是健康”，对此，我有切身体会。大概20年前天津有位大学生毕业后考上了研究生，整个假期都非常激动。9月3日开学，8月31日他要早点去学校。一家人非常高兴，包了一顿饺子（我们中国人有个传统习惯是“迎客面、送客饺子”），饺子包完以后，母亲去了一趟洗手间。母亲从洗手间出来时脸和手都已经紫了，呼吸急促，喘不过气来。父亲赶紧打电话叫救护车，那边儿子搀着母亲从三楼下来想到楼下等救护车，刚刚出楼门，母亲一阵痉挛，口吐白沫倒在地上。等到将母亲送到医院，母亲的瞳孔已经扩散了，医生说：“她已经走了。”前后不到20分钟。这个母亲就是我的亲生母亲，享年才49岁。我到北京读研究生时在报上看到一个消息，说一个心脏病人心脏停跳20分钟后被抢救过来了。我就埋下了一个心结，认为当初母亲的事情是天津医院的医生不太负责，别人心脏停跳20分钟以后都能救过来，我母亲在路上心脏没停跳多长时间呀！10年后我认识了洪昭光教授，我向他请教这个事情，问医生是否有责任，洪教授听完过程后说："其实医生没有问题，问题就出在你把母亲从楼上一直扶到楼下，这段时间出了问题。因为你母亲是心梗症状。"我母亲确实有心脏方面的问题，以前抢救过一次，抢救过来了。这次出事就因为我在家，第一次母亲发作时她无法动，所以父亲打电话叫救护车时母亲就在家里等。第二次母亲发作时我在家，我就扶母亲下楼等救护车，想让母亲早些到医院，结果出事了，这就是知识。洪教授在今年最新的一期杂志中写了一篇文章，他为这件事写了三篇文章，他知道冬天很多心脑血管病人都会发生这种症状，结果我们的文章还没登出来，马季大师就出事了。也是类似的问题。洪教授对我说："不是医生没有救你母亲，而是你不知道怎样救你母亲。"这件事情使我受到了很大触动，从那开始我下决心做健康科普知识的宣传，让更多的母亲能够平安度过这个危险期，让更多的人不会这么早就失去母亲。

大家都是自愿来的，说明大家对健康非常重视。到底是什么问题导致我们的健康受到损害呢？我认为是知识，而知识源于观念。母亲发病时，我刚刚大学毕业，没有这方面的知识。上大学时对我非常好的一个恩师的女儿，前年给我打电话说："师兄，麻烦您快点，能不能找北京三院的专家，我爸住院了。"我确实认识很多心脑血管方面的专家，我给医院方面打了电话。我的老师已经进了重症监护室，我赶到医院，看到师母坐在外面非常难受非常担忧，她不知道老师还能不能回来，因为老师的症状非常明显，他也是心梗。他练单杠后感觉后背疼、出虚汗，

他的老伴让他打车去医院看看。医院说再晚去六个小时就无法救了，赶紧打了一针，抢救过来了。半个多月后我去接老师出院回家，到他家看了看。当年老师教我们“技术经济学”一门课，现在教市场营销、金融、财经，他自己有一个很大的书房，两面都是书。我和老师开玩笑，我在其中没有找到一本有关健康方面的书，说明老师非常努力钻研业务，但这么多年从来没有关注过自己的健康。从那开始我每期给他寄一本杂志，杂志晚到一两天他便会打电话催我，因为他通过学习感觉身体状况有改善。我的老师现在应聘到珠海某学院当院长，我给他打电话告诉他，只要注意保证生活节奏，不要太累，健康没有问题。

健康确实需要不断地学习。许多我们熟悉和喜欢的演员、艺术家，都是英年早逝，非常可惜。陈逸飞59岁去世，如果他不过度操劳就不会这么早的离去。北大中科院五年内135位教授英年早逝，平均年龄是53.3岁，比常人少活20岁。为何他们的寿命这么短呢？因为压力太大。

前年重阳节我在某地组织一场节目，有幸见到马季先生，我们一起吃早餐。他非常和蔼，他对自己的健康不是很重视，他是糖尿病，已经发生过心梗搭过桥，但不太注意吃东西。傅彪也是这样的例子，傅彪为人非常厚道，他生病后应当好好休息，但他稍好后很快出去工作。这些人没有把健康放在第一位，结果导致很可惜地离开人世。马季72岁去世，是否已经是高寿？70岁是孔子所说的“从心所欲不逾矩”的年龄。卫生部公布的2005年十大生病死亡的原因：第一位是肿瘤，第二位是脑血管病，第三位是心脏病，第四位是呼吸系统疾病，第五位是损伤及中毒。前三位死亡原因占63%，前五位占82%。如果把这五种病躲开，闪开这个雷区，我们的健康状况会延续比较长的时间，寿命会延长比较长的时间。让我们比较欣慰的是所有死亡原因的疾病，和过去不一样，如SARS好像大家一时控制不了，但大部分疾病是可以控制的，是和生活方式有关的，是可以通过学习预防的，这是我们对健康新的认识。

我这里有个片子是《健康路上的绊脚石》。针对死亡原因，有四大杀手需要大家认识：高血压、糖尿病、肿瘤、精神疾病。

我想问问前排的小朋友，血压的正常值是多少？啊，不知道。那么哪位朋友知道高血压的正常值是多少？

（听众答：80～120。）

这个女生答的80～120是理想值，正常值是90以上140以下。高血压在中国的发病人数是1.6亿人，问到周围十个人中肯定有一半多的人是有高血压的，但大多数人不知道高血压的正常值是多少，这就是我们需要做的工作。刚才在外面买书的有不少是中年朋友，过去买洪教授书的都是老年朋友，过去十年之中我们接触的最多的是老年朋友将书送给他的孩子。希望通过今天的活动，找出一个新的模式，年轻人应当先学，然后献给父母，给父母讲。

学习健康为何能体验到快乐呢？因为真的有很多效果。我父亲今年已经75岁，在我母亲去世之后他不断和我们一起学习，一个老工人对健康知识太有感觉了，保持自己心态平衡做得特别好。前年我父亲和老朋友朱伯伯一起聊天，朱伯伯告诉我父亲他胃疼，自己到药店买了些胃药，吃了三天还不行。我父亲说看到我的杂志上有一篇文章说可能不是胃的事可能是心脏的事，专家说冠心病、心绞痛，有时病人会误以为是胃疼。朱伯伯到医院一看还真如我父亲所说是心梗，医生说晚来一天就不好办了。我父亲读了杂志上的一篇文章挽救了一个老朋友的命，如果不清楚也很难说朱伯伯不会走我母亲的老路。我今天来的目的不是和大家讲具体的健康知识，今天来听讲的人很多，说明大家有健康的意识，我们好好交流，希望给大家树立通过健康了解一些知识的观念。刚才我看买书、领杂志的人都非常踊跃，说明大家对健康有了充分的概念。

世界卫生组织的前总干事说了一句非常有名的话："许多人不是死于疾病，而是死于无知死于愚昧。"我的母亲是死于我的无知，如果我知道相关知识就不会发生这样的悲剧。马季先生的保姆发现马季先生从厕所出来不行的时候没有给急救中心打电话，她先给马季先生的老伴、儿子打电话，然后才给急救中心打电话，这就来不及了。

我给大家讲讲这种情况下的相关知识：

第一，人要平卧放倒，不要动他。

第二，打电话叫医生来，不要去找医生。有的病人感觉不舒服就向外走去找医生，心脏已经不舒服了，走路会增加心脏的负担，会让心脏停跳。前些天我看报纸刊登急救中心到马季家用了不到七分钟，是电话打晚了。

第三，如果有阿司匹林、硝酸甘油等药先让病人含在舌头下面。

这些知识可能不经意间就救了别人一命，希望大家把这些知识记在心上。1991、1992年时我在德国待了一年半的时间学习水中救生。到现在我经常游泳，还没有遇到救人的机会，但我每次游泳都会把动作想一遍。不是要等急救的时候再去了解相应的知识，我们需要的是每天在生活中用科学的知识武装自己，有一个健康的、有意义的生活方式。我们在北京有个大课堂，每个月举办一次，大概有两千多名糖尿病、高血压的老年朋友，我管他们叫"乐父乐母"。我们已经办了六年了，有的人已经活到89岁了，没有一个人过世。他们都非常快乐，不断把专家讲的知识带回去在家里琢磨，然后实践，对自己的健康有了非常清晰的保健意识。通过学习健康，这些人比原来活得要滋润得多。1984年我母亲去世；洪教授是心脑血管专家，他的岳母60岁得了心脏病，洪教授把她维护到80多岁，这就是有没有知识的区别。

影响健康有五大要素，这是世界卫生组织已经确认的：1.医疗条件；2.自然环境；3.社会状况；4.父母遗传；5.生活方式。大家看到在五大要素中占最大块的是生活方式，如果我们改变生活方式、调整生活方式，我们的健康状况一定能够得到改善。

生活方式中包括四大基石：1.戒烟限酒；2.心理平衡；3.合理膳食；4.适量运动。大家先有一个基本概念就行了，下面我们慢慢展开，看看我们学习健康应当学习哪些东西。

下面我们看看健康的定义，世界卫生组织60年前就有对健康进行定义：健康是指心理、生理及社会适应的完满状态，而不仅仅是没有病和体格健壮。我将其归纳为三好：1.身体要好；2.心情常好；3.生活真好。如果做到“三好”，才是真正健康的状况。

第一，身体要好

“要”是强烈的动作感。我认为健康是不断追求的动态的过程，我们不能保证每天身体都处于一个状态，但我们要不断地去调整。我今天早晨起来发现稍稍有些落枕，我有招，赶紧做一套操。身体要好是一个不断调整的过程。

第二，心情常好

这是最重要的方面，我不断体验。我们不能保证每时段都是良好的心情，但是常常有好的心情对身体状况会有非常好的影响。

第三，生活真好

身体要好，我先带大家来学习健康。我有一个好朋友注意收集各种各样健康方面的知识，学习后在生活中实践。洪教授这几年做了重要的贡献，给大家提供一些简单、易行、易记的健康原则。“民以食为天”，吃对健康是非常重要的。一个120斤的人要是活到70岁，需要吃

60吨的东西。洪教授最早提到“膳食一二三四五，餐桌红黄绿白黑”。在座的各位没有听说过这个概念的请举一下手，还是不少。非常抱歉，我今天没有计划给它展开。我们坚持做到“平常饭菜一荤一素一粗”。这是我们提出的最新的膳食概念。食用菌包括木耳、蘑菇，对我们的健康非常有好处，洪教授大力宣扬“红黄绿白黑”，黑木耳和蘑菇都是同样的菌。我建议大家每顿饭有荤有素有粗，效果非常好，从现在就要开始做。

今天我要重点和大家提到一个比较新的概念，所有的概念不是我发明的，是我们组织专家讨论后我学到的，叫“吃油新主张”。很多详细内容在发的小册子中有，我今天告诉大家三个原则：

1.减半。

为何要减半呢？在我们中国有个膳食营养宝塔，每人每天应当吃25克油脂，但大家知道你们现在每天吃多少吗？北京人现在平均是80克，超了两倍还多。这么多年我们终于甩掉了穷日子，我小时候每个人每个月是半斤油，那时我们买肉都买肥肉。然而现在我们油的摄入量太大了。建议大家从现在开始减半。我在湖南讲课时和一个听众朋友聊天，他母亲是医生，每天把吃的油放在75毫升的小瓶中，每天就吃这么多。

2.搭配。

现在各种各样的油很多，刚出生的孩子吃核桃油比较好，这方面的知识越来越多了，我们在吃油上要注意搭配。我家里会买好几种油，橄榄油、红花籽油、核桃油，调着吃。现在很多家庭延续买一大桶油的习惯，每天就吃这一种油，吃惯了下次还吃这个牌子。建议大家多换牌子，有些油比较高档，但也不能只吃高档的油，要调整着吃。

3.低温。

开始尝试是非常困难，但现在注意每次炒菜时先热锅后放油，超过

170度油会有致癌物质产生，锅热放油后马上炝锅，效果是比较好的。

“身体要好”中另一个重要方面是——喝。一年多之前我还不了解，去年我们接触了水方面的专家，才第一次知道水对我们是那么重要。咱们身体里70%都是水，水的60%都在细胞内。年龄越小身体里的水分越多，老年人的细胞干瘪水分就少了所以也就出现皱纹了。不断补充足够的水分是延年益寿的方法，水是最好的营养素，但也是最容易被忽视的，因为它太容易得到。从今天开始大家要注意水的问题，在我们不受伤的时候水也是非常重要的。现在有本书叫《水是最好的药物》，这个医生在美国行医20年，就用水给人治病。多喝水对我们的身体没有害处，肯定有好处。和大家讲一个概念，当你口渴的时候，你的很多细胞已经干瘪已经缺水甚至已经死掉了。我现在告诉大家一个方法，喝水要做到一天八杯水，每杯200至250毫升，一天喝2000到2500毫升就可以了。早晚各一杯水，早晨空腹喝一杯水，特别是心脑血管病人，我坚持11个月到现在效果非常好。10～11点喝一杯到两杯水，吃饭前半小时喝一杯水，下午把水匀开，晚上睡觉前半小时喝一杯水。大致要把水分补充到位。北方天气越来越干燥，多加一两杯也无妨，但要掌握喝水的节奏，不要等口渴了再喝水，要坚持喝水，凉白开就可以。

洪教授宣传“每天喝一杯牛奶”这个概念已经十年了。很多朋友对此没有重视，希望大家以后能够重视起来。喝奶有很多讲究，牛奶有种酶，可能有些人开始喝不习惯，坚持到两星期之后就不会太难受，如果不行可以喝酸奶。我给大家提个醒，大家一定要学，学了之后一定要去做，喝奶也好喝水也好，就是不断用这些做法提高生活质量。我每天喝水成了习惯，而且我喝水的时候就会意识到我的健康状况。碳酸饮料不要经常喝不要多喝，它对人体的补充营养是不够的，而且还不解渴，喝白开水是最好的。

气，是人体的废气，为了给大家讲，前几天我和几个朋友在家里聊了一下。我要讲的“气”实际上就是“屁”。当我看到这本材料的时候，我意识到必须和大家讲，真的很重要，它和我们的生理是有关的，它并不是玩笑。我们身体里的废气是从哪来的呢？70%是吃饭时吃进去的，还有20%是气体在血管里来回走有时过去有时出去了，10%是食物到大肠里还没有消化完，很多菌去消化它造成废气，是分解出来的气。有些屁是臭的，是因为细菌分解后腐烂了，烂掉了。人的屁是身体状况的一个信号，和吃东西特别有关系。我在德国待了一年多，外国人似乎不老放屁，专家讲欧洲人确实屁少，他们的饮食和我们不一样，他们比较多吃肉、蛋白质、土豆，我们吃蔬菜比较多。当你的屁有异样的气味或比较臭的时候，说明吃的东西没有消化完就到了大肠里。老人身体里好的菌越来越少，坏的组织越来越多，很多乳酸菌对人有改善，喝酸奶比较好。如果屁有明显味道，说明要调整自己的身体状况，想想自己吃的东西是否过油过腻，这是非常好的信号。俗话说“响屁不臭、臭屁不响”，确实是这个道理。中医讲没有味道的屁是通畅，如果是臭屁，气体是不成形的。这些内容很重要，没有专家会讲到这个内容。我觉得适合我们，补充介绍给大家。

顺便讲讲便秘。大便也是健康与否的重要指标，现在很多中老年朋友会有便秘的情况出现，且已经习惯了，没有做治疗。便秘一定要加以治疗。要找医生甚至通过生活方式的调整通过膳食去改善。心血管病人要注意不要让便秘持续太长时间。希望大家记住这些小的生活常识，回去实践。希望小朋友从小养成良好的健康习惯。学校里没有健康课，学校教的就是语文、数学、英语，我们小时候还有玩的时间，现在的孩子上大学比例这么高，孩子压力还那么大，是社会造成的。建议父母要对孩子怀着更宽容的心态，教他们健康的生活方式，大家可以去看看健康方面的书籍，补充这方面的知识。

运动是“生活要好”中非常重要的环节，也是非常重要的内容，很多人现在一说运动就说没时间，不想运动，回家倒头便睡，至多也就是看看电视。“生命在于运动。”我们平常可以做的运动非常简单。第一是走路，可以慢走也可以快走。洪教授说过四句话：“最好的医生是自己，最好的运动是步行，最好的药物是时间，最好的心情是宁静。”我们有很多时候工作压力非常大，坚持快走，也可以慢跑，遛狗也是一种很好的逼着你运动的方式。我们有条件的可以游泳、慢跑、跳绳、骑自行车，关键是实践。建议大家可以找几个伙伴一起来走，在家里夫妻每天晚上一起走走也是非常好的。

我在前年有一次非常严重的颈椎病，颈椎病有点像牙疼，虽然不是大病，但很难受。我找洪教授咨询，洪教授推荐他们医院一个非常好的专家。专家让我先拍片子，拍完片子后专家说没有太大问题，给我开了一些中药，我这么多年从来没有这样坚持吃一种药，是因为我很难受。半个多月还没有好，当时是痛不欲生。我去找运动健身专家赵老师，很偶然的机会我去他那儿买了个走步机，他让我两臂伸直到九点一刻的状态，然后上举到十点十分，操的名字就叫“九点一刻，十点十分”。每天坚持做200下。我一直坚持做，后来颈椎病好了。肌肉强力活动会把血液充分贯通，我把操推荐给岳父和很多朋友，大家每天坚持做100到120下就够了，如果颈椎已经有问题的就做200下。其实只需要两分钟，我们现在每天在家里看《新闻联播》的时候就站在沙发后面，膝盖微微弯曲，做完之后拍打膝盖一两分钟，对老年人的膝盖非常有好处，可以保护关节。45岁以上的人要注意保护自己的关节，每一天关节都在磨损，补钙还要强关节。在北京有很多老年人去爬香山，爬香山爬楼梯对关节都是有损害的。老年人可以半蹲五分钟拍两分钟就可以，这是有科

学依据的。类似这样的知识，我们在生活中要有这个意识，要开始学习，去找和健康有关的知识。

下面看看“身体要好”中的“戒烟限酒”。很多朋友肯定烟酒少不了，因为都是这样的文化氛围。建议大家，如果是崇尚文明的人，如果想成为一名君子，大家可以少抽烟。我现在体谅很多朋友说戒烟非常难，我过去几年曾经参加卫生部组织的很多戒烟活动，每年三月五日是“世界无烟日”，我们应当更加了解和关心吸烟的朋友，他们真的不容易，他们用自己的身体来为国家创造税收为企业创造财富。为自己的健康着想可以少抽烟，能够戒烟是最好的。我们经常出去，在外面喝酒、宴请的机会比较多，东北人喝酒确实不要命。我曾经有过这样的经历，在上海酒席宴上，一圈朋友，有认识的有不认识的，等到酒过三巡大闸蟹上来之后，我就趴在桌子上不省人事了，被人家搭到洗手间吐完之后才轻松一些。现在每次我坐在餐桌上想到当时尴尬的场面就会有意识地控制自己。现在很多朋友不是愿意喝酒，而是到场合上控制不住自己，建议大家不妨想想醉酒是什么状况：没醉的时候是君子，喝15到30毫克，这时是谦谦君子；多喝一点到40毫克变成孔雀；再多喝就变成狮子，什么话都敢说时酒量已经变成80毫克；喝到120毫克就变成猴子状，酒席宴上谈生意就是要把对方喝成猴子的状态。再往下喝就是蠢猪的状态，这时就要出事了。现在很多车祸发生后测司机的酒精含量，都是超过180毫克，戴安娜出事时司机的酒精含量达到280毫克。如果喝得太多还会误事，昨天来的路上在交通台播出一个寻物启事，包里有电脑、钱包、现金、银行卡，他说会把现金外加5000元给拾到的人，最后他说对不起司机师傅，因为当时他喝酒和出租车司机吵架了，挺明白的一个人喝酒后就把自己的包都丢了。逢到酒席宴上大家想想自己想喝成猴子、狮子、孔雀还是蠢猪。不能多喝酒，多喝酒有害无益。

希望大家回去后多看看各种各样的资料、书、杂志。

在人的健康中，心理平衡占了50%。我一个朋友说他每天都拉稀，我说他是精神状态不太好，他说是，因为他公司里的事情不顺利，业务做不起来，员工众叛亲离，导致植物神经紊乱，晚上睡不着觉，早晨很早就醒，醒了以后就折腾，浑身出虚汗，说明心理状态影响生理状态。前几天刚刚认识一位朋友，他9月份做了个胰腺癌的大手术。这个朋友2001年从加拿大回来，给中央领导写了一封信提倡成立专门的健康保险公司，我国还没有专门的健康保险公司，但这件事真的办成了。保监会2006年批了五家健康保险公司的执照，就有他一家。他从2001年开始就忙这件事，拉股东，得找人投资，股东之间闹矛盾，他在中间协调，协调过程中是非常郁闷生气的，公司还未成立他就患了癌症。他说现在要放松，不管那些事情了，他脸色苍白。我们很多过程是自己折腾自己，我有个朋友原来开辆捷达汽车，住着楼房，过得非常快乐。现在开上好车了，住上别墅了，每天压力大了，还不如以前生活得好。都是在不断进取过程中，很多东西得到时容易，舍弃时非常难，舍弃对自己身体造成的影响非常大，造成身体方面免疫力低下。

“心情常好”是我特别在这么多年和专家一边学一边体验的有成效的方法。我告诉大家几招：一招是遇到事情先“隔”一下，给自己做一个外罩，别人看不到这个外罩，但自己心里要有数。不可能每件事都让你高兴，表扬和批评会让人产生不同的反应，我现在是好话听到这，坏话也听到这，我们在中央电视台做《健康之路》时我提到这叫做“精神疫苗”。小朋友早就知道母亲可能会遇到什么事情批评他，那么先不要做错事，做错了知道母亲批评也不生气，这样修炼到以后就会宠辱不惊了。老年朋友要学会用心态及时调整自己，这是“心情常好”的一个重要概念。每天人都会遇到烦恼的事情，洪教授在我事业发展非常困难的

时期告诉我一句话："事业要有进取心，生活要有平常心。"对很多事情要抱有宽容的态度，遇到问题遇到事情先想自己有什么不对，这是君子的博境。给大家讲一个《温柔的死刑》的故事，美国曾搞过一个实验，把一个死刑犯叫到一个特别黑的屋子里，让他什么都看不见，把他的手锁上，告诉他现在开始抽他的血，用语言暗示告诉他针扎进去了，开始抽血，身体里的血还剩多少，一直在抽，这个人静静地死去了。实际上那些人除了语言之外什么都没做，这个死刑犯通过催眠感觉自己的血流光了，心脏等各器官衰竭了。这是非常经典的一个例子，这个例子告诉我们心理对生理的影响是非常明显的。

"生活真好。"别让财富成为包袱，今天的生活是越过越好，房价上涨都能反映出来，说明我们的生活水平在提高。我们不断追求财富忘记了自己的健康。我认识一个32岁的朋友，原来做贸易，一下子挣了5000万元，家里有3000多万的资产，就每天请领导请客户，一天唱卡拉OK站起来时太猛了倒在地上死于心梗。他的朋友往外搭他，救护车到时发现人已经去世了，他的夫人通知了他的姐姐、姐夫，姐姐、姐夫围着救护车不让走，说抢救一小时给10万元钱，医生给做了40多分钟说确实不行了。这个朋友就是不断地折腾自己。我现在建议大家真正的"生活真好"。我们追求生活的改善，在此过程中要把健康放在第一位。健康是一，后面都是零，不仅仅是物质财富，包括名誉。如果人能够克服这些本性，就能真诚地活着。把钱、资产算得太重，没有和生命、健康做比较，几十个亿、上千亿又怎样呢？在北京有个特别搞笑的段子，国家药监局有一个处长据说当年不拿回扣，活得很坦然，无非就是找药厂报报打车费，他每天上班都打车，每年打车几千元钱，随便找个药厂就报了。后来他改管批药号，最后查他家里时有800多万元。就放在家里存着，一分钱也没用，他自打收完人钱之后改骑自行车了，生活质量大大下降。人到那个时候和自己较劲。我体会“生活真好”就是像我坐在下面和大家聊聊天，我在徐州做节目，很多老百姓听完节目后开心，健康状况越来越好。我奇怪我能做这么多工作吗？有一个想自杀的68岁的患淋巴癌的阿姨听了我的节目后非常开心，坚强地活着。以前她去医院都得子女背着，现在老太太可以在院里走六百多米，我专门去徐州去她家里去看，我特别高兴，这是生活中最美好的事情。建议大家特别是年轻的朋友，“心情真好”不是有多大的财富，比尔·盖茨现在在向外捐钱，社会要发展，很多概念我们都可以接受。

“心情真好”中还有一个概念是怎么吃，怎么买保健品。我经常在热线中接到群众的反映，问能根治糖尿病的是不是真的，凡是说能根治糖尿病的都是假的。高血压没有根治的办法，且必须吃药，用生活方式去调整。我想负责任地对老乐父老乐母说一句，如果真的有高血压，坚持服用药物，调整自己的生活方式。我的同学中已经有三个人得了高血压，他们坚持服药。如果哪一天通过基因的方法使高血压能够根治，世界卫生组织会告诉大家的。这些广告会给人小利，无非是用能省你多少钱来诱骗老同志。“生活真好”绝对需要保健品，但不能盲目听保健品厂商的话。“生活真好”要平和，不要讲利益关系。如果涉及到钱你肯定会上当，让稍微年轻一点的人去选保健品，老年人自己选很容易被忽悠。现在社会上一些人抓住老同志“占小便宜”的心理，“生活真好”中告诉老同志一句话：一定注意！对保健品的选择要慎重。

学会慢生活。以前我自己也很努力，想做一番事业，给自己很多压力，我现在学会调整节奏，调整身心后状态要好一些。我们要放松、放开，要放得下，外界多急你不要急，急到最后跟着大流走，就像发生骚乱时要跟着大流走会被踩死，这时要跳出来。30岁至50岁工作压力大，事业心强、工作强度大。我现在给自己定一个规矩：每周一小休，不论

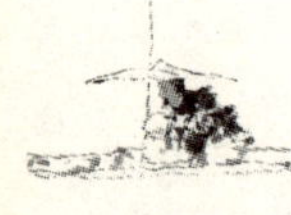

多忙周末要调整；每月一中休，可以去郊外；每年一大休，可以到国外也可以到三亚、新疆等地旅游。

要学会花钱。前两天朋友给我发了一个短信：“钱不花就不是你的。”最近股票飞涨，我的朋友挣钱了，可第二天又跌了。我的邻居一个老太太赔了150多万。自己的生活和金钱的关系要契合好，要消费，不要存太多的钱。推荐一些西方的观点，西方的老太太从开始供房子到死，中国人存钱存到快死的时候买到房子。年轻人要学会更好地生活，不是铺张浪费，不是透支。

更好的生活是减法，我现在在努力减少自己的压力，和大家多多交流，把健康的知识传递给大家让大家受益，对我是最有帮助的，也是我追求的成功的概念。建议大家今后在生活中慢慢调整自己的状态，快乐不是今天就能体验到的，回去后在生活中得到体验。

“生活真好”还有一个很重要的内容是家庭生活。现在很多年轻夫妻不知道因为什么就离婚。我自己体会一个是应当共建目标，两个人应当经常交心、交流，明确大家要往哪个方向走。“顺其自然多牵手”是洪教授提出来的，夫妻两个人找时间牵手走路。在我调查的很多家庭中，性生活不和谐是导致分手的很重要的原因。导致这种结果的原因是没有学习，必须要学习，通过专家、书籍，很多人以为这是天然的事情，其实不是，要通过学习来补充自己的知识。

现在我们提倡和谐社会，和谐社会下如果人人能够做到“三好”，人人天天还能做到“三乐”：苦中作乐、知足常乐、助人为乐，对我们的健康是非常有利的。遇到困难遇到问题，我们“苦中作乐”。现在我的情况是“知足常乐”。和大家作交流我认为自己是“助人为乐”。希望朋友先掌握健康知识，要有几个指标：血压、体重、腰围、血糖，男性标准腰围是2.7尺，女性标准腰围是2.4尺，把它当成生活中的一个小目标。以后要组织一些达标活动，不断让自己成为健康长寿的人，现在不注意，到生病后再说就晚了。

下面这段是我在健康方面总结的“八荣八耻”：

以关注生命为荣，以漠视健康为耻；

以食饮有节为荣，以烟酒无度为耻；

以有养常乐为荣，以无聊懒怠为耻；

以知足常乐为荣，以贪心不足为耻；

以未病先防为荣，以慢病缠身为耻；

以无疾而终为荣，以英年早逝为耻；

以花钱养生为荣，以拿命换钱为耻；

以学习健康为荣，以无知无畏为耻。

我们的目标是洪教授所说的：“60岁以前没有病，80岁以前不衰老，轻轻松松100岁，快快乐乐一辈子。”我祝愿大家能够达成这样的目标，健康快乐每一天。

谢谢大家！

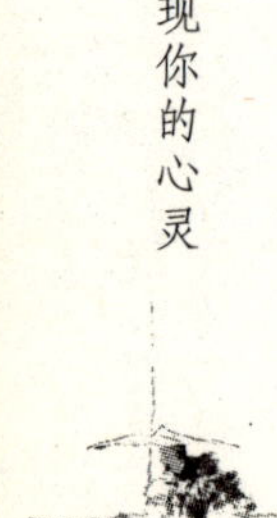

赵之心

北京市科学健身专家讲师团秘书长，国家级社会体育指导员，国家击剑队签约体能教练，北京银轩老年健身中心技术总监，中国保健协会骨质疏松与骨关节病研究会理事，国企联健康工程运动健康专家组首席专家，国家体育总局体科所越野行走运动首席讲师，北京市亚健康学会理事等。近年来在各地巡回演讲近2000场，并多次在中央电视台、北京电视台及广播电台做科学健身类节目。

让运动打开健康之门

最近我在北京讲课时，专门讲了和谐社会，以及和谐的人在和谐社会中起到什么样的作用。讲了一堂非常受欢迎的课是“和谐自己”，和谐自己在和谐社会中起到非常大的作用。当你的健康出现问题的时候，身体内部都不和谐，怎么和社会、家庭、他人和谐？我们很多人的健康出现问题，就会怨天尤人，其实你的健康出现问题，主要怨你自己。人应当怎么样生活，怎么样工作，怎么样关注自己的健康？有多少人会说“本人就不爱运动，本人没有时间运动，本人从小就没有运动习惯”。凡是不运动，你的神经系统功能会下降，骨骼要糠掉30%以上，记忆力会严重退化。你没有想到你的不运动会给你带来什么？是健康的杀手。

有人认为自己的身体很健康，但体质不一定健康。有的人身体有各种疾病，这是体质下降造成的。今天还要告诉大家什么叫做体质锻炼，打乒乓球、羽毛球等是参加体育活动，参加体育活动对身体有好处，但从锻炼角度来讲不对。我也会带着大家去体验，你会知道这些锻炼是非常有用的。今天给大家带来的是“运动使生命更精彩，让运动打开健康之门”，这是当前必须关注的问题。世界卫生组织再一次强调“21世纪最好的医生不是医生而是你自己”，关注自己的健康非常关键。

世界卫生组织讲，导致人长寿的因素按比例计算：父母遗传、社会因素、医疗条件、气候条件等占40%，生活方式占到60%。当你改变生活方式之后，高血压发病率会下降55%，脑中风下降75%，糖尿病下降

50%，癌症能下降30%，传染病下降50%以上。关注生活方式非常重要。肿瘤，是当前大家不得不防的事情，死亡率是最高的，心脏病也是我们必须关注的，脑中风更是我们应当关注的。

今天给大家带来很多沉重的故事。现在给大家看身旁的一些例子。焦裕禄同志42岁因肝癌死亡，牛玉儒上任500天后因直肠癌死亡，科学家张保厚因肝炎死亡。企业家杨曼，54岁时是个什么样？满脸沧桑，尽是皱纹，说他70岁都有人相信，这样的脸形叫“面无形”。男士只要是下眼袋出来，上眼泡鼓起来，这个人一定会是心脑血管病。有钱不一定买到健康！看看我们身边年轻的企业家，38岁的王均瑶，2004年11月因直肠癌死亡。上海的南敏，37岁突然头晕、头疼，没有说出一句话就去世了。告诉各位男士，如果你头晕，有可能是心脑血管病在身。网易CEO孙德棣英年早逝，网易股价一夜之间跌了20美金。再来看我们身边的艺人，傅彪患的是肝癌，高秀敏心脏病，马季糖尿病。柯受良有两个外号，“柯大胆”和“黑子”，他的脸非常黑，一个人脸黑预示着什么？陈逸飞大口吐血而死亡。这些人不是没有钱，他们身边有保镖，他们以为最大的安全是来源于防范别人对他的攻击，但未想到危险来自于自身的健康。今天要告诉各位男士，你不要多喝酒，更不要劝别人多喝酒，劝人多喝酒相当于杀人。再来看我们身边的这些年轻人，四川外语学院山东籍某22岁大学生突然乙型脑炎死亡，25岁华为公司的年轻职员乙型脑炎死亡。很多人都在做错的一件事情是“我能熬夜”，熬夜相当于自杀，熬到一定程度的时候，体内会变得非常肮脏，引起的炎症，是没有药可治愈的。年轻也不是资本，我们心理健康出现什么样的问题？桑塔纳集团总裁60岁退休时自杀，现在诊断是抑郁症。25岁的某厂厂长说：“现实太残酷了，竞争、追逐永无尽头，我到另外一个世界去寻求我的幸福和安宁。”当人们无法承受压力时，便会想方设法了结自己。

这是流行在欧洲的一本非常著名的小说，名字叫《一个哭泣的案例》，一个非常优秀的人物在面对鲜花、掌声、金钱、荣誉时，已经腻了，腻的结果是到欧洲的原始森林生活。如果一个优秀的学生不想上学，周围的全部人会束手无策，很多领导突然不干了，很多年轻人突然放弃自己的事业，腻的时候是心理上出现一个障碍。很多在座的人有自己的一扇希望之门，但当我们每一个人通过艰难创业，在走到自己的希望之门前，开启时却突然倒下，你倒下是因为什么？是因为自己的健康出现问题。不合理的饮食、不良的嗜好，缺乏运动，作息无规律，心理不健康，更关键的是疏于健康管理。我们身边的一个领导，身高1.79米，体重102公斤，年轻时体重60公斤，血液、体质指标非常差，他说他有一个问题是非常能吃，过去我们有句话是“男的能吃，女的能睡就是福”。事实上男的能吃将来一定和糖尿病、心脑血管病画等号，女的能睡将来一定是老年痴呆症患者，不是我们想象的一个简单的概念，过去的概念和现在的概念不能同日而语。有的人说每天没有肉活不了，爱吃肉的结果是高发的癌症。更多的人说没有时间锻炼，有的人头晕，脂肪肝、血压上出现问题，很多人不把它放在心上。当你身体出现这些问题的时候，健康走在非常危险的路上，造成健康出现问题。有多少人关注饮食，早点吃得非常好？饮食是需要科学的，是要大家学习的。前些天一个叫于康的专家讲了饮食的课，讲得非常好。还有一件事，很多人关注医疗，最好的医生是自己。

关于体质的问题。大家和我做第一个动作：像我这样举起手，看着我，把这只手攥紧，使劲，张开，告诉我你的手的握力是多少。一个男士两只手没有劲，两只手的握力非常不好，我可以准确地告诉你，如果你的上肢力量不好，那么你的肺、心脏、颈动脉绝不优秀，脑血管一片糟糕，在座的各位男士一定要知道两只手有多么重要。很多年轻女性女士经常说“我两只手从小就没有劲”，结果是你的乳腺不会健康。当一个男士的手没有粗度、厚度的时候，听完我下面的故事之后，你会发现变化。

大家和我做第二个动作：两手前伸，大拇指朝下，手心朝外，右手过来，十指交叉握住，从底下翻过来放在体前，向前伸直。凡是能伸直的大部分是年轻人，能伸直的中老年人一直在参加体育锻炼。凡是伸不直的，一定知道这句话“长时间的不运动，胳膊、腿会僵硬”，今天胳膊伸不直的两条腿也好不到哪去，你的骨骼、关节、肌肉质量、血管弹性甚至代谢机能下降。很多人不太关注体质，希望大家关注体质健康。体质包括力量、速度、耐力、柔韧、灵敏度，老百姓靠此创造健康。我们生命中有很多法则，这些法则是不能违背的，有一个法则是“用则进，不用则退”。

有些人会说锻炼肌肉有何用处？肌肉锻炼对我们非常重要。男性女性都要关注肌肉锻炼，肌肉锻炼对男性和女性的意义是一样的。中国男性的“男”是上田下力，男人生来是在地里干活的，男人生来就要肌肉发达，有攻击力，中国有句古话是“好男一身肉，好女一身膘”，女同志胖一点为好，千万不能太瘦，今天我们是“好男一身膘，好女没有肉”，这是非常危险的。一个男同志扒掉皮之后是满身的瘦肉才对，可现在是满身的肥油。男人体内有种物质是男性荷尔蒙，男性荷尔蒙和肌肉成正比的关系，当你肌肉减少时，男性荷尔蒙会流失。男人的肌肉在一生中都十分重要，不是十分重要，是百分百重要。

大家看到男人的肌肉在8岁开始一路上升，32岁对男人是一个非常重要的坎，凡是没有到32岁的男士，从今天开始去参加肌肉锻炼，相当于向健康银行里存钱，男人在32岁前只要练就一定会长，在这个期间健康没有什么问题。管理健康要管理肌肉，锻炼肌肉是防止体质下降的惟

一简单有效的方式。56岁是男人最危险的年龄段，56岁前后的男士非常危险，要锻炼肌肉防止衰退。男士锻炼肌肉在不同时间有不同特点，希望大家理解一个概念就是“肌肉若一”。《黄帝内经》中将这四个字说得非常重要，当时的皇帝问当时的医学家：“为什么先人到百岁还有子？为什么现在50岁的人无形，身体重（变胖），无子？”医学家说：“先人之所以百岁有子，始终肌肉若一。”肌肉健康真的不是追求到100岁还想生什么，而是到100岁你的身体能力是非常好，现在很多人不太关注这个。各位男士去关注自己的肾，中医里的肾不是我们的肾脏，而是“外看筋骨皮，内看脏器”的能力。看肾的时候，谁的肾气下降，第一看眼睛肿，有多少男同志会照镜子看自己的下眼袋？下眼袋如果鼓起来，血压、能力在出现问题，身体出现的问题会非常可怕。如果上、下眼泡都鼓起来，你的健康会非常危险，头发花白干燥，疲惫，更年期明显，皮肤出现问题。看自己的胳膊肘可以看出问题，有很多人的胳膊肘的尖是黑的，有很多人的胳膊肘的尖是白的，如果是白得像癣一样还有破皮的地方，你一定是糖尿病。今天给大家讲的是男人一定要关注肌肉，年轻时肌肉多脂肪少，中年时肌肉少脂肪多，肌肉和脂肪有关，希望大家关注肌脂比例。男性如果变胖，男性荷尔蒙会下降，会迅速雌性化，征兆是犯困，爱打呼噜，吃完饭就想睡觉，男人变胖会带来很多麻烦，这时候性功能出现问题，人格还会脆化。男人的本质是尖、损、坏、胀，但男性有了男性荷尔蒙，会使男人开朗，豁达，男性荷尔蒙缺失会让人短寿，另外就会出现一些问题。在我们身边会看到很多男士，站在那儿瞄瞄张三看看李四，不向前看，打个小报告，使个坏，猜忌，小心眼，没有上进心，这都是男性荷尔蒙缺失的结果。最近在北京讲的一个例子，是一个企业出现问题，发现企业遭到一个人的恶性破坏，抓住他问他为何这么做，他说就想让领导难堪，他的嫉妒使企业垮台，把自己断送在犯罪的路上。男性荷尔蒙缺失的结果不仅是导致健康问题，包括心理都会出现问题。肌肉锻炼是惟一自己打开自身男性荷尔蒙的一把钥匙。2003年北京搞了一次国际健美会谈，主办者邀请我参加，并让我搞活气氛。美国专家讲课后，我第一个举手，我站起来说："您讲得非常好，受益匪浅，但我是男性，不爱锻炼肌肉，不热爱健美，你是否能用一句话让我锻炼肌肉热爱健美？"会场炸了，因为去的大部分都是健美教练，那些人都不看专家都看我，会场乱了，当会场慢慢安静下来的时候，那个美国人微微一笑："在美国任何一个有知识的男性都知道这句话，男性自己的肌肉锻炼，是自己打开自身荷尔蒙的钥匙。"当时全场只有一个人鼓掌，就是我。各位男士，热爱锻炼吧，把生锈的哑铃、拉力器拿出来练起来，保持性功能之外，可以保持良好的工作状态、挑战意识，以至于你的心态会一直非常优秀。

女人的一生真的很麻烦："天真可爱，亭亭玉立，风韵十足，黯淡无光，烦躁不安，喜怒无常，疾病缠身，老态龙钟。"这是各位女同胞一生的写实，把女性健康写得非常精确。来例假进入生育年龄，女性在21岁至28岁生小孩是最优秀的年龄阶段，28岁身体盛壮，35岁面齿焦，42岁是面皆焦，女人为自己的皮肤、面容操尽了心，女人一生为自己的头发发愁，49岁的女同胞不分泌卵子，输卵管萎缩，女性一生都在围绕生育做斗争的时候，出现的问题是心血管、乳腺、呼吸、神经等问题。

我可以准确地告诉在座的女同志谁的睡眠质量不好，每个人的睡眠都写在脸上，女人的睡眠与男人不同，女人上床就能睡着，但早晨两三点钟三四点钟醒了，然后就开始做梦，女同志做梦，起来上洗手间后回来能继续做梦。女同志睡眠问题与更年期有关，还与女人特定的体质有关，男人的失眠与女人的失眠是不一样的。女性解决的方法是提高内在魅力，内在魅力比外在魅力更重要，参加到体育锻炼的队伍之中吧。

锻炼肌肉还有什么好处？动脉硬化没有任何特效药，运动是防止动脉硬化最简单有效的方法。上楼梯、走路、爬山、跑步、骑自行车等，当两条腿的肌肉动起来的时候，对人的血管是非常好的，保持血管弹性最佳的有效方法是运动。很多人不太注意静脉曲张，静脉曲张是人类的自然现象，有效扼制静脉血管曲张的最简单方法是爬山、爬楼、做操，告诉大家一个特别好的方法：大步走。身体内都有压力，血液流动、心脏跳动、细胞排泄，很多都来源于压力。生命的所有活动都来自压力，不运动就没有压力，压力是非常关键的。

有的人认为生命在于静止，乌龟趴着不动能活上千年。大家记住一句话："乌龟是冷血，是骨头包肉；人是热血，是肉包骨头，是两个物种，人的生命系统是按照'动'设计的。"

骨质疏松的问题，手心发白的人一定贫血，凡是有贫血的、手脚冰凉的，一定是骨质疏松。女同胞可以看门牙，门牙预示着你们家三代人的健康。评价门牙中的一个问题：谁的门牙吃葵花子有沟——门牙叫切齿，是人身体上最硬的骨头——如果吃瓜子出沟，那么你全身的骨头就是"疏松"。老年朋友50岁以后要关注身高是不是变了，比年轻时矮了，可能是高发组织疏松，女性高发组织疏松，以后骨折发生率会非常高。

今天我们的身边有多少人在说手疼？你的手疼吗？手指疼痛，北京现在流行"三手"：手机手、键盘手、鼠标手。用大拇指发短信，手指一坏很难再好，很多用鼠标的人的手指是伸不直的。手要想不出现问题，只有走进锻炼的队伍。2005年中央电视台《健康之路》栏目组给我打电话，说三八节是男性给女性送健康，你今天能不能代表男性给女性送健康？我说没问题，非常高兴做这件事。那天的直播反响非常大，排在当月收视率第一位。教给大家学会手部锻炼：举起双手，看电视时把手放在头部两侧看五分钟，手心向外，五指分开，手指头要使劲向后绷。很多人的手这样做会很酸。手上还有一组肌肉是伸肌，我们从来不做伸肌锻炼，用这个动作看电视会有效锻炼伸肌。现在很多人指关节疼痛，教给大家第二个操：手指在第二个指关节弯曲，再张开，做一百下。今天各位女同胞，你们抹护手霜吗？今天教给大家一个方法，会让手部皮肤变得非常漂亮，既让皮肤保持得非常好，手指关节也会变得非常优秀。把一只手放在体前，如果有桌子就放在桌子上，这只手是“菜板”，另一只手是“菜刀”，从手指头开始切，一直要剁到小臂，左手切右手，右手切左手，这些操会使手部皮肤变好，手部关节非常优秀。手部锻炼非常重要。

各位同志每天都在行走，那么大家走路的姿势如何？很多人都是伸着脖子走路。我们从来不关注自己的外形姿势，但这样的姿势会影响颈椎。问在座的各位一个事情，颈椎不好的同志请举手。下面请大家起立，和我一起做一个动作：双手叉腰，脚后跟提起来，脖子伸长，仿佛前面有一道墙，隔墙看戏。上午做三分钟，晚上睡觉前再做三分钟，颈椎就会好起来。下面再和我一起做一个动作：伸直双臂，做九点一刻、十点十分的动作，先做五十下。以上的动作是要让大家领略两个内容：第一个内容是如何锻炼，给肌肉负荷。我是国家击剑队的体育教练，和运动员比试九点一刻、十点十分的动作，我做到三百下的时候，他们都已经做不了了。一个动作看似很简单，做很多下才能起到锻炼价值。第二个内容是准确做九点一刻、十点十分的动作，脖子后面的肌群得到有效锻炼，颈椎不好的同志每天坚持两百下，十天后就会好起来。用十点十分的动作走路，对颈椎也有好处。有的同志后背疼，大家和我做下面的一个动作：两手前伸，双手握住船桨，向后划，划到后背处时后背用力。有的同志腰疼，大家和我做下面的一个动作：双手叉腰，一条腿站立，一条腿向后伸，左腿站三分钟，右腿站三分钟。我到社区讲课的时

候，很多老年人把操改成在一起做，而且在任何时候都可以做。希望大家能够利用空闲时间做这些动作。有很多人上楼下楼膝关节都会疼，告诉大家一个方法：小半蹲，2500年前的医书中就强调这种扎马步锻炼。双手叉腰，双脚之间留十公分的距离。每天坚持做这个动作把半个小时的新闻看完，十天之后就会有好的效果。教武术时的第一个动作就是扎马步。有的人会出现长脚垫、足弓蹋陷、长脚，我们都有脚弓，脚弓有肌肉，我们谁都不锻炼脚弓肌肉，脚弓肌肉变软、变薄、无力，脚变薄，脚长大。治疗方法是改变我们走路的姿势。中国很多人走路的方法是错误的，很多老年人走路时含胸驼背，告诉大家一个方法：弹着走。这个动作非常神奇，中国有句老话“人老腿先老”。坚持这个走路姿势，脚垫一个月到两个月自动消失，足弓不再蹋陷。

下面讲到我们国家自从进入老龄化后出现的老年痴呆症的问题，什么人得老年痴呆症？凡是没有任何爱好的人会得老年痴呆症。只要在马路上有这样一个老年人在走路，就有老年痴呆症的可能：没有任何表情。老年痴呆症的表现有健忘、骂人、矫情、看电视不说话，老两口一人一台电视，出门各奔东西，这也是诱发老年痴呆症的原因。送给大家三句话：动、多动、杂动。女同志买最细的针最细的线织毛衣，男同志写字、练书法，能有效扼制老年痴呆症，防治的最基本最有效的方法莫过于肌体活动。

中国有句老话是“久视伤血”，久视使血液受伤，久视时呼吸、血流、心跳放慢。血液不好，出现的第一个问题是血液流通不畅。给大家举个例子，有一次我去讲课，有一个小伙子站在我旁边，他的胳膊摔折了戴着夹板，我看他的手指头发黑，问他摔伤多长时间了，他说四个月，我说四个星期就可以好了为什么现在还绑着，他说伤筋动骨一百天，我教他一个方法，一个星期夹板、绷带都没有了，包括手的颜色都好起来了。我告诉他胳膊折了腿没有折，那么就去跑步，要慢跑半个小时以上。第一天慢跑半个小时之后，胳膊的皮肤奇痒无比，从紫色变成红色。当我们运动的时候，血流量加大，全身血液大循环，局部化淤，很多人认为每天晚上喝点酒活血化淤，那和慢跑相差很多。如果什么都不干就觉得特别累，怎么睡都睡不醒，什么病都没有，就是缺乏活血化淤，最有效的方法是骑车、跑步、走路。世界卫生组织提出一个人每天至少要做30分钟的有氧运动，有氧运动的最佳方法是走路（要学会大步走，步子放大，手摆起来）、慢跑。

“厚血症”的征兆是手红、脸红、脸黑、满眼充满红血丝，很多人的手是红的。中国人就是在吃上犯一个错误，凡是手红、脸红的人，一定不爱吃蔬菜水果，吃肉和油太多消耗不掉才造成手红、脸红，如果血脂超标会非常麻烦。脸黑是不是正常的？脸是黑的，手是白的，那么男的肝脏有问题，女的肾脏有问题。一个人的眼睛睁开后，该黑的一定要黑，该白一定要白，眼睛要有神，送给大家一个字：饿。“饥饿会让人健康，饥饿会让人长寿”，谁爱吃饱谁会非常麻烦，不是吃多了就是好。头晕的一定是高血脂病，血脂超标。“厚血症”会导致心态不好，男同志厚血症容易打架，女同志厚血症会心情不好，要学会打扫血液卫生。中国老百姓不打扫血液卫生，打扫血液卫生要少吃多运动，适度的饥饿对我们非常好，中国老百姓不知道给肠胃放假，一定要找一天不怎么吃，吃就吃最简单的东西。我们每天三顿饭，顿顿不能少，天天不能落，不给肠胃放假是我们犯的一个错误。昨天我们的饭吃得非常少，早晨就吃了一片面包，上午拍片，下午四点钟回来吃了土豆和豆角。晚上喝粥容易得糖尿病。定期给自己饥饿，少吃、运动，定时运动。

有一个科学家做了这样一个实验，放十只用笼子养大的兔子，让家狗追，家兔没有跑到十分钟就全部死亡，解剖后发现是心脏破裂。从外

面找了十只野兔，十分钟后野兔子还在跑。我们的心脏因为什么模式而优秀呢？你们就是相当于整天坐在那儿不去跑，那么你们的心脏真的是很麻烦。当你的心脏出现问题的时候，就缺练，不缺别的。

关注行为干预。教给大家大步走。宣传大家戒烟，抽烟的结果是大大增加肺部疾病死亡率。北京发了2克的食盐勺，一个人每天只能吃6克盐，这些行为都需要干预。口重需要干预，不良的嗜好需要干预，心理不健康也需要干预。希望大家关注吃。我们耳朵的耳垂是向下，耳垂横着的一定是腮帮子的肥肉给撑起来的，那么很有可能是心脑血管病。能吃有很多麻烦，拒绝能吃是非常关键的。血压不正常、血脂异常、糖尿病、运动不足都会诱发脑血栓，希望大家关注。

大饱伤“脾”。大饱伤身体，每日三餐吃的量非常准确也叫大饱，一年365天吃得非常准时也叫大饱，并不是不定时吃饭胃就坏了，大饱伤脾，脾不是脾脏而是我们的代谢机能，现在很多人得代谢性疾病，如糖尿病、脂肪肝。中国有句老话“男怕伤肝”，焦裕禄、傅彪、柯受良、陈逸飞等等，现在很多人非常炫耀自己能喝酒，能喝酒的人不会长寿，不要拿男性的肝脏开玩笑。脂肪肝非常可怕，男人大吃、怒、惊恐、熬夜都伤肝。多油、多吃肉都伤女人的肾。中国有句老话“男怕伤肝，女怕伤肾”，“男怕穿靴，女怕戴帽”，男人腿一肿肝就坏了，女人眼睛老是肿肿的意味着肾功能下降。希望大家关注一件事情，从今天开始做一件事情：欺负自己两条腿。能爬楼的坚决不坐电梯，能走路坚决不骑车，能骑车坚决不开车。50%的肌肉在两条腿上，12条经络（50%）在两条腿上，坚持走，肝、胆、脾、胃、肾的问题会消失，脂肪肝经过锻炼就会好。有效的锻炼，给大家推荐一个方法就是大步走。第二个是功能性大步走，每天五百步到一千步。每走一步就一条腿弯曲一条腿向后伸直，使更多的腿部肌肉健康。北京市政府印大步走的手册

1700万册，人手一份小册子，里面有一张光盘，北京市市长说：“只要能和奥运同步，只要能对社会有好处，需要钱，不是问题。”你认真做这项运动的时候，会非常好。

女性要关注乳腺，要控制饮食，女性凡是多吃红肉的会高发乳腺癌，这是世界卫生组织调查出来的结果。要参加有氧运动，大步走。做合理的胸部运动，晚上走路时两只手打起来，做扩胸运动，也可以左右拍打，可以刺激淋巴，可以有效扼制乳腺性疾病。

男性前列腺的问题非常麻烦，2006年9月16日我在北京讲课的时候，听课的人中有钟南山和现任卫生部王副部长，王部长认真听完课之后，到我的办公室和我聊天，他说他每天都在跳，他说他能跳40分钟，开始我不相信，后来我去他的办公室看他真的跳那么长时间的时候，我说那他的前列腺一定非常好，他说确实体检完之后医生说他的前列腺特别好。各位男士，这项运动是你必须热爱的，这项运动就是跳。运动还可以防治直肠癌。适量饮食，参加运动，糖尿病患者每天要弹着走。

酸性体质。今天很多人在咳嗽，凡是有慢性咽炎、牙龈炎、鼻炎、中耳炎等统统叫做酸性体质，会把你的体质撕成一个口，撕到一定程度将无药可救。排泄方式有大便、小便、汗，汗是人的尿稀释了10倍，还有皮肤可以排泄，胳膊肘是黑的，甚至身上有各种皮炎，就要多出汗。汗里面有98%都是水，男同志经常出现痛风的问题，这个地方红肿疼痛的就是痛风，各位男士回去后关注看血尿酸的问题，男性血尿酸超标，你的肾有问题。凡是男性吃海鲜喝啤酒，爱吃动物内脏，爱吃烧烤，凡是没肉活不了的人会高发痛风。不是你们所想的爱吃肉就好。痛风的人要跑步多出汗，给大家留一个家庭作业，希望大家明天无论如何体验我说的例子，穿厚衣服去跑步，里面穿一件干净的棉的衣服，棉衣服一定会被你的汗打湿，这件衣服不要洗，系在塑料袋里在太阳地里晒三天，

打开闻闻是什么味道，为什么沾汗的衣服会变酸变臭？这是人体的一个排毒途径，不出汗的人会高发各种疾病。希望大家想尽一切方法抓紧夏天出汗，出汗非常有意义。

心理健康是大家需要关注的问题。大家要排解心毒，学会良性宣泄。崔永元是《实话实说》的主持人，和观众说到场的可以把宣泄的方法告诉大家，有个大学生举手，说："我是北京某某大学的学生，当你心理有问题的时候你把你最好的朋友叫到没人的地方求他，半个小时之后心情就好了。"

每天我和我妻子下班后先去跑步，跑步出一身大汗之后，我妻子会哼着歌做饭刷碗，我可以坐着看电视。大家必须热爱一项体育运动，长年坚持健身，会使你的身体非常好。

结束时希望大家学会体质检测，更关键的时候要有自己的运动处方。

"厚德载物"是清华大学的精神，"厚德重法"是政法大学的校训，今天把第一个字拿下来是厚体，希望大家是厚体，锻炼才能得到厚体，厚体才能更健康。

希望大家厚体健康。谢谢。

阎学通

现任清华大学国际问题研究所所长、博士生导师，亚太安全合作理事会（CSCAP）中国委员会委员，中国军控与裁军学会理事，中国国际关系研究会理事，亚太学会理事，太平洋学会安全委员会委员，《世界知识》编委；1993至2000年曾任中国现代国际关系研究所对外政策研究中心副主任和主任，分别于1994、1996和1998年在美国加州伯克莱大学、美国乔治亚理工大学和美国蒙特利国际问题研究院任客座教授。

中国崛起与和谐社会

今天上午我特别高兴能有机会和大家讨论我们国家面临的国际环境。我先介绍一下，大家有什么想法、意见、问题可以找我，根据大家的问题介绍我所了解的情况。

我想跟大家介绍三个方面的情况：一是关于中国崛起的性质和我们国家目前的格局；二是中国崛起的过程，在过程中如何保证顺利实施；三是我们国家的国力问题，即软国力对我国的崛起有什么作用。

关于政府提出的建设和谐社会的问题。第一个主要和大家介绍一下中国崛起的性质和国际格局，有三个方面的内容：1.崛起的性质；2.实力地位的相对性；3.结构性的构成。

在讲之前，我想给大家介绍和谐关系和国内社会的区别。我们在崛起的过程中遇到的困难是什么？第一个是国际社会和国内社会不一样，有什么不一样呢？最重要的是无政府性质，这是一个没有中央政府的社会；而我们生活的社会是有中央政府的社会，这两个社会有什么区别呢？无政府性质是没有一个组织一个机构垄断全部的军事力量，其行为和道德规范、法律规则与有以军事力量为基础的中央政府是不一样的；国内社会是自上而下的有序的社会，从国家主席到普通老百姓，可以按照国家法律办事，通过强制手段履行法律规定。在国际社会不行，没有这样的强制力量。联合国是个组织，是个供大家讨论的地方，是个论坛，不是一个有权力的机关。于是出现规则不一样，国内社会的规则在国际社会是不执行的。

举个最简单的例子，盗窃是非法行为，不能说一个地方搞高科技，就偷点北京或天津技术开发区的新技术。任何人都不能这样做，私人不行，政府也不行，不能为了一个地方的发展盗取别人的技术。但国际社会不是这样，国内社会不管任何机构、任何组织不能搞盗窃，而国际社会却是另一种情形——所有的国家都有专门的情报机构，专职工作就是盗窃他国的秘密，而且出现一种奇怪的现象，不仅这种盗窃变成合法行为，且这种行为没有不受到国家保护的。在国内，在家里抓到小偷之后可以送派出所，在国际上知道一个人盗窃自己国家的机密，只能把他驱逐出境。一个小偷到你家偷东西，要处罚他，不能只是把他赶走，在国际社会上惩罚措施只能是赶走。大家如果记得20世纪八九十年代，美国说中国盗取了美国的导弹技术，基辛格说："我觉得奇怪的不是中国人偷窃了我们的导弹技术，间谍是人类几千年来的传统职业，哪个国家不去盗窃别人的技术？我问的是怎么会发生这个技术被中国人偷走。"现在不是要检查中国人的情报做得怎么样，而是要检查自己国家的机关，不是偷东西的人要受处罚，而是丢东西的人要受处罚，丢情报的单位要受处罚。

在国际社会和国内社会，遵循两种不同的法律规范、道德规范，国际社会的事务无法用国内办法来应对。简单地总结一下，国内是契约社会，指我们通过法律行事，像履行契约一样，大家同意，人大通过，按通过的法律来执行；国际社会是一个丛林社会，依据丛林法则，在这样的社会中就会发现它是一个不讲道德的社会，是文明程度低于国内社会的社会。

我们中国所说的实现民族复兴是在什么条件下呢？在丛林法规则

支配下要实现我们的民族复兴，仅仅靠勤劳、勇敢、聪明才智是不行的，国际体系中会出现一个国家质量加大即变强大的时候就自动向中心靠拢，弱的就会排到边上去的现象，人类社会几千年来自然法则即规律没有发生变化，强大的国家会成为世界的核心，衰落国家、边缘化国家会走向世界的边缘。我们现在就是在崛起的过程中不断走向世界中心的过程，中国人不是第一次走向世界中心，我们在历史上多次作为世界中心，作为世界大国，我们这次民族复兴就是再一次实现崛起。我们中国现在到底在什么地位？中国能否走向世界中心？

从2005年统计来看，如果按汇率计算，人民币同美元的汇率是1∶8，如果按购买力计算，中国已经达到了一定水平，不是我们所说的2万多亿，而是600多万亿（这个数字是世界银行作的统计）。美国压我们，提高人民币的汇率，人民币不是不值钱，美国说我们故意将人民币压低，人民币和美元应当是1美元换2元人民币，美国人说1美元最多只能换6元人民币。有一个杂志——《经济学家》有一个特别简单的方法，不知道人民币现在到底值多少钱，采取“巨无霸指数”的办法，麦当劳店里有巨无霸面包，在中国原来可能卖到13元，美国要卖3美元，面包的重量、配方、工艺、生产时间、技术是一样的，为什么一模一样的生产过程，结果在两个国家所卖的价钱不一样呢？不管钱如何计算，东西是一样的，把全中国所有的东西都算成面包，把美国所有的东西都算成面包，这样人民币起码要增值一倍，1美元对4元人民币。

我们中国在世界上实力地位不是像我们平常自己想象的这么低，我们现在已经是世界第二。不是说我们还在日本和德国的后面吗？我们没有！汇率是市场上一种货币和另一种货币相互的购买关系，不是真正反映货币背后所代表的生产能力，生产总值是一个国家一年能生产多少东西的能力。我们经常在讲我们国家怎么办，人很多，人均国民生产总值很低。人均国民生产总值低难道就证明我们国家没有实力吗？比如在座的各位没有我有钱，我自己有1000万，很多人有100元，难道所有人加起来没有我一个人多吗？有可能国家财富是平均分配给每一个人吗？任何一个国家都不可能把钱平均分配给每个人，财富不可能集中分配，财富集中在少数人手中，大部分财富在国家。中国人口是日本的11倍，我们国家是13亿人，日本现在是1.2亿人口，我们11个家庭中只要有一个家庭和日本的生活水平或收入一样就是一致的。中国经济实力大还是日本经济实力大？有一个统计，到2005年底我国出国旅游人数是3300万，日本只有1700万，我们几乎是日本的一倍；根据旅游机构的统计，中国每个游客平均花费比日本人要多40美元。很多人说现在中国腐败很严重，很多是公费旅游，人家别的国家是花自己的钱，世界上关心的不是中国人出国花的钱是谁给的，我们说的是你们国家或你们家一年里能拿这么多钱出去玩，而日本一年拿不出这么多钱出国旅游。从这个意义上也可以看出中国现在的经济实力。

前些日子刚开的中非首脑会议，会上当胡主席向非洲国家领导人介绍我们的政策时说到“中国是发展中国家”，非洲国家领导人全笑了。他们不相信我们是一个发展中国家，他们说：“你们是发展中国家，那么谁是发达国家？”到沿海城市一看，发达国家没有这样的。东莞是个地级市，盖的非常豪华的会议中心，欧洲一般的国家都不可能有那样的大会堂——中国一个市盖的会堂，欧洲一个国家可能都没有这么豪华的会堂。中国现在所处的位置决定了中国为什么现在在世界上遇到很大的问题，中国发展速度这么快，中国崛起，别的国家怎么办？我们从1949年以来第一次开职能部门的工作会议，首次让各个省一、二把手全部参加，地方大员参加外事工作会议，我们现在要改

变过去的观念，认为外交就是应对外部环境变化，不对。现在中央文件上讲，现在是内政和外部环境两个大局合为一体，合为一体是我们自己的变化在改变着世界，不是世界变了所以我们要有政策应对，所以我们要考虑如何影响世界。当中国的实力增长时，不可避免地使别的国家实力在全球中的比重下降，我们所占的比例上升，全世界是一个整体，当我们扩大，别人会缩小。随着中国的发展别的国家也会发展，中国发展会给别的国家带来发展是事实，但是我从你那得到的好处如果没有你从我这得到的多怎么办，实力增长你比我增长快怎么办？我们出现了结构性的矛盾。如果我们拿了奥运会的冠军，别的国家就没有希望，别的国家得了奥运会的冠军，我们就没有希望。如果中国的实力在世界的比例中占第一，是最大，别的所有国家所占的经济比重就会下降。

我们必须理解，中国今天的过程是发展还是崛起？发展是说自己和自己比，我去年高考得了540分，今年得了550分，对自己而言是发展；但我今年考550分不一定能考上大学，因为要看分数线，如果今年录取分数线是560分，我就没有考上。发展是绝对概念，是说比自己有进步，不证明比别人有进步。去年考540分可能没考上，而今年考520分可能考上了，因为别人只考了510分。崛起是个相对的概念，谁比谁发展得快，崛起是指国家之间实力差距的缩小，而不是绝对值的增长。确实存在只发展不崛起的国家，全世界90%以上的国家是只发展不崛起，甚至被边缘化。中国增长速度是十点二，印度增长速度是八点几，巴西增长速度每年是六点几，美国是四点几。我们是几万亿，美国是十几万亿。如果我们满足于发展，国家将无法实现民族复兴。

当年小平同志曾经和一位同志有过这样的一个争论："没有高速的发展，我们共产党人就是对中国人民的欺骗；没有高速发展，我们就不可能让中国人民自立于民族之林。”毛主席说中国人民站起来了，我们站起来有多高，站起来是和别人一般高还是站起来之后还在别人脚底下，我们站起来之后要和民族之林中最高的树一般高，而不是和民族之林中的小树相比。

什么叫民族复兴？我们都开凯迪拉克，所有人都住别墅照样实现不了民族复兴，你会发现世界上最穷的人都开凯迪拉克，所有人开的车都比凯迪拉克好，最穷的人才住别墅，有钱人住的都是豪宅。民族复兴不是自己取得成绩，而是要和别人比较，这是非常艰巨的任务。不管是国民党人还是共产党人，为什么都要坚持民族复兴的政治目标？这是中国历史和中国人民赋予中国政治家不可推卸的历史责任。

举一个我的亲身例子：我的孩子是在美国长大的，回国时他从心里瞧不起中国人——他从小受美国教育，在霸权国家长大，心里只有一个美国，别人都是落伍国家。到中国觉得哪儿也不好，回家进门第一件事说屋里热，把温度调一下，我让他开窗户透透气，他生气说："我难道没有控制自己温度的权力吗？”这样一个在美国受教育长大的孩子，在中国从五年级开始念，念了两年人就变了。六年级有一天回家后眼睛放光，说："爸，今天我们学的历史课，听老师说中国在唐朝时也是超级大国。”他问了一个问题："爸，你怎么干的把国家干成这样了。”我说："这不是我干的，我接手就不行了。”一个这样的孩子他知道自己是中国人，他知道中国的历史，中国有汉唐盛世有康乾盛世，不能接受中国凭什么不是世界上最强大的国家。谁使我们的国家在世界上不能保持世界上最强大国家的地位？当年台海危机的时候，老百姓寄的信一麻袋一麻袋，老百姓说没有钱，但如果国家需要多少就捐多少。中国老百姓要求得到的不只是吃饱喝好，中国人要的是尊严，中国历史使得中国老百姓要求中国政治家使中国成为世

界上最强大的国家。美国会说："中国最强大，我们怎么办？"问题就来了。当我们要实现民族复兴，恢复民族辉煌的时候，必须获得世界最强大国家的地位，于是和美国发生矛盾。

1992年后出现"一超多强"的局面，一个超级大国和几个大国。"冷战"时期是两极格局，两极格局是美苏分享世界的主导权，我们现在提倡建立多极世界，有几个主导国家。我们和美国在政策目标上的分歧，原因在于我们要想实现民族复兴，要成为世界主导国之一，意味着美国的绝对主导权被削弱，如现在你是美国国务卿或美国总统，你会采取什么样的对华政策？你是帮助中国尽快强大，还是削弱中国使之挤不到世界强国之列？在美国国内出现争论，对中国是采取扼制政策还是采取接触政策。争论的焦点是，中国这样发展，必然挑战美国的世界霸主地位。布什2005年来中国访问，说"中国是一个世界大国"，这是对我们的肯定。但他在家里说："中国已经不是一个潜在挑战美国霸主地位的国家了。"中国是一个对美国霸主地位构成现实威胁的国家了。最近我们成立了中美经济战略对话会，是说中美之间的合作发展了还是说中美之间的矛盾加剧了？我们将超过德国成为世界第二，美国已经感觉到中国对美国的挑战已经变得非常现实，而且第一个挑战就将体现在经济领域。这次会议使中美双方都意识到中美在经济方面的摩擦只会加剧不会缓解，中国在经济领域和美国的矛盾会越来越大。2008年年底我国贸易会超过德国成为世界第二；2014年我们将超过美国成为世界第一大国，如果快的话我们明年年底就会超过德国，2010年就会超过美国成为世界第一大国，美国看到的是自己将在经济领域遇到强有力的竞争对手。

我们有这么强大吗？五年前谁能想到我国会成为世界第三大贸易国而日本成为第四大贸易国，我们成为世界第一大外汇储备国而日本是第二大外汇储备国，我国成为东南亚第一进口国而日本是第二进口国？2002年时都没有人意识到这一点。前日本首相小泉意识到了这点，2001年他一上台就发现中日之间的差距在缩小，中国经济超过日本将不能阻挡，在经济上与中国竞争已经没有任何希望，只能在军事和政治上发展。中国人口是日本的11倍，这么大的市场，日本怎么能赶上？只要中国政府继续坚持让老百姓搞经济建设，谁都阻挡不了中国的高速增长。我们和日本发生的这些矛盾很快就会发生在美国身上，我们体会到和日本发生矛盾的尖锐程度，就能体会到轮到美国时问题会更加严重。我们看中日关系的走向，有人可能会说不是因为我们经济超过日本这一个原因就使日本和我们对抗，肯定不会是这一个原因，但这肯定是核心原因。国际社会国家之间的关系某种程度上来讲就像奥运会比赛，特别是大国之间，中小国之间的矛盾没有这么尖锐，第108名和第109名没有根本性区别，它也不去竞争，在世界上第一名和第二名是根本性的区别。原来在东亚地区日本是经济老大，中国是政治老大，二者没有竞争。但从2002年开始中国经济发展加速，发生超越日本的问题，2003年中国成为贸易大国，2004年旅游人数超过日本，2006年外汇储备超过日本。

任何一个大国当经济被超越的时候，老百姓都非常敏感。我20世纪80年代在美国读书的时候，正是日本要超越美国的时候，有一本非常畅销的书叫做《即将到来的美日战争》，那时候竞选者就砸日本电器。我在坐飞机的时候和旁边的一个福特汽车公司的人聊天，我问他在加州的生意怎么样，他说加州是敌战区，是日本人的天下，他们根本进不去。那时居然发生美国人开枪打死日本游客的事件，这是老百姓的情绪。我有一个英语老师，他们去夏威夷旅游，日本买了美国很多东西，舆论说日本要买下美国，对美国实施经济殖民统治，当时反

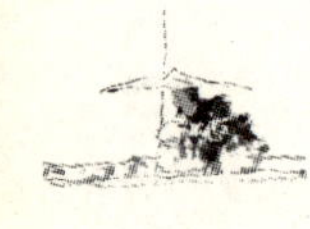

应非常强烈。老太太说："日本人一掏钱，买项链一把一把地买，买20条，你戴得了吗？"

不是美国人民，所有国家都是这样。1991年，苏联解体时，俄罗斯到处出现的是敌视中国人——老大哥不能接受突然一夜之间变成小兄弟，小兄弟比老大哥有钱。现在俄罗斯习惯而不是接受这样一个事实，日本人不能接受中国人比他们强。不管怎么样，中国经济发展确实非常快。日本2004年闹"空心化"，日本企业把资本都投到中国，导致日本经济停滞。东芝总裁说："政府的政策让我挣不到钱，我在日本投资怎么活？"

现在出现一个问题，当中国经济发展的时候，对别人构成的影响如何处理？我接受媒体采访的时候说："中国崛起必须考虑摩天大楼别挡住别人的阳光。"媒体报道时却变成了"中国崛起绝不能挡住别人的阳光。"盖摩天大楼能不挡住别人的阳光吗？我们当然不承认石油价格高是中国买得多涨起来的，美国买得也非常多呀，但客观上我国石油进口量是增长最快的。中国的外汇储备是世界第一，我们光买美国的债券就上万亿。世界石油价格涨，我们不在乎，我们有钱——但有多少国家在乎，他们没有钱，他们买不起。当我们盖摩天大楼的时候，在没盖之前先算好会挡住别人阳光，想办法把他们的子女召到公司里，即使挡住了他们也会认；不事先考虑好，把别人的阳光挡住了，他们会集体上法院起诉，要求解决采光问题，那时花的钱更多，甚至可能发生暴力行为。这就是为什么中央所说的两个大局合为一体，为什么要搞和谐世界的原因。只埋头挣钱不行，这是我们要实现民族崛起一定要考虑的问题。我们和美国发生矛盾时将是政治、军事、经济全面的矛盾。中国要想实现民族崛起，必须要成为超级大国，不成为超级大国不可能崛起；成为超级大国必须是综合实力大国。苏联当时经济只相当于美国的1/3，但它是超级大国，因为它有与美国相近的军事力量和共产主义的政治理想。不是综合实力大国不可能成为超级大国，中央政府从2002年开始认识得非常清楚，提出国防建设与经济建设协调发展，这是改革开放二十多年来首次提出来的。

今年十六届六中全会是非常重要的会议。会议把国家方向定位为建立和谐世界、和谐社会，而不是以经济建设为中心的挣钱社会。我们曾经以阶级斗争为纲往东走，十一届三中全会以挣钱为目的往西走，现在我们向南走，要建立和谐社会。没有这个调整，我们根本实现不了民族复兴。等我们在这条路走和美国发生像今天与日本似的结构性的矛盾时，是军事、经济、政治同时超越的时候，大家可想而知矛盾会有多激烈！除了结构变化，小泉上台之后把日本的国家方向改变。小平同志把阶级斗争改为经济建设，胡锦涛将经济建设改为和谐社会——小泉要修改宪法，以私有经济为主，日本国内出现了趋势，会出现日本军人将成为内阁成员，将在国家重大决策中有了发言权的结果。日本自己的策略是以日美同盟为基石，英美特殊关系为基础，对亚洲地区实施半吸半抑的合作政策，在区域化发展方面日本和中国不站在一条线上。是否所有大国都这样？不是。我们和欧洲、俄罗斯、印度没有结构性的矛盾，我们在同一档次上发展，他们发展比我们慢，我们之间没有矛盾。非洲是边缘化国家，这些国家都不愿意接受美国的霸权，欧洲也不想接受——在两战之后欧洲感觉到没有了苏联的威胁再接受美国霸权是没有意义的，以前美国对欧洲实行霸权可以带来安全保障，现在不需要安全保障了。俄罗斯普京吸取了叶利钦的经验，十年向美国靠拢的结果是一无所获。美国为什么不让俄罗斯加入西方世界？美国如果让俄罗斯加入西方世界不是可以一起扼制中国的发展吗？要想维护你和盟友的团结，必须有一个共同的敌人，

“没有敌人比没有朋友更可怕。”俄罗斯如果加入北约，北约还会存在吗？北约是以苏联为威胁存在的，如果俄罗斯加入，欧洲会问，俄罗斯成为盟友，那么北约有什么意义？北约就会解体！这件事同样发生在我们身上，有人建议化解美日同盟压力的办法是加入美日同盟，我们加入日美同盟，中日美三方同盟，那么三方冲着谁去呀？如果我们加入，日美同盟就解体了，日本不是不让进，而是我们一参加他们就会解散，美国要维持在世界上的霸主地位，要保持基本队伍的团结。一个是北约，一个是日美同盟，必须将中国和俄罗斯作为假想敌，宁可让中国和俄罗斯两家走到一起，也不能让两国加入西方世界，因为我们一加入他们就解散了。

怎么扼制中国？关于扼制政策和接受政策，美国前驻华大使洛德说：“不是要不要扼制，而是是否扼制得住的问题，中国周边有哪个国家能参加我们的扼制政策？除了日本，连韩国都不会参加，我们怎么扼制？”接受政策是把中国纳入美国轨道，将来美国打仗，日本和中国出钱，这是他们的想法。无法执行的根本原因是中国加入世界经济化体系中去，无法孤立所以无法扼制。美国最后采取双轨政策，经济上扼制，是战略合作伙伴，在军事上要扼制中国，不能让中国成为综合国力强的国家，在全世界采取只要中国人买武器，我们给多少钱他们就给多少钱，而且会给好处的办法，这个手段非常有效，使得我们在世界上除了俄罗斯没有其他国家能给我们国家先进的军事技术。我们想打破美国在军事上的封锁，得和经济一样走进世界军事体系，美国之所以扼制我们是因为我们的国防建设长期以来是封闭性的，孤立于世界军事体系外，如果走进世界军事体系，美国是扼制不了我们的。胡锦涛总书记新领导班子成立后，加大和世界上许多国家的军事合作，自2002年开始大规模向外派遣维和部队，到处参加军事演习，到处观摩，和很多国家搞军事交流。如果这个政策继续发展，发展到中亚地区的军事合作水平，美国想封锁我们是根本不可能的。中国发展到什么程度？未来的格局已经不像20世纪90年代苏联解体时的形势，现在出现两种可能，可能是多极，也有可能是两极即中美两极，其他大国也在发展，但同中国的差距在拉大，最后的结果是在一定时期内出现中美两个超级大国。现在世界上认为中国不是超级大国的大概有13亿，即中国人，13亿人以外的人都会认为中国是超级大国。

我们在实现民族复兴的道路，能否保证从现在开始到实现顺利进行，即有没有安全保障呢？我想说我们没有安全保障。世界上能够崛起的国家只有几个，自古以来历史上的国家有几万个，成为世界超级大国的国家加在一起超不过20个。俄罗斯每次离超级大国还差一步时都会掉下来，没有保障我们无法实现这个目标。

有和平没有安全问题。和平是指没有战争，安全有三种状态：和平状态、战争状态、非战非和状态。安全是指程度，不是指状态，有比较安全、不太安全和不安全，绝对安全是不存在的，没有绝对安全。安全是指不确定、威胁和恐惧，是心理上的，是主观和客观的结合。我们国家现在处于一个不安全的状态，连不太安全的水平都到不了，我们的安全环境随着经济实力的提高是日益恶化而不是日益改善。安全是指生命有无保障，我们觉得我们国家我们老百姓的生命、财产安全是越来越有保障还是越来越没有保障？我们原来没有3000多万人出国旅游的事情，不存在海外安全的问题。现在有3000多万人出国旅游，那么谁为3000多万人的安全负责？西班牙马德里烧了中国的鞋城，法国学生失业闹暴动把中国人的仓库烧了，印尼发生暴乱杀中国人，这么多仓库为什么只烧中国人的仓库？我们中国出国旅游的人的安全无法得到保障，且问题变得越来越严重，这是经济发展带来的。经济像气球越吹越大，气球外面的罩即军队的罩没有跟上，气球暴露的面越来越大，任何一点一扎可能就会爆。胡锦涛总书记对部队提出新的从来没有的政治任务："为我国拓展的国家利益提供安全保障，中国军队不能只是国内防御型的军事力量，必须是具有对外作战能力的部队。"印尼海啸发生后各个国家派船去接，中国却没有船。由于国防力量长期滞后，国防建设力量没有与经济建设同期发展，出现了严重的安全问题。更大的危险是台湾问题，为什么中央政府在台湾政策上提出"在台湾问题上不惜一切代价维护国家民族主权完整"的政策？这个声明对我们以往对台政策进行了两点重大声明，和平统一不是首要任务，不是当前的任务，对台任务要完成的是扼制台独。扼制是武力方式的，以和平方式如何扼制？为何不惜一切代价？很多人反对"不惜一切代价"的政策，说违背十六大的精神。美国人问不惜一切代价是否包括以经济建设为中心？当时很多人反对以武力扼制，很多人甚至同意台独，认为如果发生冲突将使经济建设毁于一旦，使经济建设倒退30年，沿海地区将夷为一片平地，这是危言耸听。

中央在现在仍坚持这样的政策，2005年最后明确表示，我们当然要为经济建设争取一个和平环境，如果发生重大台独事件，我们将不惜一切代价维护——事来之后只能放弃以经济建设为中心。台独真的值得我们不惜一切代价吗？值得把改革开放30年的成就都搭进去吗？台湾不是经济问题，不是人权问题，不是政治权力问题，台湾是主权问题，是台湾要获得独立的户口的问题。在共产党和国民党的问题上，户主的姓"中国"是不变的，只是名字是"共产党"还是"国民党"。但台湾要将户口本的姓改成"台湾"，这不是政权之争而是主权之争。台湾之所以敢是因为我们没有足够的经济实力阻止美国对台湾的支持，我们不是打不过台湾。台湾值不值得我们不惜一切代价？台独发展是不可阻挡的，这不是危言耸听，这是统计的台独支持率的结果。陈水扁在2004年的就职演说中说："在2008年5月20日将交给台湾人民合身合宜合用的新国家宪法。"国家为何不惜一切代价？如果台湾独立，结果是什么？如果台湾独立，我们失去的是维护国家统一的合法性。前苏联解体时的军事力量和美国几乎平起平坐，我们对台湾岛的一寸土地都控制不了，苏联解体也是共产党领导的国家，也是无产阶级领导人，台湾独立，我们靠什么维持国家不解体？我们没有别的，我们只有决心，中国军队经常打败仗，但打了败仗我们还要继续打，我们的军队有个特点，就是打不死，能打到底，军队打仗赢的是最后一场而不是第一场，有这样的决心我们就能维护国家稳定。2004年为何会出现台海局势我们从被动转为主动？一年之内国防力量不会有根本性的提高，是中央政策发生变化，这样的政策调整告诉全世界我们是真的，部队提出"有什么武器打什么仗"。中央必须下这样一个决心。如果我们出现苏联解体的结果，死的人将不是苏联的人数，状态不会比苏联好。苏联解体后，1990年到1998年人口减少了500万，27岁到67岁的工作人员死亡人数上升40%，没有最基本的生命保障。所以中央下决心，国家没有了什么都没有了，为了国家的生存，付出什么代价都是值得的。我们国家从1950年到现在的经验是打仗没有破坏过我国的经济建设，朝鲜战争时正是我们建国后百废待兴时期，虽然五年内打了三年仗，但第一个"五年计划"仍然提前完成，抗美援朝时期是我国经济发展和人民生活水平高速上升时期。

综合国力强的国家才能建设成为超级大国。综合国力有什么呢？软实力和硬实力的关系是不一样的，软实力有文化实力和政治实力，叫做资源性实力，有人用，才发挥作用，没人用不发挥作用；政治实

力是操作性实力，没有使用能力时这些资源是没有意义的，零乘以任何数等于零，经验是苏联的解体，苏联解体时经济、军事、文化实力非常强大，但连最基本的生存都保证不了，因为政治实力在一瞬间降为零，所有的力量都用不上了。软国力和硬国力即政治国力和其他国力是乘的关系不是加的关系。国力的综合作用不是美国学者发明的，古时候就有，两千年前中国人就知道不是综合国力强的国家想称王称霸是不可能的。国内政治能力靠“诚信”——政府的诚信。2006年3月份政府工作会议，各级领导对中央这条政策发表意见，《人民日报》登了人大代表的讨论，有人提出“要和谐先致富”，“和谐的基础是公平与正义”。利用这些政治军事资源的能力来源于政府的诚信，当政府号召老百姓做事情的时候，老百姓会相信做这件事有好处，政府不会骗我，政府诚信对我们维护国内安定即成为超级大国，实现民族复兴是根本性的，我们的钱再多，如果没有道义，我们无法成为世界超级大国。美国有民主自由的政治，这种政治观念是值得学习的，而如果中国不是这样的国家，就不会让人家学习，诚信是非常重要的。

中央政府抓“社保、低保”，这是解决两极分化的问题，背后的政治因素是什么？农民工不给工资，能有诚信吗？社会如何看待政府，是讲诚信的政府还是欺骗的政府？这些关系到国家的崛起，关系到民族复兴。现在我国是世界上极少数没有私人支票的国家，银行的答复是社会没有诚信。私人支票是中国人发明的，是宋代晋商发明的，当年梁山的好汉们都使用支票，那时叫银票，连土匪的信誉都比现在强。我小时候，在门上写明“钥匙放在脚垫下”，现在谁还敢这么写？中国是一个值得反思的国家，泰国发生的金融危机与中国无关，但很多人说马德里烧中国鞋城是因为中国人勤劳、聪明、勇敢，勤劳是说中国人一周营业七天，而天主教徒周末要去教堂；说中国人聪明是因为中国人敢偷税漏税；勇敢是说中国人敢卖假货。中国人有钱后，中国要成为什么样的国家？穿西装的骗子到处都是。中央从2005年10月份提出要采取建设和谐世界的外交政策，这是外交政策的重大改革，外交工作的核心不是挣钱，而是和别人搞好关系。如果要搞好关系，实际要提高政治能力；我们的经济、军事实力靠国内发展，政治实力也需要从国内抓起，如果国内政治实力不上升，先要抓国内和谐社会，就是抓软国力，软国力和硬国力平衡了，我国的综合国力就能提高。钱是和谐社会的基础是错误的，要和谐先致富是错误的。有钱就能和谐吗？

比起20世纪50年代我们有钱了，但我们和谐了吗？芬兰现在还是挂一把笤帚告诉别人家里没人，纽约所有的人出门都会打开音响怕别人知道家里没人。富人犯罪率高还是穷人犯罪率高？酒色财气是四大犯罪动因，财富也是犯罪动因，为了钱人们什么都会做，政府要减少人们对财富的追求带来的不良后果。致富光荣，世界能找出比致富更不光荣的事吗？致富要讲手段和方式，我们要建立美好的社会，不是一个富足而邪恶的社会，富足不保证社会的和谐。我们强调太多竞争，而忽视了公平，谁上车谁有座是平等，老幼妇孺上车有座是公平，社会公平才和谐。人们不憎恨有钱人，但憎恨获得财富的不正当手段。原来强调结果，忽视了手段，忽视了财富来源的合法性。我们现在国内要建立和谐社会与国际和谐是一致的，只要在国内提高软国力，在国际也会上升。这届政府从去年建立和谐世界，今年开始抓和谐建设，中非首脑会议效果非常好。为什么美国这些国家对非洲提供的经济援助比我国多，但不像非洲国家和我们国家那么友好？是因为我们不附加政治条件，他们均附加政治条件。钱和合理公平的政策相结合，发挥的作用要远远大于只有钱。

对崛起这件事有很多讨论，问题不在于说不说，在于我们知不知道。发展型的问题几率非常小，我们在崛起的阶段，两年前没人想到人民币汇率可能会成为中美之间最大的经济问题，“中美之间最大的问题就是汇率问题”，这种问题会不断发展。我们现在的性质是崛起不是发展，我们无论有什么样的困难——是崛起中的困难，我们虽然有困难，但我们非常希望在困难面前坚持现在的政策。战胜自己就能战胜世界，中国人没有克服不了的困难，如果有就是自己。我们得有一点时代感，不能老把责任推给我们的下一代，我们老是要把中华崛起的任务交给下一代。斯大林死的时候老冤家邱吉尔说了一句话：“斯大林接手（苏联）的时候这是个农耕国家，当他去世的时候，这是个拥有核武器的世界工业大国。”斯大林用23年把俄罗斯建设成为和美国平起平坐的超级大国。只要我们坚持以和谐方针建设和谐社会，我们不搞政治运动，在我们这一代实现崛起完全有可能。

王秀海

毕业于中国人民大学法律系，北京市法学会研究部主任，北京市明诚律师事务所兼职律师，北京市劳动法学和社会保障学法学研究会理事。多年来从事律师、法官等工作，有丰富的法律知识和工作经验。

衣食住行中的法律点

十分抱歉，路上不顺畅，来得晚了一点儿。大家利用休息的时间和我一起进行有关法律知识的交流，这么准时、积极，非常不容易。

3·15刚过，衣食住行和百姓生活又密切相关，我们就从消费者角度来讲讲衣食住行中的法律问题。

今天主要想从三个方面和大家进行交流：第一个是3·15的由来和消费者的权益；第二个是维权的难点和对策；第三个是维权的渠道。

第一，3·15的由来和消费者的权益

大家都知道3·15是消费者的节日，但是恐怕不是所有人都知道3·15的准确名称及为何确定这一天为消费者的节日。我想就这个问题先进行简要的介绍。消费者运动始于19世纪末20世纪初，在20世纪60年代迅速发展。1891年时美国率先成立了美国消费者协会，这是世界上第一个以保护消费者权益为宗旨的组织。1898年一些消费者组织联合组成了美国消费者协会，这是世界上第一个全国性的消费者组织。1936年美国消费者联盟宣告成立。消费者组织的产生标志着有组织的消费者运动的开始，美国自发的消费者运动受到政府的重视和支持。1962年3月15日，美国总统肯尼迪提出了一个报告，率先提出了消费者权利，确认消费者应有四个基本权利：安全的权利；了解的权利；选择

的权利；意见被听取的权利。日本的消费者运动兴起于二战后，深受劣质火柴之害的家庭主妇将劣质火柴集中到广场，发起了消除劣质火柴的运动，成立了日本主妇协会，揭开了日本消费者协会成立的序幕。1961年，日本成立了消费者协会。此后其他国家的消费者组织也相继成立起来。1961年后由美国、英国、荷兰、比利时联合成立了“国际消费者组织联盟”，1983年国际消费者组织联盟将每年的3月15日定为“国际消费者权益日”。3·15就是这样来的。

1983年5月河北省新乐县成立了我国第一个“消费者协会”。1984年2月26日，即河北省消费者协会成立将近一年之后，中国消费者协会才宣告成立。

消费者到底有什么权利呢？根据《消费者权益保护法》的规定，消费者享有十几项权利，最主要的是这六项：第一，安全的权利；第二，知情的权利；第三，选择的权利；第四，公平交易的权利；第五，赔偿的权利；第六，监督的权利。

尽管法律规定了消费者的这些权利，但消费者实践起来并不十分容易。我们每个人都有这样的经历：我们经常因为种种需要去餐厅、饭店用餐，很多餐厅禁止自带酒水，有的餐厅对自带酒水收取开瓶费。北京很多餐厅都是禁止自带酒水的，还发生了一起因收取开瓶费而引发的案件。这是2006年9月，有个消费者自带白酒到餐厅用餐，交费时发现多了100元钱的开瓶服务费。消费者和餐厅交涉，认为不应当收取，而餐厅认为应当收取。双方协商不成，消费者起诉到法院。餐厅在法庭答辩时说菜单中已经明确写明：“客人自带酒水，按本酒楼售价的50%另收服务费。本酒楼没有出售的酒水收取100元开瓶费。”法院经过审理认为，餐厅加收开瓶费侵害了消费者的公平交易权，属于不当得利，应予返还。餐厅认为法律并没有强制性规定餐厅禁止收取服务费，他们已经

在菜单中写明，消费者如果选择在此就餐就表明愿意交纳开瓶费，消费者完全有权选择不付开瓶费而到别家餐厅就餐，但消费者选择了继续就餐，表明已经同意餐厅收取开瓶费的要求，且餐厅认为收取开瓶费是国际惯例、行业惯例，因此提起上诉。现在还不知道这个案件的二审结果，一审是消费者胜诉了。就我个人而言，禁止自带酒水和收取开瓶费的做法是有悖《消费者权益保护法》的，是损害消费者利益的，我认为法院一审的判决是有道理的。有的地方的消费者协会对消费者加以维护，北京市怀柔区的消费者协会曾对禁止消费者自带酒水的行为进行过处理：北京市怀柔区消费者协会和怀柔区商委对管辖区域内的餐厅，凡是有禁止消费者自带酒水规定的都责令予以改正，否则予以处罚。

第二，维权的难点和对策

消费涉及到生活的方方面面——衣食住行。作为一个消费者，我的感觉就是维权非常难，因为你不可能成为各方面的专家，不可能了解各方面的专业知识、法律知识。我是专业学习并从事法律工作的，但我对法律也不是了解得很清楚，只是对侧重的领域比较清楚，因为现在法制越来越健全，立法越来越多，专业化程度越来越强，我们不可能全部了解。在这种情况下，应该说维权这方面存在很多难题。概括起来有三点：防范难，取证难，索赔难。

1. 防范难。

防范难的原因是多方面的，我觉得最主要的也是最突出的有如下三个方面的原因：

（1）部分生产者、经营者惟利是图，生产、经营假冒伪劣商品，损害消费者的权益。

前几年发生的安徽阜阳劣质奶粉的事件，有关媒体做了大量报道。因这些奶粉造成了许多大头娃娃，造成恶劣的后果。关于制造假冒伪劣商品，《北京青年报》有一个披露资料，是制造家庭桶装饮用水所用的塑料水桶，非法加工点用的是废旧的塑料垃圾。记者到加工点暗访，发现他们生产的水桶的原料既有废旧的塑料盆，也有医用的针管。记者在现场看到了成堆的塑料垃圾，几个工人把垃圾卷到一起倒进机器里，经过处理，塑料垃圾被粉碎成颗粒状，经过漂白就作为制造塑料桶的原料。桶装的水号称是矿泉水，实际是用粗大的自来水管伸入一个装满水的大水箱，将水通过装有活性炭、粗盐的装置，这样简单处理过的水就成了矿泉水装入桶里，然后贴上各种标签，销往各地。

最近发生的假药问题造成很多的伤害，这些事件都是触目惊心的，单个消费者很难防范。

国外也不是天堂，虽然市场经济搞了这么多年，相对规范一些，但假货事件也是经常发生的。韩国也出现过用下脚料生产垃圾食品。盗版的光盘、假药、假酒，国外也存在。《法制日报》有一个资料，标题是《全球假货泛滥，打假刻不容缓》，指出假货已经危害到各个行业。据世界海关组织估计，目前假货贸易总额已经超过全球贸易总额的6%，超过5千亿欧元，假冒产品几乎遍布经济和生活的各个领域。全球10%的药品是假药，在一些发展中国家，假药的比例高达60%；在非洲的尼日利亚出售的药品80%是假药，印度假药占15%～20%。意大利服装协会曾经有一份报告指出，在意大利购买的服装有20%是假货。法国一个打假机构估计，欧洲市场上出售的汽车每十辆就有一辆是假货。

这些问题是非常严重的。现在我感觉更成问题的是，过去都是小商小贩或是不法企业制假贩假，最近媒体报道有些超市有些名牌厂家也发生了产品质量问题，使消费者更难防范。最近《北京日报》报道，北京

市易初莲花超市偷换产品保质期标签，欺骗消费者。最近被曝光的康洁橱柜也发表了致消费者的公开信，声称其生产的橱柜有底柜有吊柜，被检测的不合格产品是底柜，且是从往年不合格的库存样品中抽检的，同时表示康洁公司将继续履行“不满意就退货”的承诺，并为2006年购买橱柜的客户进行免费检测，以此来辩解其产品质量不合格的问题。北京市质量监督局对康洁橱柜的辩解进行了驳斥，声明对其抽查的样品是按照规定从待售产品中抽取的。康洁公司这才发表了致歉书，承认北京市质量监督局所说均为事实。在这种情况下，出现问题了，生产厂家应当正确对待和认识，但实际上生产厂家在问题出现后为了种种目的掩盖一些事实，在北京市质量监督局做出驳斥后才认识到问题的严重性，才承认客观事实。现在一些名牌产品厂家也都接二连三被曝光一些质量问题。3·15时，史密斯热水器和万家乐热水器被曝光产品有不合格的问题。以上这些问题确实是有些厂家生产产品时没有尽到企业的社会责任，盲目追求利润，损害了消费者的利益。

（2）维权体系不健全。

维护消费者权益的体系不健全表现在三个方面：

第一个方面是，虽有《消费者权益保护法》，但还不是十分完善。

《消费者权益保护法》是1993年10月公布的，已经施行了十多年。在这期间我国的经济、生活状况发生了重大变化，《消费者权益保护法》不能完全适应变化，对消费者保护的力度还有待进一步加强。法律也需要进一步完善，从根本上保护消费者的权利。教育、医疗等不适用《消费者权益保护法》，《消费者权益保护法》规定，如果生产者、经营者用欺诈手段欺骗消费者，消费者可以获得双倍赔偿，有很多领域还不适用《消费者权益保护法》。对消费者的保护力度，在法律上应当进一步完善。

第二个方面是信誉体系还没有建立。

在比较完善的经济体制下，应当有企业、个人的信誉，便于消费者选择有信誉的产品。现在消费者处于暗处，无法了解信誉状况，对产品的了解也不是很清楚，往往是凭广告、销售人员的介绍来购买商品。最近发生了几起名人代言虚假广告的事件，引起了大家的广泛关注。葛优代言的亿霖集团，是迄今为止北京最大的传销网，葛优是该公司的形象代言人；刘嘉玲代言的SK－Ⅱ，有些消费者用后出现不良反应，事发后将宝洁公司告上法庭，发生了纠纷；郭德纲代言的藏秘排油茶，涉嫌虚假广告。由于有些名人做广告，消费者有时更容易受到引导，来使用产品，来消费。按照《广告法》规定，只是广告的发布者要承担相关的法律责任，并没有直接的法律规定要求代言人承担什么责任，可能只是他的个人形象受到一定的负面影响。亿霖传销案，北京市公安局查封了亿霖集团在北京的经营场所，扣押部分非法所得和资产，抓了几十名涉案人员。亿霖实际控制人赵某在全国多个城市以招聘为幌子在各销售分部设四级销售人员，形成上下线的关系，上线根据下线的销售业绩获取提成，实行一对一贴身帮教。其实质就是吸引投资者高价购买林地。从2004年起非法经营获得的金额达到16亿多元，2万余人受骗，北京受骗的人达1.7万，是北京有史以来最大的传销案件。亿霖公司低价购买林地后以几倍、几十倍的高价卖出，把销售目标瞄准退休、下岗失业人员，编织了美丽的陷阱，使这些人员投入仅有的积蓄，结果掉入陷阱。

第三个方面是有关部门的监管力度不够。

生产、销售假冒伪劣商品的罚款还是比较低的，如果处罚很高的话可能会阻止一些人作假。处罚的钱比他赚的钱少得多，更加纵容了这种行为。现在社会上还有一些不良现象，尤其有些中介组织，发放一些绿色环保标志的证书，厂家、商家恶意炒作，实际上都是虚假的。有一个

《法制日报》披露的事件，广东的两个企业都有CCC认证，却用废旧显像管拼装电视。消费者如何知道证书是假的？广东技术监督局根据举报对佛山市东丹电器有限公司和永方数码电子有限公司进行检查，发现了他们用废旧的显像管拼装电视的行为。这两个公司都持有CCC证书，却如此坑害消费者。记者跟随质监局的人到佛山市东丹电器有限公司，看到这个公司获得各种有关质量和诚信的证书，感觉这是个重质量、讲诚信的企业，而在车间的生产线上，工人却用废旧显像管拼装彩电，彩电和废旧显像管堆满车间。永方数码有限公司也是用废旧的显像管拼装黑白电视，为了检验焊接和拼装是否牢固，一个女工手持木棰敲击检验，经多次敲击图像稳定即为合格品。

（3）消费者的维权意识和素质也有待进一步提高。

现在的消费者越来越难。前段时间我装修房子包门套，我选择了一个黑胡桃的实木门，有种叫科技木的，实际上是人造的、复合的，不是天然的实木，这是最便宜的。还有外面贴着实木皮里面是其他木头的。我选择了纯天然黑胡桃实木的，送来之后确实是黑胡桃木，但带着很多边皮，树皮都去掉了，但离树皮最近的一层都没有去掉，带边皮的部分和天然黑胡桃木的颜色不一样，他们给染了颜色，我只有接受，消费者哪有那么多时间把事情弄清楚。你觉得自己挺明白，可还是被人坑。我喜欢中国古典家具，喜欢逛古玩市场、家居市场。中国传统的红木家具的价格都很昂贵，但配套的检测设施跟不上。我国最权威的林业科学院可以鉴定红木，但红木分很多类，林科院只能鉴定到树种，不能鉴定树木和产地。红杉枝是红木中的中等木材，红杉枝多产于东南亚一带的缅甸、泰国、老挝，有十多种树种，林科院只是鉴定送检的木材是否是红杉枝，不给鉴定这是哪个树种产于哪个地方。产于不同地方的不同树种的红木价格十分悬殊，这就给一些厂家钻空子的机会，将次的装成好的用。经过鉴定确实也是红杉枝，但绝对不是你买的那个价格的红杉枝。消费者学习很难，虽然有这么难，我们作为一个消费者，应当尽量力所能及地多学习一些知识。有句俗话说“不怕不识货，就怕货比货”，多听、多问、多比较，可以避免一些没有必要的损失。

消费者在注重维护自己权利的同时，也要提高自己的素质。国家有法律保护消费者，但消费者不要走歪路，有的人想借着维权挣钱，不是为了真正消费。有一个先生看到商场卖的皮鞋标着真皮，他看到有些边、角、棱不是真皮，就买了五双。商场标着“假一罚十”，他买完之后和商场索赔，商场不同意，结果提起诉讼。法官不太懂这些专业的东西，找有关部门鉴定，经过有关部门的鉴定，结论是带纯皮字样但边、角出现仿皮的情况是允许的，不是消费者所想象的写着纯皮就一丁点仿皮都没有。这个先生买了五双皮鞋要求索赔的请求没有得到法院的支持。消费者要事先防范，如果防范不了受到侵害，应想办法保护自己的权利。一般的消费者还是要本分，维护自己的合法权益不受侵害即可。

消费者为何容易上当？我认为有些原因是名人效应，比如亿霖传销，北京那么多人上当受骗，可能是相信了葛优做的广告，但说到底还是一种贪婪的心理，很容易上别人的圈套。济南有一个坑骗消费者的案例，叫“消费储值”：你花10000元钱买它的点，下个月即第二个月扣20%返还8000元，第三个月扣40%返还6000元，之后每个月返还8000元，10个月之后你的纯利为7万元。开始大家觉得是个骗局所以没有人买，但这个公司聘了一些商务代表，走街串巷，走亲访友地拉人，因为正常人听着都感觉不太现实，没有什么人加盟。于是这个公司展开了诚信公示，先弄几个人，准时给他们发放。消息传播开了，起到了广告的效果，人气越来越高，交钱的人排成队了，其中有一个人上午8点钟去交钱下午5点钟才办理了手续。结果呢，高层卷钱跑了。这都是美丽的

陷阱，用高额的回报诱使大家上当受骗，这种损失很难去追回来，大部分都被这些人挥霍了。即使追回一些财产，也不可能都返还给你一个人，要按比例给受骗的人，所以你不可能100%收回本钱。

还有一些消费者可能是有别的用意。潘家园市场有些假画，广州的一个拍卖公司拍卖中国著名书画家的作品，齐白石、徐悲鸿、张大千等已故国画大师的都有。他们的作品拍卖起价是200元钱，最高才600元，我们都知道这些作品肯定是假的。买这些假画的人各有各的心思，有的人想在家摆着，有的人想送礼用。但他们给假货提供了市场，有需求就有生产，如果大家都不买，也不会有人生产。不管出于什么动机、什么目的，有消费者购买就有市场，制假贩假就制止不了。

这需要引起大家的思考，大家尽量不要购买假冒伪劣的东西。

2. 取证难。

生活中发生一些纠纷，权利受到侵害，消费者也好，市民也好，应当增加一些证据意识，发生了纠纷再取证就比较困难，在事先防范的过程中关注一下有关的证据材料，就有利于避免我们的损失，维护我们的利益。法律上有“以事实为依据，以法律为准绳”这样一个原则，“以法律为准绳”是按照法律规定办，“以事实为依据”听起来挺容易，但实际上遇到纠纷后就知道这句话不简单。“事实”，按我们的理解应当是“客观事实”，但实际上这是大家的一个误区，怎么证明是“客观事实”？发生纠纷以后，仲裁、诉讼、协商都是在事情发生之后，谁能证明当时是怎么回事？法律认定的“事实”是法律事实不是客观事实，法律追求的最高境界是法律事实和客观事实是完全重合的。现实生活中很难达到这种完全的重合，只是说法律事实是基本事实。法律事实是要靠证据来证实的。双方各执一词时法官如何判断？靠证据证明。对事实的认定需要证据，证据取起来比较难。到超市买东西都有小票，买其他东西都开发票，这是发生纠纷后解决问题的基本凭证。前些天我去建材一条街订一个屏风式的鱼缸，到商场里一转，大概都在3000元左右，我到花鸟鱼市转后找到一个摊位，砍价砍到1500元钱左右，人家给我开了一个小单子，我要求盖章，人家说没有章，订制后我交了200元钱订金。春节前做完了非要送到我家里，我过去一看，大面玻璃中间有个气泡，我说用的是次的玻璃，那个人说如果愿意可以重做一个，不愿意再做就把订金退给我，我说那就重做吧，谁让我贪图便宜了呢。为了贪图便宜，人家不能开具票据怎么办？如果有风险承担能力，就可以做。“两弊相衡取其轻，两利相权取其重”，要自己去权衡。

取证难是消费者的通病。比如消费者吃了一个不卫生的面包得了肠炎，面包已经吃到肚里去了，物证便没了，医生只能证明患者得了肠炎，不会出具因为吃了什么导致肠炎的证据。在这种情况下，我们更应重视我们的权利，用现有的材料尽量维护我们的权利。有个六十多岁的女士，乘坐长途车探亲，长途车是带卫生间的，行驶到半路时停车加油，这个女士下车时不小心摔倒造成骨折。回来和汽车公司发生纠纷，要求汽车公司赔偿，汽车公司不承认，说是这个女士下车后自己摔倒的，与安全运输没有关系。女士说汽车超载，如果不超载她可以去车上的卫生间而不用下车，是车上卫生间无法使用才导致事情的发生。但她说超载却没有证据，运输公司不承认超载，法院驳回了她的起诉。事后她在报纸上登了广告，寻找乘车的证人，是否能遇上好心人都很难说。有的消费者买电器商品，尤其是手机，发生故障维修，修了几次都修不好，没有留下维修的票据，这就不好解决。

取证难是事实，但不是没有办法，给大家介绍几个案例，可以丰富一下思路。《北京青年报》曾报道：一个车主的汽车被别的汽车套牌

了。他生病住院，汽车放在地下车库两个月，但这两个月却经常接到违章通知。他知道肯定有问题，因为他的车放在地下车库两个月都没有动。于是他发动亲朋好友在大街上寻找这辆套牌车，结果在西单商场发现了，于是他们赶紧报警，确认这是辆套牌车。

现在有公证处，我们认为公证多是房产赠与、遗产继承、出国之类的事件才会有，其实证据也可以公证。公证处有一项业务叫“证据保全公证”，就为了防止证据灭失。有一个人发现房子马桶的阀门漏水，房间的木地板被泡变形了，于是他找物业、开发商，但是物业、开发商相互推诿，最后提起诉讼。但他需要住在房子里，就请公证处对现场进行了全程录像，做了证据保全，然后重新修理房子并居住，由此降低了自己的损失。证据保全的公证是一个很有效的方法。

对一些比较难的取证，尤其是知识产权方面的，要证明盗版特别困难，可以现场取证。现场取证主要应用于刑事犯罪，有些民商事案件没有证据，也采取过类似的方法。有一部电视剧叫《玉观音》，警方预先埋伏，在女主角安心和贩卖毒品的人交易的时候，将犯罪嫌疑人抓获，这就属于现场取证。有关知识产权的纠纷，北大方正集团发现北京红楼计算机科学技术研究所和另外一个公司使用盗版的北大方正软件，又无法证实，北大方正便派下属公司的职员以普通用户的身份多次与被告联系，商谈购买机器并安装软件的事宜，与销售商签订了相关合同，被告进行安装并调试，安装了盗版的方正软件，留有盗版光盘和软件狗，员工分两次支付货款并取得了收据，整个过程由北京公证处的公证人员做了公证。北大方正起诉到法院要求对方赔偿取证费、购机费及损失共计一百多万元，北京市第一中级人民法院判决被告赔偿原告的损失，认为这种取证方式未被法律所禁止，所以予以支持。被告不服，上诉到北京市高级人民法院，北京市高级人民法院经审理认为取证方式有违市场经济稳定，有违公平交易的原则，不认可这种取证方式，改变了判决，只是补偿了北大方正一点损失。北大方正不服，向最高人民法院申诉，最高人民法院认可了这种取证方式，支持了方正公司。这是在网上看到的报道，还没有经过核实。我个人认为应当予以认可这种取证方式，以保护弱者的利益。北大方正的人员说，不让用这种方式取证，那么应当用何种方式取证证实对方侵害了他们的权利？这种取证方式不是恶意的，是为了维护自己的权益，且没有对对方和社会造成什么损害，我认为这种方式是可取的。

录音、录像也是法律规定的证据的一种。过去对录音、录像有不同的规定，最早规定录音、录像要经过对方同意才可以作为证据使用，偷偷录的不能作为证据使用；现在最高人民法院的司法解释改变了这个规定，偷偷录的、未经对方许可的录音、录像，只要能证明案件的事实情况，也可以作为证据使用。录音、录像是取证的手段，有时朋友之间借钱，怕见外不让打条，可能无法还钱或赖账，因为你没有条，对方可能不认，在交涉过程中有个录音证实存在债权债务关系，也可以作为证据的一种。诉讼有时效的规定，如果过了追诉时效，对方就可以不给你欠的钱了。如何证明没过诉讼时效？只要在合法时效内找他追讨过，时间可以中断可以重新计算，还款计划书一般都是口头说的，录音可以起到证据的作用。法院现在对此也作为证据予以采纳。

录音、录像时要注意不要盲目使用。一个女士和丈夫感情不和闹离婚，她认为丈夫有外遇，请了一个摄影师想拍到丈夫越轨的证据。在“第三者”家的对面选择了一个能看到她家里的楼房的制高点，从那边给她家摄像。摄影师看见有人就赶紧录。因为离得近，不巧被录的人发现报了警。到派出所一放，录的是洗澡的过程。这位女士不但没有收到证据，还侵害了对方的隐私权，弄巧成拙。使用这些手段时是有限制

的，否则是要承担相应的法律责任的。

我们也可以委托律师调查证据。现在也有所谓的事务调查所，从法律来讲还没有批准这种公司经营此种业务，正规的渠道律师是一个。但律师的调查权是非常有限的，有很多东西是查不了的，包括银行存款律师都不能去查，公、检、法机关才能去查，如果在诉讼中出现问题经过法院许可可以查一些东西；有一些地方包括房产都不允许律师去查，律师调查起来也有难度。要想解决这些事情，走正规渠道比较牢靠。

3. 索赔难

《消费者权益保护法》规定了双倍赔偿的内容，但要实现这个目的，必须证明经营者有欺诈行为；否则，就只能按照实际损失来赔偿。这从侧面说明索赔有一定的难度，但也有很多成功的例子。2003年一个人在北京销售公司选购汽车，买了一辆东风雪铁龙，经过一条龙服务于第二天办理了相关手续。买车的人将车开回家，他的一些朋友来欣赏，一个懂车的朋友发现新车车门的面漆与车体其他面漆不同，车前面还有一个十几厘米长条的漆与别处的漆不同，于是判断这辆车撞过，漆是后补的。买车的人马上与销售公司联系，告知这件事情，并在交涉过程中做了录音，取得了证据。销售公司的人只是承认漆存在色差问题。到法院后，经法院委托汽车质量监督检验站检验，鉴定结论是车子左前门上部存在面漆修补痕迹，这种修理在两三个小时内很难完成，买车的人提完这辆车到给销售公司打电话不到两个小时，所以证实不是买车的人自己做的。法院判决销售公司隐瞒了事实真相，以次充好，构成了欺诈，要求销售公司返还消费者购车款，同时再加倍赔偿。

法律有规定，经过消费者的努力，还是能够实现我们的目的，维护我们正常的权利。

第三，维权的渠道

主要有五种渠道：

1.协商。很多小额的经济纠纷，都是通过协商解决的。消费者能够和生产者、经营者进行沟通，互相让一步，也就解决了。

2.调解。企业的主管部门、产品质量监督部门可以根据双方当事人的要求从中进行调解，来解决纠纷。

3.仲裁。根据双方达成的协议，双方可以选择仲裁。仲裁必须是双方自愿的，有一方不同意都不可以进行仲裁。

4.诉讼。即到法院解决纠纷。

5.申诉。向国家有关机关进行投诉、申诉控告。申诉也确实是一个不错的选择，国家有关机关接到投诉后不仅要维护你的损失，同时还有对不法企业进行行政处罚的职责，起到教育和警示作用。

刚才我们说到的证据，向有关部门投诉也是非常有效的取得证据的渠道。北京市顺义质监局解决过这样一件事情：甲某买了一款吸油烟机，使用中不知何故起火，甲某救火时手臂被烧伤。甲某向质监局进行举报，质监局赶到对现场做了勘查，做了记录，事后调查发现销售单位没有执行进货检查验收制度，产品标示不详。经过调解，销售方赔偿甲某同一款油烟机，补偿了治疗费。有些人遇到事情想不到这些办法。

希望通过今天的交流，大家在生活中遇到一些法律上的问题时有所启发、帮助。

谢谢大家！